干爹

彪叔 著

作家出版社

三个最奇怪的词

当我说“未来”这个词，
第一音节方出即成过去。

当我说“寂静”这个词。
我已打破了它。

当我说“无”这个词，
我在无中生有。

（波兰）辛波斯卡

人　物

陈飞龙：江湖人称“龙哥”。1952年出生，属龙。1962年“大逃港”时从汕尾家乡逃亡香港，投靠叔叔陈炳森。陈时任香港黑社会14K“白纸扇”（智囊策划职位，属第三级）。草草上完初中，16岁的陈飞龙被安排在赌档“睇水”（粤语“看场子”），数年来一路做到“四九”和“草鞋”。（“四九”为最低级职员；“草鞋”系情报人员，属第四级。）后拉起几个弟兄单干，因“平地一声雷”的壮举而名震黑道。1998年陈飞龙潜回金沙市梧桐镇，以港商身份投资，创办飞龙集团，并招募“换帖”弟兄几十名，采用黑道的入会和管理模式。生意主要涉及工业电子垃圾回收、海沙运输、小产权房的开发、赌场、酒店娱乐和高尔夫球场。系梧桐镇首富。信奉印度教的湿婆神。他的公司后因被人举报系黑社会犯罪组织并被立案调查，自杀身亡。

坤叔：张坤一，香港人，比龙哥小一轮。信佛，擅长风水堪舆。追随龙哥多年，主要打理龙哥的海外生意。系龙哥的私人风水师、保镖兼司机。

阿财：陈旺财，50岁，梧桐镇“三霸”之一，后被龙哥降服收编，成为生意拍档。阿财以心狠手辣扬名。为取悦龙哥，阿财枪杀了梧桐镇另一霸——潮州人阿展，负案潜逃东南亚达10年。寮国身份名叫苏桑·阿里。后案发被递解回国，在律师的运作下捡回一条命，被判处有期徒刑20年。

方东红：1975年出生，本地人，为龙哥头号马仔。掌控飞龙集团娱乐和餐饮业，势力范围包括高尔夫球会、夜总会、桑拿、迪厅、酒吧和凤凰食街大排档等。系公司保安部总监，为龙哥家法“三刑”的监督人和行刑人（三刑包括：自扇耳光、廷杖和鞭刑）。素以残暴、冷酷著称。江湖人称“东方红”。

文天佑：50岁，本地人。毕业于中山大学历史系。掌管并通过武力垄断了梧桐镇500余家的工业电子垃圾回收业务。因戴一副深度宽边近视镜，外号“四眼仔”，为龙哥发迹赚得第一桶金，系龙哥的2号马仔和军师。

赖昌厦：48岁，福建漳州人。嗜赌如命，数次开设赌场。他垄断梧桐镇8号码头的海沙运输，并控制梧桐镇周边数十个混凝土搅拌站的沙石供应，外号“濑尿虾”，系龙哥的3号马仔。

叶丽香：38岁，四川雅安人。艺校毕业。从梧桐镇夜场驻唱、妈咪到妈咪总管，掌控数十个妈咪，间接控制500余名舞女、按摩女（又称JS）和卖淫女。外号“夜来香”。江湖传说她是“莞式服务”ISO流程的始作俑者。

陈炳森：70岁，龙哥的阿叔，数年前从14K的香主（第二级，负责晋升、入会及各式仪轨）逊位，赋闲在家。

林阿花：干妈，56岁，龙哥发妻。香港本地人。在自家开的酒吧收银时，与前来收取保护费的陈飞龙结识。识字不多，家庭主妇。

胡秋炊，45岁，辽宁铁岭人。有香港身份证。又名古学海、岳家君。神通广大，身份扑朔迷离，自称“中央首长身边”的人，为首长家里打理生意上的事。后投靠张厅长的表弟，成为“线人”，并取得多重身份。张厅长觊觎龙哥的凤凰山高尔夫球会已多年。龙哥事发缘于他的实名举报，系凤凰山高尔夫球会的主要竞买人。

高振南：55岁，本地人。原任凤凰街道办事处主任，现任梧桐镇镇长。其职位系龙哥花费数千万运作而来。后因受贿罪和充当黑社会保护伞被判死缓。

李得全：48岁，本地人。原为凤凰街道片警，后晋升为梧桐镇派出所所长。系龙哥花费数百万元运作而成的。与女上司黄丽君局长关系暧昧。后因受贿罪和充当黑社会保护伞被判缓刑。

周永强：40岁，本地人。参股龙哥数个公司，收受巨额贿赂。现任凤凰街道工委书记兼办事处主任。后因受贿罪和充当黑社会保护伞被判死缓。

黄丽君：女，52岁，河北廊坊人。离异，有一女儿。时任金沙市梧桐区公安分局局长，深谙为官之道和生财之道，尤其擅长以色相收买年轻警员。与李得全为姘头关系。收受过龙哥的巨额贿赂，并设法帮助李得全减刑。本书中涉及的贪官中的“漏网之鱼”，且正在升官发财的路上。

杨红缨：金龙玉凤夜总会首席头牌，江湖人称“樱子”，四川巴中南江县人，郭春海生母，龙哥的情妇。染上毒瘾，后因毒瘾发作遭遇车祸死亡，年仅24岁。

目　录

楔子：雨中葬礼 …… 1
1. 遗嘱 …… 6
2. 身世 …… 24
3. 往事 …… 42
4. 湿婆 …… 53
5. 土豪 …… 68
6. 线人 …… 82
7. 串供 …… 101
8. 断袖 …… 114
9. 探监 …… 128
10. 年谱 …… 142
11. 赌船 …… 155
12. 咸湿 …… 168
13. 一审 …… 176
14. 废墟 …… 188
15. 密函 …… 201
16. 真相 …… 215
17. 棱镜 …… 229
18. 墓碑 …… 245

楔子：雨中葬礼

干爹的葬礼定在台风“榴莲”肆虐后的第三天。梧桐镇的大街小巷横七竖八狼藉着连根拔起的大树。气象台那位面熟的女主播很内行地解释为什么入秋的台风还这么凶猛的原因：赶上天文大潮，海水温度偏高所致。老人们常说，梧桐镇的秋天是台风刮来的。天空阴沉沉的，似未尽兴地飘洒着细雨，空气中透出些凉意，提醒人们秋天这回真的来了。

上面早有指示，干爹系畏罪自杀，葬礼必须低调、从简。鉴于他与香港黑社会的勾连，边境各口岸严格控制14K、新义安的人入境吊唁。坤叔张罗着丧事，仅仅从黄大仙请来十位僧人前来念经做法事，超度干爹的亡灵。响器班没敢请，嫌动静太大。灵堂设在凤凰山高尔夫球会大堂，花圈屈指可数，横幅和挽联的用词确实很伤脑筋。干爹系畏罪自杀，永垂不朽流芳百世含笑九泉天人同悲这些溢美之词都没法用，有对抗政府之嫌。坤叔推呀敲呀，最终确定了一句中性的横幅和挽联——

沉痛悼念陈飞龙先生；左联：难忘手泽，右联：永忆天伦。

大堂入口摆放着香炉，香炉前面摆放三个圆形的铺垫，供吊唁的人烧纸敬香，叩首跪拜。梧桐镇禁鞭好多年了，没有其他响动。灵堂飘荡着似有似无的哀乐，和尚们的念经声低沉而哀婉。

未亡人家里的低调并未能阻止公检法的高调。原因是因涉嫌参与干爹黑社会性质的组织的犯罪集团中被捕的44名成员，都不约而同地在看守所提出申请，要求“送龙哥一程”，并保证：一旦满足要求就如实坦白交代自己的全部问题。这可难倒了市政法委和公检法的头头们。按照法律，犯罪嫌疑人的直系亲属过世，是可以参加亲人的葬礼的，前提是必须有两名以上的管教看护。这44个犯罪嫌疑人，岂不是需要88名管教看护？他们要是突然暴动或越狱咋办？谁能担得起这个责任？何况他们只是陈飞龙的马仔，换帖弟兄，无亲属关系，参加葬礼是否有法律依据？市政法委会议上争论激烈，形成不了决议，只能请示省上。省上意见十分明确：犯罪嫌疑人在法院未判定他有罪前，应该享有基本人权，何况答应他们的要求有利于尽快审结“陈飞龙案”，有利于构建和谐社会、彰显人性的光辉。只是务必严加防范，不准出丝毫纰漏。有了尚方宝剑，政法委书记一锤定音：决定出动特警和其他警力200人，按最高级别的安保规格，首次启用市公安局新进的两台SNG卫星转播车，现场直播葬礼全过程，所有音频视频直接上传指挥中心，就连掉一根针、放一个响屁都不能放过。并决定在陈飞龙下葬的地方搭建3层瞭望塔，由荷枪实弹的武警战士把守。每位犯罪嫌疑人由两名管教看管，严禁他们之间使眼色、交谈甚至串供。

媒体闻风而动。报道的口径也发生逆转——**市政法委与时俱进，开创了有关犯罪嫌疑人参加葬礼的先河，保障嫌犯的基本人权，彰显人性的光辉！**

依照干爹的遗嘱，他选择的墓地为凝结他20年心血的凤凰山高尔夫球会A场9号洞。这个洞的设计可谓匠心独运，堪称尼克劳斯的杰作。发球台与果岭的落差有100米，果岭又是一个锅盖形的湖心岛，四周都是沙坑。一个铁索木桥与岸边相连。难度系数（SLOPE RATING）达150，距球场第二位。蓝T发球台距离旗杆球洞189码。

干爹选择墓地的理由说起来像是个玩笑。2003年3月9日下午3点27分，干爹在这个洞挥杆，用5号铁杆打入一杆进洞（HOLE IN ONE）。他当时对球童说：这是我的福地，死后就葬在这里。谁也没把这话当真，何况区区一个球童？但干爹从来就是说一不二的人，言必行，行必果。随后的日子，球会总监、外号“东方红”的大马仔方东红发现，干爹格外关注甚至迷恋A场9号洞，有事没事总是带着坤叔在这里溜达。最离谱的是，他动用大型龙门吊车从凤凰山顶移来两棵硕大的凤凰树，足足有十几米高。一棵树开花橘红，一棵树开花橙红。谁都知晓，坤叔是干爹的“御用”风水师，难道这里就是坤叔老挂在嘴边的“四灵”——左青龙，右白虎，前朱雀，后玄武的上乘墓地？常人看来，也就一普通的高尔夫球道，一丘陵而已，哪有什么“千里来龙”呀。经坤叔确认，似乎这里真的成了他的终点站。说也邪门，自从干爹一杆进洞并在靠近发球台旁边的小丘上，两棵齐腰粗的凤凰树之间竖起“一杆进洞”的石碑后，这里至今没有球手能打出一杆进洞的成绩，这难不成成了绝唱？石碑方方正正，刀砍斧凿痕迹毕露。朱红的字迹清晰可辨，字体苍劲古朴，像是“招商银行”那种爨宝子碑体，彰显魏晋风骨：

一杆进洞：陈飞龙

2003年3月9日

蓝T：189码

用杆：5号铁

风速：侧顺风，15英里/小时

该怎样描述这支送葬的队伍呢？低调的亲属和高调的政府？细雨沙沙地落在球道的长草和灌木上，高大的凤凰树、木棉树、大叶榕、小叶榕和荔枝林有风的呼哨，头上戴着凤冠的翠鸟躲在树丛里看着这支稀奇古怪的队伍不敢吱声。上面有规定，不能撑伞，以防44个犯罪嫌疑人搞小动作。坤叔给所有人配备了塑料雨衣，不过都是黑色，以示庄重。但嫌犯和警察不被允许穿雨衣。开路的10位僧人的黄色袈裟外面套上黑色塑料雨衣，手捻佛珠，一路齐整地诵念着超度亡灵的经文。一个胖胖的和尚敲着木鱼，大概是控制节奏；另一个瘦瘦的和尚撞击着铜铙，发出清脆的响铃声，应该是伴奏。干哥阿峰行进在队伍最前面手捧干爹的骨灰盒，干姐阿敏并排抱着干爹的遗像。我搀扶着干妈跟在后面，但见她的泪水混合着雨水从墨镜里面流到脸颊和下颌直到颈项。并排还有侄子、侄女和外甥。阿爷跟在后面，让司机搀扶着，踉踉跄跄地行进着。阿爷背后依次是干爹的朋友和生意伙伴。接下来就是一辆SNG卫星转播车开道，44个犯罪嫌疑人一字排开，全部戴着手铐，胸前别着一朵小白花，右胳膊上戴着黑纱。每一位犯人都由两名警察左右挟持，缓缓移动。殿后的是另一辆SNG卫星转播车，车后簇拥着几十名全副武装的警察。行进这么慢的队伍，他们还做出一路小跑状，难道是为了保持兴奋状态以提升战斗力？

媒体一律不得跟进葬礼。指挥中心表示，随后会为媒体朋友安排一场新闻发布会，并提供新闻通稿和图像资料。

临时用钢管、木板搭建的3层瞭望塔看起来固若金汤，与干爹的墓穴隔球场马路相望。两名特警战士手握微型冲锋枪雕塑般矗立在最高层。好家伙，这种场面即便在美国PGA高尔夫巡回赛的现场直播中也难以看到。细雨终于停了，各种色彩斑斓的不知名小鸟从树丛、灌木丛中飞出来叽叽喳喳搅局凑热闹。坤叔带着我和亲属们用衣襟装着一捧沙土从墓穴一一走过，骨灰盒慢慢被掩埋了。干爹在遗嘱中说了，不要立碑，就用那尊“一杆进洞”石碑代替。

轮到44名嫌犯来给干爹叩拜时，不知谁突然大号一声——龙哥啊，你走了我们咋活呀……紧接着哭喊声响成一片，声波震得灌木树叶沙沙作响，如同狂风吹过，地动山摇。嫌犯列队变形，人头攒动。场面乱了。负责执行本次安保任务的市公安局的刘局本能地将手放在了腰部的枪套上，他飞快地拔出五四手枪，对着天空放了一枪，子弹嗖的一声穿过凤凰树的树枝、树叶，惊起两只飞鸟。“安静！”“安静！”场面瞬间被控制住了。死一般的寂静。

太阳出来了，球场上空现出一道彩虹。刘局手搭遮光板抬头望了一眼，终于松了口气。紧随其后的梧桐区公安分局的黄丽君局长也长长舒了口气，她取下近视镜擦拭镜片上的水汽，嘴角露出诡异的笑容。现场参加葬礼的所有人都以为刘局这一枪是为了维持秩序，平定瞬间爆发的骚乱，而对于黄丽君分局长的深意却是“一枪双雕”：龙哥盖棺，那一皮箱港币也就安全了，死无对证啊。所以，刘局这一枪是代她放的，附带着为龙哥送行。

刘局发出命令：收队。

1. 遗嘱

（一）

干爹选择在自己办公室的沙发上吞枪自杀，令人匪夷所思、唏嘘不已。从最接近干爹的人——坤叔口中，通过反推，似乎能找到一些蛛丝马迹。至于那把镀金的手枪，原本是干爹50岁生日时一个14K的兄弟送的庆生礼物。干爹爱不释手，常在办公室把玩，拆装、擦拭，算起来跟着他也有十来年了。据坤叔说，枪是以色列IMI公司生产的，英文为DESERT EAGLE，翻译过来叫做“沙漠之鹰”。产地却是“MADE IN USA”，因为美国禁止枪械整装进口，IMI公司便将零部件出口到美国，然后在美国组装、或镀金或镀镍或镀铬，抛光后上市。沙漠之鹰深受全球枪械爱好者拥趸，连好莱坞的很多大片如《黑客帝国》《古墓丽影》的男、女主角都爱使用这个牌子的枪：性感而又帅气！坤叔至今还清楚记得那把镀金的沙漠之鹰的技术参数：0.3570口径，枪长270mm，质量1719g，有效射程200m，容弹量9发。只是可惜啊，干爹自杀的现场迅速被警方封锁，那把镀金的沙漠之鹰也被警方当做物证封存，至今下落不明。

深情望着干爹的遗像，我的心里一阵阵酸楚。其实，从外形看，干爹更像一介书生。他黑白相间的头发，剃成板寸，特有型。皮肤白净，长长的马脸上布满凸凹不平的麻子坑，那是岁月的沧桑留痕。高鼻梁圆鼻头，阔嘴，厚唇，戴一副镀金的近视镜。读书不多，谈吐儒雅。身高一米八，器宇轩昂，这在港人中很是少见。这种形象，与黑社会老大画等号，实在让人不可思议。除非他脱了上衣，背部尺余长的青龙刺青，似乎提醒着他在黑社会混过的斑斑劣迹。记得上小学时，我曾懵懂地问过他，坏人才刺青，你是坏人吗？干爹回答：干爹不是。这里被人砍过一刀，是个伤疤。纹上龙纹，就可以遮盖，看起来漂亮些。

不知他在临终那一刻，也就是扣动扳机瞬间，头脑中是否浮现了类似电影蒙太奇的画面，当然是一生中至亲的人和最重要的人的画面，其中的一幅应该是我和生母。而未亡人对死去的亲人的思念，却更像电视连续剧，拖沓而又漫长，情节舒缓，细节历历在目。似乎永远没有结尾，一直连续播放，最后到自己临终时，打出另一组电影蒙太奇的画面……

其实，干爹三个月前就已经听到风声。那是个周末的下午，天气晴好，中午的一场太阳雨赶走了酷热，给铁板烧一样的马路淬火降温。难得的凉爽。镇长高振南约干爹到球会打球，并特意交代“就我们俩”。以干爹结识高镇长20年的经验判断，他一定有要事商谈。方总监“东方红”给干爹、镇长配备的金牌球童也被干爹打发走了。打球是幌子，谈事或交易才是真。回想起来，干爹跟高振南镇长，还有李得全所长、周永强主任的私下交易几乎都是在球场完成的。

高镇长面目清癯黑瘦，中等个，爱好“抠女”。用他的话来说，就这点爱好！镇长对龙哥说，踏进了50岁的门槛后就搞不动了，心有余而力不足呀，美色只能看一看，摸一摸啦。偶尔有冲动了还要借助“伟哥”发力，不然肯定早泄或不举。干爹哈哈大笑，跟他玩笑地说：不会吧，好功夫一把筋骨，说的就是你呀！干爹建议他转移兴趣，改打球，并送给他凤凰山高尔夫球会的“钻石”级会员证。打那以后，高镇长便常来球会挥杆，每周至少一场。

高镇长在蓝T台一言不发地开完球，拉着球包车，和干爹并排在球道上散步，走向球的落点。“叼你老母！”高镇长骂了一句作为开场白。干爹多少有些意外，因为印象中好像高从未在自己面前“爆粗口”。

“怎么回事？”干爹问。

“你、我被胡秋炊那个扑街（粤语去死、滚、王八蛋之意）告了。”高镇长骂道。

“什么时候？在哪儿告的？”干爹警觉起来。

“上个月，北京批下来的，省里已经批转到市里。”高镇长沮丧地说。

“告我什么？市里啥态度？”干爹急切地追问。

“你是黑社会，我是保护伞。市里哪敢怠慢，正在忙着成立专案组呢。”高镇长回答。

干爹沉默无语。也许正在后悔当初不该对胡秋炊施廷杖刑，并炒了他鱿鱼。

高镇长接着说：“想不到吧，你炒掉的一个马仔，现在人家正在给你掘坟呢。这小子可是今非昔比呀，能量大着嘞，直接通天，连我们都怕。”

“不用害怕，水来土掩，兵来将挡。你我是清白的。再说啦，我还不了解那个衰人？叼你，当初就应该用板子拍死。”干爹试着为高镇长壮胆。

“清白个鸟。为我当这个镇长，你给多少人撒过钱？你以为专案组傻呀！还有征地搞这个球场，还有你打打杀杀垄断的生意，电子垃圾回收呀，海沙运输呀，小产权房呀，我小舅子参股啊，在别人看来，这都是罪。”高镇长没好气地数落着。

干爹心里清楚，数年前的预感，这回真的要应验了，看来这回是在劫难逃。

“那你有什么高见？我该如何应对？”干爹急切地问。

“能有什么高见？贴上黑社会的标签，你这二十几年就白干了。你会被消灭，懂吗？消灭！至少也是无期徒刑，甚至死缓、死刑。据说市里领导对这个定性有分歧。听天由命吧！至于你个人，要么逃跑，亡命天涯，人间蒸发；要么提前将公司资产变现，把钱转移到国外；要么按兵不动，随机应变。”高镇长一本正经地建议。

“逃跑不是我陈飞龙的做派，跑了和尚跑不了庙。这么多兄弟、朋友，我能跑吗？这么多不动产，还有这球会，我能背走吗？变现肯定是来不及了。所以我是没有选择，只能等待厄运降临，并全部承受。”干爹语气坚定地说。

“嗯，你算是条汉子。难怪手下有那么多死心塌地的兄弟和朋友。我担心自己的政治命运会就此了结啊。都这把年纪了，早断了升官的念头了，只可惜不能善终啦。”高镇长伤心地说。

“你也不用太过担心。你当镇长的事，钱都送给了市里、区里领导，他们都还在位。你想，法不责众，他们难道会自己法办自己？只要我死活不认账，你一口否认，他们如何定你的罪？”

“理儿是这个理儿，但世事难料，谁能预测到结果呢？”高镇长十分无奈。

操，这场球打的，双方都没了兴致。打到第三洞，高镇长说肠胃不舒服，便草草收杆了。而此时，“东方红”亲自驾驶巡场球车（注：相当于警车）送来的香蕉、冰镇西瓜和凉茶也刚好抵达。

（二）

李所长身高一米八十几，印堂饱满，面色红润。而最招人的是他那出格的大嘴和扁平的大鼻子。他考证出自己的老家是河南固始，正宗的客家人。所以应该说有中原人牛高马大的基因，这在梧桐镇的本地人中算是奇葩。他从一个凤凰街道的小小片警，如今当上梧桐镇派出所所长，全赖干爹的培养和提携。李所长自然投桃报李，为干爹的所有生意保驾护航。可别小看了梧桐镇派出所所长这个职位——坊间传说，当上这个所长不拿出500万运作，门儿都没有。想想看，梧桐镇上千家外资企业和夜总会、桑拿以及其他夜场，哪个公司或场子不在过年过节时送慰问金？低于10万你拿得出手吗？通常一个圣诞节派出所都能收到上千万现金，这是公开上缴的数目，那私底下呢？谁能知道所长个人黑了多少？

李得全有位堂哥在省厅供职，他专程从省城赶回金沙市梧桐镇，当面向堂弟通报了干爹要出事的消息，并提醒堂弟：可能牵涉到你，离他远点。

李得全约干爹在四季酒店的凤凰楼喝早茶。就两人却要了一间包房。每人点上“一盅两件”，加一份白水烫生菜，备上一壶开水，李所长把服务小姐打发走了，关上房门。他点上一支烟，吐出一口椭圆形的烟圈，这才和干爹开口。

“你可能要出大事了！”李所长神秘兮兮地说。

“什么事？”干爹故作镇静。

于是李所长将堂哥专程回来报信的事给干爹说了。龙哥迅速判断，李所长获得的消息因从省里得来，这就印证了高镇长从市里获得的消息。看来，出事是板上钉钉了。

“这种事，要来也挡不住，只能沉着面对。那小弟你有什么顾虑？”

“龙哥，我替你担心啊！听说把你定性为黑社会了！这不瞎扯吗？二十多年前你不是早就金盆洗手、脱离了14K吗？”李所长忧心忡忡地说。

“你们大陆不是有欲加之罪何患无辞的说法吗？岳飞不还有莫须有的罪名吗？更何况我陈飞龙如今做得风生水起，多少人眼馋呀，加上做人再到位，也会难免得罪一些人，尤其是权贵。所以，我倒反而释然了。反正我合法经营，照章纳税，顶你个肺！我怕个卵。”干爹给李所长壮胆，也是给自己壮胆。

李所长急眼了：“火都烧到屁股了，龙哥你还这么淡定。我是担心他们把过去的两宗命案翻出来！你我都心知肚明。”

“两宗命案？‘文身虎’伏法了，以命抵命；阿财亡命天涯了，能有我什么事？”干爹语气沉稳地说。

“龙哥你糊涂呀？共产党整人历来都是新账、老账一起算！你能保证他们不翻旧账，手下兄弟没有人出卖你？还有，我堂哥说可能还牵涉到我。”李所长有些激动。

“小弟，你要冷静。哥是过来人，都死过好几回了，如今还不是活得好好的。你想想看，你当所长那事，我500个都给了黄局。只要你我守口如瓶，她还在位上，没准儿还是办我的专案组负责人，你怕什么？办你就是办她自己。”干爹语气坚定地敲打着餐桌。说完，他顺手掏出手机翻开短信。

“这个事我倒不怕。主要担心早年你带兄弟们打打杀杀控制电子垃圾回收和海沙运输那些事，说你欺行霸市，开设赌场，而我暗中入股，包庇你的行为，从中收取好处。”李所长忧虑地说。

干爹站起来，拍拍李所长的肩膀，微笑着说：“小弟，不用担心了，那些事过去这么多年了，谁还记得？耳朵放尖点，多打听打听消息，好好干你的分内工作吧。”

桌上的茶点没有动箸，干爹起身离席。刚才他收到一条短信，是凤凰街道办事处主任周永强发来的，十万火急的，让干爹立即、马上、务必赶到他的家中，有紧要事情商量。

（三）

干爹让坤叔开车送他到“烟斗周”家。坤叔从后视镜望去，干爹疲惫地半躺在后排座椅上，一脸的凝重。他摘掉金丝边眼镜，用右手揉捏着双眼，然后闭目养神，看起来心事很重。

周永强是远近闻名的“土豪”，梧桐镇最有钱的本地人。他平日嘴里总是叼着一个烟斗，人送绰号“烟斗周”。那只烟斗如新月的形状，跟闻一多用过的那只酷似，不同的是他的烟斗斗沿是镀金的。他黑胖的脸上总是汗渍渍、油乎乎的，脸似乎从未洗干净过。腆起的啤酒肚活像腰里别了救生圈，走起路来就像蹒跚的企鹅。

他的豪华宅基地占地3亩，建有8层小楼。硕大的院子高墙合围，安装了铁蒺藜和摄像头。铁门没装门铃，两只藏獒的咆哮就是门铃。“烟斗周”酷爱豪车，不过都是二手的。用他的话说，傻子才买豪华新车，忒贵。你买二手的，实惠不说，照样气派，照样装门面，谁知道？价钱只有一成，最多也就三成。所以他在院子里特意搭建了个小型停车棚，里面一溜停着数十部世界名车——劳斯莱斯、宾利、保时捷、玛莎拉蒂、法拉利、兰博基尼、奔驰、宝马……最差的那部是丰田4700。曾有村民举报过他，说他贪污受贿，生活腐化堕落，仅购买豪车一项就多达3000万元以上。镇纪检委下来查过，也翻看了他的豪车交易记录，总共花费800万元，还不够买一部劳斯莱斯。纪委给予口头警告后，“烟斗周”后来低调很多，不再每天开不同的豪车招摇过市，而是只开丰田4700。其他车都赋闲在那里，车身落满灰尘，可见已有好长时间没有动过了。

其实“烟斗周”的发迹全赖干爹给他的第一桶金，这也是他日后发大财的原动力。当时因为干爹的飞龙集团拿到凤凰山高尔夫球会的立项，在征地上“烟斗周”可谓竭尽全力。作为街道主任，他就是土皇帝，村民们只有他能摆平。关键是价格出乎意料的低，3000亩荒地（本来是林地）总共不到一个亿。而现在的市价起码翻了十几倍。所以事成之后，干爹在香港一把给他3000万元好处费。“烟斗周”拿上这笔钱，加上银行贷款，让他儿子注册公司，在梧桐镇盖厂房达两万多平米，用来出租。要说财运来了，门板也挡不住，活该“烟斗周”发财！5年后，一条中国沿海南北交通大动脉——沈海高速金沙市段正好从他的工业厂房中间穿过。政府随行就市征用，此时地价已涨了十好几倍。事后用他的话说，我是共产党员，基层干部，必须带头体谅政府的难处。所以政府开价，我都没有还价。数目是多少呢？1亿3，而且是税后！

“烟斗周”还有一个怪癖，就是只吃老婆做的饭，从不在外头吃饭。

即便有磨不开的应酬，他也是人到不动口、不动箸。饭菜已摆好，四菜一汤：一盘潮州打冷咸鱼、一盘盐焗鸡、一盘耗油生菜、一碟拍黄瓜，一碟榄菜。汤是老婆最拿手的老虎汤：虫草炖水鸭。主食是地瓜粥。龙哥一进门，自然首先是藏獒咆哮，通知主人，“烟斗周”手腕往外翻、手掌朝上地握住烟斗，出来迎客。这无疑是他的招牌动作。简单寒暄几句后就进屋落座。

没等“烟斗周”开口，龙哥就率先开口道：“怎么啦？你也听到什么风声？”

“烟斗周”低头将烟蒂磕下，从烟盒敲出一支香烟，将过滤嘴掰掉，装进烟斗，重新点燃香烟。“看来，你都听说了。”他慢条斯理地说。

“你都听说了些什么？谁告诉你的？”干爹问道。

“一个领导告诉我的，让我转告你。他不方便出面。”“烟斗周”说。

一位神秘的领导，会是谁呢？干爹在脑子里快速检索，难道是市公安局的刘局？分局的黄局？市里王常委？没有答案。“烟斗周”放下烟斗，拿起筷子请龙哥：“吃点吧，家常便饭。”说完他用筷子拣了块咸鱼吃着。干爹摆摆手：“你吃吧，我刚饮完早茶。”

“烟斗周”快速喝完一碗地瓜粥，带着干爹去二楼茶室饮茶。

粤人饮茶，讲究“茶靓水滚”，这“水滚”的含义并非我们所谓的滚开水，而是将水煮到刚冒气泡时的“虾眼水”。定量分析的话也就是八九十度的水温。“烟斗周”的功夫茶具十分讲究。台面由千年古树的根——黑檀精雕细刻而成，上下浑然一体。上、下水也很是讲究：一桶依云矿泉水通过软管与电水壶相连，台面下面是装洗杯水和茶渍的蓝色塑料桶。茶杯是宜兴紫陶。“烟斗周”熟练地摆弄着功夫茶，递给干爹一杯，自己一饮而尽。

“没有你龙哥，就没有我‘烟斗周’的今天。你有难，我能不急吗？”

“咱们彼此彼此。你担心我进去后把你供出来了？”

“那倒不必。你的为人和义气这梧桐镇谁不知晓？这回我是担心你扛不住啊！”

“大风大浪都经历过，死过好几回的人了，还有什么扛不住的。”

“扯上黑社会，麻烦可就大了。记得当初我劝你关掉行刑室，你还不愿意。现在看来，关掉是对的。”

“那有什么？国有国法，家有家规，我那只是公司内部的惩罚手段。愿打愿挨，我又没犯法。”

“话不能这么说。不找你，你就没事；一找你，你就有事。你那些受过拷打的弟兄，谁能保证他们进去后不揭发你？”

“这是没办法的事。树倒猢狲散，是你的报应你能躲得过？”

短暂的沉默。“烟斗周”又点燃一支烟，静静地吸着。

“烟斗周”问：“那你说，我从你的几个公司退股，现在还来得及吗？”

干爹哈哈大笑：“有意义吗？你以为他们是傻子？工商局都有详细记录的。”

“烟斗周”接着问道：“阿财有消息吗？这么多年红色通缉令都没能拿下。看来也算是个人物。到底藏在哪里呢？这家伙早晚是你的定时炸弹。”

干爹平淡地道：“不知道。知道我不就成了包庇犯？他最好人间蒸发了。”

其实呢，阿财就藏在寮国[①]。整容改姓换名之后做起了红木家具生意。只是他并不知道控股股东潜龙公司的来路。他现在已是寮国公民，名阿桑·苏里，公司名红翻天红木家具国际控股有限公司。而这些全赖干爹原来在14K的旧相识、寮国的14K分部的哥们“山猫”——毛家山帮忙的。只有干爹一人知道他的下落。更重要的是，红翻天的红木家具生意仍在干爹的掌控之下，阿财，不，阿桑·苏里只是占干股的小股东。干爹暗中安排了这一切，阿财自然不知道个中乾坤。阿财绑架并枪杀了阿展后负案潜逃已有十年，这宗悬案至今未结。凤凰街道的人都知道，阿财杀阿展是为了讨好干爹，并伙同干爹垄断梧桐镇的小产权房的开发，没准儿干爹亲自策划并参与了这宗绑架杀人案，至少镇上的百姓都这么认为。只是凶手潜逃，没有证据。“烟斗周”此时提起这宗命案，意在提

① 老挝的别称。

醒干爹——以他对阿财为人的了解，一旦被抓，龙哥你也就完蛋了。

辞别“烟斗周”，干爹让坤叔开车回公司。到了公司，他疲惫地径自乘电梯上了办公室。

（四）

干爹的办公室在自己盖的四季酒店的18层，有专用电梯直达。只有他、坤叔和清洁工有门禁卡，其他人谁也不能随便进入。17层是飞龙集团的办公区，每次干爹召集会议，都由坤叔下楼领人上来。其他人找老板汇报，也要通过坤叔。吊诡的是，坤叔却不是公司的人，也不在公司领取工资、报销费用。也许，这是干爹的特别安排，个中意蕴只有他自己清楚。整层楼面有1200多平方米，除一个300平方米的大办公室，还有卧室、影视厅和一个容纳百人的会议室。飞龙集团的高层会议一般在这里召开。

干爹打开保险柜，从里面拿出他心爱的“沙漠之鹰”。这些年来，思考重大问题时摆弄“沙漠之鹰”镀金手枪成了他的习惯。他先是卸下枪管和枪托，用专用的擦枪油反复擦拭，扳机、撞针、瞄准器等精细件一一保养。最后重新装好再擦拭镀金的枪身：金光熠熠，煞是耀眼。他眯着眼睛，对准办公室的吊灯，抬起伸直的右臂瞄准，“啪”的一声，扣动了扳机。他会心一笑，性能完美。

干爹不抽烟、不饮酒。坤叔说他以前不是这样。刚来梧桐镇投资、创业那会，他不仅抽烟喝酒，而且还吸毒。据说我生母吸毒就是他诱惑和教唆的。只是，后来他挨了一鞭，剁了左手小指一节，剁指明誓，从此不再沾惹白粉和烟酒。可怜我的生母就没有这样的意志力，竟然死于吸毒。而我当时才3岁，还不记事，都是别人零零星星告诉我的。

干爹拨通坤叔的电话，让他召集公司领导开会。

10分钟后坤叔领着公司领导在会议室就座，服务生在准备茶水，坤叔这就去叫干爹。

座次很是讲究：娱乐、安保总监方东红为1号马仔，坐在椭圆形会议桌的左手位；电子垃圾再生公司的总经理文天佑为2号马仔，坐在椭圆形会议桌的右手位；海沙运输公司的总经理赖昌厦为3号马仔，坐左手位；妈咪总管叶丽香为4号人物，坐右手位。

干爹面带笑容地走进会议室，四人“倏”地起身，立正，鞠躬，齐声唱喏——龙哥好！

干爹招招手，示意坐下，说：“兄弟们辛苦了。”坤叔退出会议室，并顺手带上大门，随后在楼道上逡巡。这是他的习惯，不管有事没事。

“老规矩，‘东方红’、‘四眼仔’、濑尿虾、夜来香顺序。先说说各自地盘的情况。”干爹发话。以上都是这四个马仔的绰号，干爹叫起来顺口、亲昵。

别看“东方红”是个小个儿，他的精力却异常充沛。他精瘦、脸上的皮肤黝黑，颧骨突出，露出凶相。眼睛小而亮，发出的光束颇有杀伤力。最显眼的是他身上欲爆炸的肌肉和胳臂上的刺青：左胳臂肱头肌文有切·格瓦拉的图像，右胳臂上文着泰森的图像。不言而喻，这家伙崇拜革命加暴力。干爹最赏识的马仔便是他。

“东方红”：我这一块运作基本正常。夜场生意好过三成，因隔壁的东莞扫黄。球场生意白天的日场不满，天气太热所致。夜场灯光球场老是排队塞车，生意火爆。酒店客房平常六成入住率，周末港人过来消费，差不多有九成入住率。凤凰食街夜宵火爆，白天一般。安保人员淘汰了差不多一成，吐故纳新，补充新人进来，正在培训呢。我说完了。另外，我昨日听到一些风声，不知当讲不当讲？

干爹点头示意他讲下去，这不正是本次会议的主题吗？用他们的口讲出，不经意点评，岂不更好？

“东方红”接着说：有传言说龙哥被人举报了，说是跟黑社会有关。干爹“嗯”了一声，面部表情没有丝毫变化。他示意“四眼仔”发言。

“四眼仔”干瘦，脸色蜡黄，是个大烟鬼：他抽烟的习惯是，烟不离手，火不熄灭，而且总是笑容可掬。干爹在场，只有他特许可以吸烟。他是龙哥手下最有文化的人。设“行刑室”，从历史故纸堆里刨出“廷杖”刑、从新加坡引进鞭刑，都是他的主意。他习惯地用手指推了推镜架横梁，猛吸一口烟说：龙哥，这一行是越来越难做了。我们早先的500多家客户现在只剩3家，三来一补的电子厂基本上关门了。省里的政策是“转型升级”和“腾笼换鸟”，港人、“台湾”人、韩国人、日本人好多都撤了。据说最近珠三角有上万家厂子关门。大量的女工流向夜场，所以桑拿、夜场火爆，“东方红”、夜来香是赶上好事啦。

濑尿虾摸一把自己油光锃亮的光头道：最近媒体瞎报，因为海沙的事我这里已经停业整顿一个月了。市里成立了专门的调查组，查处梧桐镇十几个混凝土搅拌站，这些都是我们的客户。我们供应的海沙从来都是用淡水冲洗过的，所以不怕追查。据报道市里那个660米高的国际金融中心——号称世界第二、全国最高楼使用了海沙混凝土，现在也停工了。也好，利用这个空档我们维修设备、保养船舶、车辆，并培训员工。

轮到夜来香了。但见她身穿印有公司LOGO——黄色飞龙图案的白色短袖T恤，白皙的皮肤，红润的面色，配上精心勾画的眼线，略显夸张的假睫毛，还有浓妆也掩盖不了的鱼尾纹。夜来香做过夜场的驻唱歌手，声音甜美，身材窈窕，也算得上是个美人，毕竟三十多岁的人了。但要跟死去的樱子比较起来，似乎总觉得差了点东西。差什么呢？就是骨子里透出的那股狂野和风骚。干爹笑着对夜来香说：靓女，该你啦！夜来香莞尔一笑，露出万种风情。她神秘地说：最近招来好多新人，年轻、貌美，成色不错。原因一是东莞扫黄，好多小姐跑过来了；二是最近好多厂子关门，一些漂亮些、年轻些的女工转型干这一行。我差不多更换了一半。30岁以上基本换掉，包括桑拿的技师。只是培训任务繁重，每天差不多12小时。第一批50个新人今晚就要上岗了，这样就接上了，不至于断供。刚才“东方红”说的那些谣传，我们这边有些小姐的客人也跟我说过。

干爹搓搓手，微笑而又亲切地说：兄弟们，辛苦你们了，干得不错。这个时代呀变化太快，我们也要那个什么，转型升级、腾笼换鸟啊。早年打打杀杀赚钱的套路现在已经不好使了，如今讲究科技创新。“四眼仔”那一块的电子垃圾回收，可是为我们集团立下汗马功劳的，那是我们集团的第一桶金。现在看来，它的历史使命已经完成了。“四眼仔”你到处找找看，咱们搞一个环保项目，要技术含量高的，最好是半成品，资金嘛5000万以内。濑尿虾那一块我也准备关掉，再做没有意思。你呢最近就跟财务搞一个整体转让方案，连同公司、沙场、租用的码头、货船、车辆、厂房、人员通通打包。知道吗，这样能卖个好价钱。你说，哪个混凝土搅拌站不虎视眈眈？你的新地盘是小产权房这里，我交棒给你。夜来香值得表扬，嗅觉敏锐，机会来了能抓住。“东方红”你知道吗？搞娱乐，你那一块的核心竞争力不是别的，就是夜来香啊！龙哥哈哈大笑，四个马仔也都笑出声了。龙哥稍作停顿，变换了语气：至于社会上的传言，你们信吗？什么黑社会，你们都是我的心腹，是不是黑社会你们心里还不清楚吗？我要求你们保持充沛的精神状态，按照自己的想法一如既往地搞好经营管理，不要听信谣言，安抚好手下兄弟。好了，兄弟们，今天就到这儿。

（五）

两周后，梧桐镇官场地震还是如期而来。镇长高振南、派出所所长李得全、凤凰街道工委书记兼办事处主任周永强均被双规。

干爹再也坐不住了，他悄悄潜回香港一周。

干爹自杀后，专案组经查阅陈飞龙的出入境记录，他们推测，他本次回港至少做了3件事：一是转移资金；二是安排好家人的未来生计；三是准备后事，甚至包括找律师楼见证立遗嘱。后续发生的事情证明，他们的推测前两者大致准确，后者则完全错误。但有一点，他们的分析十分到位，也就是干爹下决心萌生自杀念头的导火线——阿财的被捕才是所有问题的密钥。而诡异的是，阿财被捕，败露行踪的直接原因又恰恰是干爹潜回香港与阿财的视频通话被香港警方截获，香港警方迅速通过国际刑警组织通知寮国警方展开抓捕行动。落网的阿财正在递解回国的路上。诚如“烟斗周”所料，阿财一旦落网，干爹全盘尽输。干爹后悔不已：原本想连线视频，提醒阿财最近这边风声紧，不要露面，尽量减少活动。现在看来纯属扯淡，真是吊诡，等于自己给自己颁发了死亡通行证，顺便也发给阿财一张。

金沙市本次的扫黑风暴代号“屠龙行动”，一张巨大的天罗地网正在悄然笼罩着飞龙集团。据干爹估计，一旦阿财递解回国接受审讯并坦白交代，自己的末日也就降临。阿财扛不过三天。他扳指头掐算着，留给自己的时间已经不多了，多则十日，少则一周。

干爹预判自己已被边控，出境是不可能的，即便再回香港也是自投罗网。过一个月就是自己 60 岁生日，看来活不到那天了。干爹在自己的办公室，一边摆弄着沙漠之鹰，一边回忆自己这短暂的一生，不禁伤感起来——14K 的憋屈日子，连同自己在黑道杀开一条血路的光辉岁月，统统浮现在眼前。在 14K 混的时候，自己苟活得只是一只蝼蚁，一粒草芥。没有尊严，没有地位，白天睡觉，晚上活动。打打杀杀，就是一台冷酷无情的机器，惯性运转，不能停息。金盆洗手后，来到梧桐镇，自己的人生才真正开始，一个偶然的机会，结识了森老师，知道了印度教，也请来了湿婆神供奉着。打从那时起，自己就发誓，告别过去，重新来过，也才平生第一次尝到有尊严地活着的滋味。可没有本金，仅靠阿叔赞助的 10 万港币现金，要想做成一番事业，可谓比登天还难。而黑社会教会我的唯一生存技巧就是依靠暴力。通过暴力，我赶走了电子垃圾回收的竞争对手，获取了比眼下煤矿还要暴利的利润，也使他能在梧桐镇立稳脚跟，结集了一批死心塌地的兄弟，并引进了 14K 的一些规矩，包括采纳“四眼仔”的建议，设立行刑室，整顿内部纲纪，提升公司的战斗力。用“文身虎”的死赶走新义安，得以垄断梧桐镇的桑拿、夜总会、酒吧和食街；让阿财外逃，得以控制梧桐镇的小产权房开发，并进而征得3000亩地皮建凤凰山高尔夫球会。从此自己的事业蒸蒸日上，风生水起，还捞得梧桐镇首富的美名。如今这一切，转瞬即逝，烟消云散。命运就是这么捉弄人。出来混，迟早是要还的。

活着还是死去，干爹一直被这个哈姆雷特式的问题所困扰。活下去，跟自己有牵连的两条人命，追究起来至少也是重刑，还不要说其他打打杀杀的事了。听说大陆这边法律有规定，黑社会头子的定罪，是他所有弟兄犯罪的总和。那就意味着即便不就地正法，也得老死在大牢里，屈辱地接受劳动改造，洗心革面，重新做人，最终静悄悄地死在某一个偏僻的劳改农场。死去，一了百了，抛去世间所有，留下畏罪自杀的骂名，成为世人茶余饭后的谈资，或者为那些穷酸文人们提供编造故事的素材。谁最希望我死去呢？当然是收到过钱的官员，只要我一死，他们扛住审讯拒不招认，死无对证，他们就会无罪。但问题是，他们能扛得住大陆公安的审讯吗？严刑拷打不敢公开用了，可还有很多“软暴力”手段可用啊。

据说，根据举报的材料，专案组罗列的干爹涉嫌的犯罪有14项之多，成为办案的思路和指引。干爹的涉嫌犯罪分别是：组织、领导黑社会性质组织罪、故意伤害罪、绑架罪、非法拘禁罪、抢劫罪、敲诈勒索罪、赌博罪、聚众斗殴罪、寻衅滋事罪、强迫交易罪、容留他人吸毒罪、行贿罪、非法倒卖土地使用权罪、虚报注册资本罪等。干爹素以讲义气著称，他的为人和意志力即便刑讯逼供也断不会开口的。也正因为如此，才有众多兄弟追随他。按照干爹从14K引进的规矩，公司员工分为两类：一类是正常招聘的人员，签订正常的劳动合同；另一类是干爹招募来的兄弟，须有两名以上的元老级兄弟保荐，并呈上帖子，自报家门——详细罗列自己的家庭成员姓名、住址和电话，入伙利是（红包）还是老规矩——取三三不尽、六六无穷的意头，没钱的你包三十六块六，经济没问题的你封三百六十六或三千六百六。利是装入信封呈上。干爹用朱红毛笔在帖子上画圈，即算入职。不签任何劳动合同，帖子就是一切。成为兄弟，也就是干爹私人武装力量，雇佣军。除待遇比正常招聘人员高出一大截外，平常每次行动都论功行赏，年底都有双薪和奖金。而且，兄弟家里的红白喜事公司都会奉上一份厚礼，让兄弟们很有面子。飞龙集团现有兄弟 44 人，5 年前停止发展新兄弟入职，实际上废除了这个规矩。那是从 14K 隐退下来的阿叔和凤凰街道的“烟斗周”的忠告：你现在已经做起来了，要尽量斩断 14K 的影子和痕迹。那一套旧时的规矩也用不着了。遵纪守法，不要给自已找麻烦。

干爹决心已下，只是还有最后两件事没有办完。他叫来坤叔交代了这两件事：一是将办公室玄关墙上的神龛里的舞王湿婆大神铜像取出，暂时保管在自已家中，等干女儿春儿回国后转交给她；二是将香港的冯唐律师事务所的冯、唐二位律师叫来，对，就是现在。让他们坐地铁过来，你在落马洲口岸（深圳福田口岸，港人称落马洲）接人，越快越好。坤叔领命。

干爹继续回忆。这次回港，家人团聚，吃了一顿饭。破天荒陪太太阿花逛了铜锣湾，还给她买了副翡翠镯子。太太名下的房产、商铺和现金衣食无忧；儿子、女儿均已成家，都是公务员。给他们分配了房、车和存款，过日子不成问题。公司的隐形存续只能托付给阿春了（阿春是我的乳名）。可惜的是阿春刚从美国完成学业，没有经验，缺乏历练，没能跟我实习一段时间，不能手把手教给她一些生意经。而能辅佐她的人，只能是阿坤了（指坤叔）。阿坤跟我 10 多年，忠诚可靠，几乎就是我的家里人。而我不让他参与大陆这边的任何事情，是要留下一条后路，现在派上用场了。回想我这一辈子，最对不起的人有两个：一是阿春的生母樱子（杨红缨）；一是好兄弟“文身虎”。我实在不该引诱樱子吸毒，这是造成她横死街头的直接原因。虽然后来我明明知道阿春不是我的血脉，但我也要将她抚养成人，让她接受最好的教育，并期望她成为我公司的继承人，期望以此来赎罪。现在看来，她虽然缺乏历练，但她的天分可以弥补。我可以死，也不得不死，但飞龙集团不能死，只能改头换面隐形存续，这才是我的血脉，相信阿春在阿坤的协助下一定能够完成存续大业。果真这样的话，我在九泉之下也能释然地与樱子见面了。另一个问心有愧的人是“文身虎”。当时为了抢夺梧桐镇的地盘，赶走“新义安”的势力，独霸梧桐镇的娱乐业，并为“文身虎”个人雪耻，是我下令做了“新义安”在这边搞事的程强。“文身虎”是条汉子，承担了全部法律责任，等于为我丢了性命。尽管我为他家盖了楼，给了足够多的抚恤金，但世上总有些东西是钱买不来的。他的老婆至今未改嫁，两个孩子永远失去父爱，两位老人也永远失去了儿子。唉！

（六）

陈飞龙遗嘱

时间、地点：2012 年 10 月 10 日；金沙市梧桐镇四季酒店 18 层陈飞龙办公室

见证人：香港冯唐律师事务所冯啸天律师、唐大宗律师

遗嘱全文：我死后——

1. 下葬在凤凰山高尔夫球会 A 场 9 号洞，一杆进洞石碑处。尸体火化，丧事从简；

2. 家庭财产由妻子阿花、儿子阿峰和女儿阿敏按现状继承，均已登记在各自名下；妻子、儿子和女儿终生不得参与潜龙公司的经营管理和财产处置；

3. 干女儿阿春为潜龙公司的唯一继承人，阿坤负责全力协助。

送走香港律师，干爹这才长长舒了口气。一个念头冒上来，他突然想打球了。也好，自裁之前打一场球，顺便看看自己选中的墓地，也许

不失为一个最好的主意。没有那么多恐惧，从从容容地迎来自己的报应，就仿佛出了一趟长差。不同的是，这次出差，怕是再也回不来了。干爹叫来坤叔，交给他一封密信，叮嘱他万一哪一天自己出什么事，被抓呀失踪呀什么的，你就打开看，并按照所看的文字内容不折不扣地执行。坤叔毕恭毕敬地双手接过来，小心翼翼地放在自己手提包里，这就送干爹去球会打球。

2. 身世

（一）

早晨，我系郭春海。

岁月无敌。我对生母的全部记忆，源于她无意中遗留给我一本泛黄的旧相册，里面有十几张旧照片。其中有一张海边沙滩照，哇噻，居然穿着比基尼！要知道，那可是上世纪90年代呀。可见母亲的骨子里是开放的，风骚的，是大胆追求时尚的。客观地说，母亲是个美人胚子。小巧玲珑的身材，胸部饱满富有弹性，屁股圆圆的、翘翘的，是很多男人的梦中遗精的对象。即便旧得发黄的照片，色彩几乎褪尽，母亲脸上光滑、白皙的皮肤依然魅惑而动人。再看看我，平胸，戴上A罩杯里面也是空荡荡的。而皮肤呢，更是没法说，不仅黝黑，还老长粉刺。屁股也是平的，没有我妈那种让男人销魂的性感曲线。唯一值得显摆的是我的身高，1米78公分。然而，作为一个女人，没有性感曲线的身高跟电线杆又有什么两样呢？趋势上嘛，只能朝女汉子方向发展喽。可惜啊，我为什么没能遗传母亲如此美丽动人的基因？这难道就是至今也没有男人垂青我的原因？

每当我追问生母的生前轶事，无论干爹也好，干妈也好，即便是坤叔，他们的回答总是简单得不能再简单的叙述，就像产品标签：漂亮，可爱。染上毒瘾，死于车祸。12个字。我一再追问，也无法获得更多的信息。我内心里一直害怕一个事实：生母难道是坐台小姐、妓女抑或干爹包养的二奶？真不敢想象。果真那样，真让人欲哭无泪，无地自容。他们讳莫如深，不愿多说，是怕我受不了这个刺激？我已成人，谁也无法选择自己的出生，即便我的猜测成真，我也只能无奈地承受，这就是命数。就这样，3岁那年，母亲抛弃了我，留下这本旧相册和一大堆疑问：她为什么做了这一行？她为什么未婚先孕？干爹既然不是我的亲爹，我的亲爹又是谁呢？为何至今没有现身？怎样才能找到他呢？干爹跟你一样走得另类而又草率，也没给我留下寻找亲爹的蛛丝马迹。这难道就是你们心甘情愿敷衍出来的生命？像上网玩了一个游戏，更像是个玩笑。

干爹葬礼结束的那天，坤叔送别了客人和干妈一家人，约我在梧桐镇一间叫做“如来”的茶馆里说事。干爹飞龙集团的所有资产和经营场所均被查封，不然的话，坤叔不会约我到这里说事。坤叔表情凝重，他从手袋里掏出一个黄色牛皮纸信封，抽出一封信递给我。坤叔说，这是龙哥那天立完遗嘱后交给我的。他特意交代我，只有在他发生什么意外时，譬如被抓呀失踪呀之类的，才能拆阅。没想到，龙哥这么快就走了，用这么极端的方式……说完，坤叔哽咽了，连忙用纸巾捂住鼻子。我读着这封密信，是干爹的笔迹。

阿坤：这些年来，我一直把你视作亲兄弟。出现今天的结果，是我早就料到的。你现在该明白了吧，为什么不让你参与大陆这边公司的所有事情。你要全心全意地辅佐阿春打理潜龙公司，我对阿春和你充满信心。但愿我的血脉能在潜龙公司存续。潜龙公司的股东只有你们俩，股权比例是阿春7，你3。潜龙公司占寮国红翻天红木家具公司60%的股份。红翻天账上有丰厚利润，由“山猫”打理。大陆这边飞龙集团的所有资产肯定会被政府没收充公。一旦挂牌拍卖，你们务必将凤凰山高尔夫球会这块资产给我买回来，出再高的价钱也在所不惜。竞买资金由阿坤去寮国找“山猫”毛家山，这人你见过。我已打好招呼。资金不成问题。他会完全满足你们的要求。我在凤凰山球会A场9号洞守护你们，保佑你们！看完此信，立即销毁。

陈飞龙绝笔

读完干爹写给坤叔的绝笔信，我的眼泪刷刷直往下流。坤叔接过信纸，顺手用打火机点燃了，绝笔信化作一阵青烟，烟灰散落在烟缸里，空气中弥漫着一股淡淡的焦煳味。

（二）

坤叔中等个儿，肥胖，慈眉善目。腕上戴着两串佛珠，无名指戴着一枚硕大的翠面戒指，脖子上挂了串钢珠型的金项链。似乎全部家财都挂出来了，像个活菩萨。他讲国语语速很慢，似乎好艰难，说粤语却顺溜得多。他捞得“风水大师”的名号，全因为干爹在梧桐镇的发迹并迅速暴富。民间请他看风水，他一律拒绝，这就更平添了他身上的神秘色彩。官方的一次晚宴，使得坤叔声名大振。在那次晚宴上，金沙市的李书记碰巧坐在干爹旁边。席间，他问干爹，听说你手下司机是个风水高人，你让他看看咱们市委、市府大院里的风水如何？干爹谦逊地推让，水平一般，好玩而已啦，不能当真的。李书记说，好玩也行啊，让我们大家都开开心也挺好嘛。干爹一看书记如此较真，磨不过去，就转述了坤叔的意思——其实呢，这里的风水，我陪阿坤看过多次，他说这里的风水有两处“致命伤”：一是市委大院后面是正北，居然有一人工池塘。水与气聚集于身后，池塘在这里漏水又漏气，也难怪你市委、市府领导至今也没有人升上高位；二是你们院里屋檐下摆放了一尊雕塑——“孺子牛”，屋檐就是汉字的宝盖头，下边放一头牛，合成什么字？“牢”嘛，牢狱之灾的牢嘛。想想看，最近几年有多少领导摊上牢狱之灾，而且至今尚未出狱？

据说，当时李书记并未勃然大怒，反而虚怀若谷、从善若流地采纳了干爹的建议，李书记令人立马平掉大院后面的池塘，铺路种树；又将“孺子牛”雕塑移到市委、市府大院门前马路旁，领导为此还在媒体上发表重要讲话：孺子牛也叫拓荒牛，是咱们金沙市开拓精神的具体体现，它不完全属于市委、市府，应该属于金沙市人民。今天将孺子牛挪出大院，就是向世人展示我们改革开放的光辉历程和坚定决心。

在我的一再央求下，坤叔这才答应讲述我生母的故事。

我是护送你母亲的骨灰回老家安葬那会儿，去过你生母的老家。是大巴山区一个叫南江县的小县城。山美水美，风景不会比桂林差，也是喀斯特地貌，到处都是溶洞。可惜交通不是很方便。记得我和你外婆，还有你舅舅一起，先是坐飞机到达州市，然后你舅舅在达州钢铁厂他单位找来一辆小车送我们。全是盘山路，路面很差，坑坑洼洼，走走停停。150 公里的山路走了 5 个多小时才到。车子一直顺着一条江走，似乎永远走不到尽头。你生母的家在诺水河镇，就在诺河边，镇子很小，就像梧桐镇这边一个村。你母亲就安葬在你外婆家的自留地里，记得那是山坡上一块篮球场大小的坡地。地里种的是玉米，已经收了，只有枯黄的玉米秆矗在那儿。地边小路旁有两棵拳头粗的树，一棵是板栗树，一棵是核桃树。你外婆选中的墓地，说你生母生前最爱吃板栗和核桃。参加葬礼的人不多，除了你外婆的家人外，外人只有你生母最要好的一个小学同学，听说她在镇上派出所工作，曾帮助你生母给你上过户口。你外婆伤心得眼睛都哭瞎了一只。她总觉得这是家丑，所以当龙哥提出愿意抚养你时，他们并未提出异议。镇上也有你生母在广东那边做了小姐、生下私生子的传言。

听龙哥说过，你生母 18 岁不到就辍学来广东打工。换过好几个工厂，最后来到梧桐镇的永辉电子厂。因为你生母天生丽质，老板就让她负责考勤。活儿倒是不重，就是工资不高，每月 800 元。那时候，夜总会、迪厅刚刚兴起，打工的青年男女晚上不加班的话，都会来镇上看热闹。胆大点的女工晚上就会溜出来坐台，挣外快。一晚 100、200 地挣着。你生母是最早出来捞外快的那一批人。就在龙哥的金龙玉凤夜总会坐台。那会儿，她们还不懂打扮自己，穿着也老土，一眼就能看出是工厂妹，那时简称厂妹。可当时就有一些港台老板喜欢厂妹，说她们干净、淳朴。龙哥说，你生母当初是不出街的。后来，也许是时间做长了，女孩们大都自我突破，出街赚快钱，做一次挣好几百。有了钱就买名牌衣服，买名牌包包，买黄金首饰，买高档化妆品。哪个女孩能抵挡住这种诱惑？耳濡目染，物欲和攀比心理的膨胀，你生母终于没能守住自己的底线，也开始有选择地跟客人出街开房了……

听着坤叔的叙述，我已经泪流满面了，心尖一阵阵绞痛。不祥的预感一一应验。这种打击不亚于干爹自杀的噩耗。坤叔看我难过，他停止了讲述，一声不吭地在一旁饮茶。我对坤叔说，不用担心我，你讲吧，这是我的命运，我能承受。坤叔疑惑地看了我一眼，接着往下说——

几个月后，你生母的名声越来越响，龙哥的大马仔“东方红”出面给你生母做工作，建议她辞工，专职做金龙玉凤的小姐，保底工资 2000，小费分账 7 成。你生母哪能抵挡，便毅然决然辞工了。不到半年就做成头牌，身价也最贵：台费最低 300，出街最低 800。龙哥和你生母的缘分就是从那会儿开始的。听龙哥说，你生母不是见谁都出街的，她挑长相、年龄和气质，总之是看着顺眼。记得当时你生母有几个熟客常来捧场：一个是现在梧桐镇的高镇长，那时他只是凤凰街道办事处主任；一个是梧桐镇派出所李所长，他那时只是凤凰街道的片警，经常为龙哥使唤。可惜这两个人都被抓了。龙哥跟你生母一来二去，居然日久生情了。龙哥这一辈子没有轰轰烈烈地谈过恋爱，他的太太，也就是你的干妈，原是她家自己开的一个小酒吧的收银，因你干爹每天去收取 500 元保护费，被你干妈看上，她当时比你干爹小 4 岁。你干爹当时没有这种强烈感觉。那时他正处于 14K 的最底层，整天为生计发愁，白天睡觉，晚上不是盯梢就是打打杀杀，哪有心思谈情说爱？所以，龙哥平生第一次尝到恋爱的滋味了。他说服你母亲，在凤凰街道租了一套两居室的公寓，把你母亲包养起来了。不久，你母亲有了身孕，龙哥执意让你母亲生下来，不管男孩、女孩，他都愿意抚养。“东方红”为此曾提醒过龙哥：你能确认这是你的“龙钟”吗？龙哥一笑了之。因为他实在太爱你生母了，几乎达到痴迷的程度。爱屋及乌说的就是这么回事啊。为这事，你干妈还专程过来跟你干爹干过仗。其实，你干妈对你干爹是有恩的。据说她替你干爹坐过牢。你干爹当时丢了魂似的迷恋你生母，他给你干妈撂下一句狠话：要么认账，要么离婚！你干妈极度伤心，骂你干爹是白眼狼。骂完，自己挺无奈地悄悄离开了，从此不愿再提这件事。

你生下来后，龙哥别提有多高兴了，几乎每天去你生母那儿报到。每次回香港，他都会给你带一大堆芭比娃娃。听说你生下来了，你干妈这时又过来大哭大闹。她对龙哥提出一个条件：孩子不准姓陈，不允许进陈家家门，进陈家祠堂；绝不允许跟阿峰、阿敏他们均分财产。无奈之下龙哥让你生母带着你先回老家报户口，等以后有了机会，直接移民香港得了。你母亲带着你回了趟老家，让你姓郭，名字春海。你问为什么姓郭、取了这个名字？龙哥说连他也不知道，也许只有你生母清楚。我打断坤叔的讲述，急切地问他道：户口本上父亲那一栏填的谁的名字，你还记得吗？

坤叔说，记得记得。你生母死后，龙哥让我把你的户籍迁到梧桐镇，我看到过原始登记的表格。清理你母亲的遗物时，始终没找到你的户口本。我记得名字是郭德旺。龙哥说根本没有这个人，是你生母胡编的，主要是怕老家那边的人说三道四。老家保守得很，私生子是要被人笑话的，从小到大也常常被人歧视。所以，户口本上父母双全，是为堵住乡亲们的嘴。

坤叔接着讲述：你出生的头几年，是龙哥最快乐的日子。可乐极生悲，你干爹一不小心沾染上毒瘾，更糟糕的是还带坏了你的生母。当时的情况是，龙哥的电子垃圾回收生意做起来了，很来钱。夜总会生意火爆，岂止梧桐镇，在金沙市甚至香港也赫赫有名。龙哥名声响当当，一帮14K的旧兄弟经常从香港过来捧场。他们大都是瘾君子，都是先吸粉，后“抠女”，完事在龙哥酒店过夜。刚开始龙哥坚决抵制，他还劝道弟兄们戒毒，说当年自己在14K有过类似经历，一旦沾上毒瘾那就是生不如死啊。后来觉得老这样拒绝的话有点磨不开面子，甚至会伤害兄弟们的感情。也许是兄弟们吸毒唤醒了龙哥的潜意识，他潜伏的毒瘾爆发了。于是他就从摇头丸开始尝试，慢慢终于像飞蛾扑火，一步步发展到鼻吸（鼻子吸食白粉），最后是注射。由一天一次发展到一天四五次。吸毒的人都知道，一旦染上毒瘾，那是很难戒断的。复吸的更是难上加难。龙哥意识到这样下去，不仅坑害自己，坑害你母亲，更是坑害了跟他一起打天下的这帮兄弟。他叫来当时在册的二十几个弟兄，聚集在公司由他亲自创办的行刑室，按照他自己立下的规矩，接受鞭刑，并指定由“东方红”行刑，“四眼仔”记入公司史志。

龙哥创办飞龙集团，为了规范兄弟们的行为，他接纳“四眼仔”的建议，设立行刑室，并立下3条量刑标准：一般错误自扇耳光；吃里扒外、捞过界脱光衣服打板子，叫做廷杖，据说是明朝朱元璋发明的；三是背叛、吸毒挨鞭刑。扒光裤子抽屁股。你说什么？对，跟新加坡的鞭刑类似。那可不是一般的鞭子，那是用原产于东南亚一带的一种藤条搓成的，有3米多长，缆绳那么粗细。行刑前先用清水浸泡、发胀，让它变得柔软而有弹性。一鞭下去，皮开肉绽。一个两米多高的木架子，倾斜成45度角，将受刑人双手和腰部绑在木架上。木架可以翻转，以便微调角度。扒光受刑人的裤子，行刑人站在两米开外距离挥鞭。说来也真是讽刺，龙哥创立的鞭刑第一个就轮到他了。为了警示兄弟们，龙哥以身试法，不仅让自己承受鞭刑，还让“东方红”斩掉他左手一截小指，并说这是附加刑。因为他是老大，更要严惩。鞭刑抽屁股终究会好，可常人啊不长记性，经常是好了伤疤忘了痛。斩断一截小指，终生不能再生，留下这个残缺就能终生提醒他远离毒品。“东方红”因为给龙哥行刑，深得龙哥器重，其他兄弟们更是敬畏，所以他的1号马仔地位那是谁也撼动不了的。

“东方红”还真敢下手，他这一鞭子抽得龙哥趴在床上整整3个月。后来龙哥还自嘲地说，鞭刑能减肥，挨了那一鞭，我屁股上明显少了几斤肉。

你生母真是活受罪，她哪有这种意志力？据说女性神经脆弱，天性敏感，一旦染上毒瘾更难戒断。龙哥先是派两个兄弟日夜轮值监守，没有效果。你生母毒瘾发作见人就咬，见东西就用头撞，经常搞得鼻青脸肿、头破血流。后来，龙哥采纳李得全建议，把你生母送到市公安局的强制戒毒所戒毒。半年后，效果似乎很明显。可没过多久，她又悄悄复吸。为此你干爹曾狠狠抽了她一耳光。这一耳光抽的，从此你生母的右耳失聪，再也听不到世上任何美妙的声音了。你生母也痛苦不堪，生不如死，自杀过好几次呢。她撞过墙，割过腕，还吸过煤气。直到一天深夜两点多，你生母毒瘾发作，在凤凰街道的马路上疯跑，迎面撞上一辆建筑工地的泥土车，当场毙命。就这样，一个年轻的生命没了。多么可惜呀，她才24岁，那么漂亮，你那时才满3岁。这真是活生生的人间悲剧啊！

打那以后，龙哥就将你的户口迁到梧桐镇，承担了你的全部抚养和教育责任。先是给你请了一位年轻的保姆，后来你上学以后，又专门给你请兼职的家庭教师辅导作业。看着你健康成长，龙哥心里多少有些安慰。满18岁那年，他通过投资移民渠道，把你移民到香港，并单独立户。同时按照他对亲生儿女阿峰、阿敏的待遇，给你购房、配车，还特意为你买了份人身意外保险。从龙哥这些行为看，他是真心疼你，甚至超过两个亲生的孩子。他选中你来继承潜龙公司遗产，遗嘱明确规定不许家人掺和，意在让你避免日后可能出现的争夺遗产的困扰。同时，他也看重你的天分，加上你本人在美国名校留学，学的又是工商管理，相信你一定不会让你干爹失望。还有一点更重要，那就是你与龙哥家没有血缘关系，至少表面是这样。由你出面会比较隐蔽，万一大陆这边通过港府追查你干爹的财产，也不会牵涉到你。龙哥做事向来干净、利索，潜龙公司找不出来和他有任何关联的蛛丝马迹。这种安排我打心眼里佩服。

（三）

智者千虑，必有一失。你干爹自杀前做了那么多周密而又有预见的安排，包括提前把他办公室玄关的神龛里供奉的舞王湿婆铜像交给我收好，让我务必转交给你。我当时很吃惊地问他：这可是你梦中和心中信仰的神啊？！你干爹淡淡地说，现在用不上了，转送给最需要的人吧。

干爹忘了什么？他恰恰忘了一件极其重要的事情——就是放在他保险柜里的44位兄弟的结拜帖。随着阿财被引渡回国接受审讯，专案组确定了本次“屠龙行动”中的最后收网行动时间为星期五晚上10时，正值夜场开始营业的时间。抓捕的对象主要是干爹、四大马仔和财务人员，总共不到10人。可干爹在周四早上提前一天吞枪自杀了。干爹的自杀搞得专案组十分紧张和被动，以为内部出了奸细，走漏了风声。正研究着是否将收网行动提前时，从自杀现场传来捷报，刑侦队在陈飞龙的保险柜搜到44份绝密的结拜帖。专案组所有人狂喜，这个发现太重要了！其一，确证没有什么人走漏消息。陈飞龙自杀与收网时间一前一后只是一种巧合；其二，证明陈飞龙黑社会性质的组织犯罪有了足以成立的书证和物证；其三，专案组原来列明的抓捕对象太过保守，现在则完全可以按图索骥，将陈飞龙的44个死党一网打尽。经专案组研究，收网行动提前到当日周四晚上10时进行，警力增加两倍，44份结拜帖子都有极其详细的家庭住址、大头照片和电话等资讯。

就这样，因为干爹的一时疏忽，原本可以有足够时间逃跑的兄弟们全部落入法网。

关于干爹的自杀原因，众口一词的说法是因为欠着两条人命。阿财的被捕和招供是直接原因。最了解干爹的人莫过于坤叔，我试图从他口中找到干爹自杀的真正原因。

坤叔对干爹的感情是挺复杂的。首先他俩的关系定位是模糊的：不完全是那种“老板——马仔”的关系，也不完全是大哥和兄弟的关系，更不完全是合伙人之间的关系，也不完全是朋友关系。这种似是而非的定位使得十几年来他俩之间的感情深厚而又复杂。坤叔这辈子似乎注定要绑在他龙哥这架战车上。即便龙哥死了，他也从来没有过其他想法，譬如另攀高枝呀或自己创业什么的。好在他家有祖传的“骉记牛肉店”，衣食无忧。坤叔简直就是干爹的影子，似乎他的灵魂和干爹的灵魂合二为一，成为命运共同体了。从他身上我又隐隐约约地感受到干爹的存在。

坤叔先给我讲了一个国外的故事。

说有一个小偷从十几岁开始，以偷窃为业。整天与警察玩猫抓老鼠的游戏，并乐在其中。警察对他恨之入骨，发誓一定要抓住他，并绳之以法。直到有一天，他感觉自己老了，突然厌倦了这种生活。他决定找一家教堂忏悔，并发誓从此不再偷窃，自食其力，重新做人。正当他在教堂忏悔时，巡逻警察发现了他，二话没说给他戴上手铐。

坤叔说，龙哥自杀前夕的心理状态应该跟这个小偷差不多，只是程度不同而已。你想，在梧桐镇的这二十几年，龙哥从拣垃圾开始发家，做成几十亿资产，做成镇上首富，他凭什么？巴结官员、广交朋友，这谁都明白，谁都会做。你能看到的商机，别人也能看到。何况你看见商机的那一刻，别人已经先行一步了。而龙哥的独特性在于——使用暴力。这些无疑与他在 14K 的 20 多年的历练有关。暴力成全了他，暴力也毁灭了他。他还为自己的暴力学说找到保护神，那就是印度教的湿婆神，集创造和毁灭、大善和大恶于一身。14K 的生意经是，谁挡了我的财路，我就消灭他；谁侵占我的地盘，我就让他付出代价。龙哥从早期招募兄弟开始，就引进了 14K 的部分经营理念和管理规程，直到高峰期有差不多 50 人。这帮兄弟大都归属安保部，分散在各个娱乐场所，像一个个摄像头监控着所有人的一举一动。通过制定类似 14K 的入会议程，设立行刑室来约束手下兄弟的行为。通过立马兑现、“现场直播”式的赏罚，激励兄弟们的激情和斗志。所以相对于梧桐镇的其他生意人，龙哥因为这支准武装部队的存在以及与当地公安维持共生共荣的微妙关系，才得以风生水起。

其实，从历史的眼光看，龙哥的违法犯罪主要集中在他来梧桐镇的头10年。当时正值改革开放之初，全国人民都在“摸着石头过河”，港澳台同胞过来投资也一样。社会管理松散，好多方面没有章法，金钱的魔力吸附着所有揾工者或生意人。公权力赤裸裸地演变成种类繁多明码标价的牌照、准入证或通行证，所有门类的生意都要报批，办个营业执照还要给人送礼。龙哥看准这一点，也就是说抓住了机遇。他选择了拣垃圾，就是电子垃圾回收。那是几乎所有人都不齿的玩意儿，因为说出来多丢人呀。正因为如此，龙哥才人弃我取，悄然进入。其实，龙哥有所了解，电子垃圾回收的利润很高，平均也有30几个点。如果再压低回收价呢，岂不是有50个点以上？怎么压低回收价呢？当然是合法垄断。别人不敢来梧桐镇回收！来一个打一个。那电子厂要是不卖给你咋办？那就派专人把守，不准垃圾车出大门。因为即便打起来了，我也有理在先，因为我是唯一合法的呀。那斗殴、甚至群殴的性质就不一样了。派出所的警察来了，哦，原来是生意上的纠纷，价格谈不拢所致。选择这一行，还有一个更隐秘的原因，因为龙哥身上只有10万块钱，还是他阿叔陈炳森给的。而电子垃圾回收，当时的情况怎样呢？这一行由政府环保部门垄断的唯一一家公司——金沙市金属垃圾再生公司统一经营，梧桐镇属这家公司的经营二部，由一个潮州人承包经营，承包费每年5万。龙哥找到这家公司，提出以每年8万的费用承包。由他们新设经营3部，自己经营。龙哥当时仗着认识几个电子厂的香港老板，更重要的是打那时起，他就在心里盘算着赶走经营2部的潮州人，控制梧桐镇的电子垃圾回收业务，并进而控制了500余家电子厂。起头，他头顶上14K的光环帮助了他，原本在一个电子厂做保安的“东方红”和濑尿虾慕名而来，成为他的最早的兄弟。崇尚暴力、毁灭和创造又跟他的印度之行有关。那是他刚离开14K那会儿，也是我俩结缘的开始，我们在一个印裔新加坡人森老师办的瑜伽研习班认识的，后来又结伴游印度。你干爹唯一感兴趣的是湿婆神，他在新德里的国立博物馆的文物商店里花了 3000 美金买了一尊复制品舞王湿婆铜像，回来就供在家里。几年后，他在内地梧桐镇做大了，就把铜像供在自己的办公室里，还请人在玄关定做了一个神龛。我不止一次问过你干爹：你这样迷恋湿婆，又不是印度教信徒，你这是唱的哪一出呢？你干爹浅浅一笑，回答也简单：壮胆啊！创造与毁灭，大善与大恶。他私下跟我说过多次，在认识湿婆大神之前，这位湿婆的形象总在他梦中出现。所以他得出结论：神在何处？神就藏在我们自己的心中。

（四）

早期港人周末到梧桐镇“飘风”，一般是首选金龙玉凤，次选翡翠明珠。几乎所有玩家和色友都知道，上述两家夜场都有黑社会背景。前者是 14K 旧部龙哥的场子，后者是“新义安”新秀强哥的场子，通常两者心照不宣，井水不犯河水，就像麦当劳和对面的肯德基一样，是竞争对手又相依为命。

事情的起因是“东方红”。“东方红”那时已是娱乐总监兼安保总监。自从你生母离开夜总会后，“东方红”就到处物色上好的小姐。他先后是从天子俱乐部挖来刚满 20 岁的“檀香”，又从皇后俱乐部挖来 19 岁的“沉香”。随着这两个小姐的跳槽。她俩的熟客和粉丝也像蜜蜂采蜜一样飞来金龙玉凤。夜总会的生意比以前好过两成。初次尝到甜头的“东方红”这回又看上了翡翠明珠的双胞胎姐妹——紫嫣和嫣红。这边称作“孖女”，玩家们都称作“双响炮”。这对姐妹被重金挖过来后，金龙玉凤的生意迅速达到巅峰，并形成以四大头牌——檀香、沉香、紫嫣和嫣红为核心的小姐服务梦幻团队。四大头牌的身价也大幅飙升——台费 800 起，出街 3000 起。这个价在那个年代几乎超越港澳的三线女明星。而翡翠明珠和其他两家夜场的生意却越来越淡，差强人意。天子、皇后两家老板鉴于龙哥的14K背景，那是敢怒而不敢言啊。他们找同样有黑道背景的强哥评理，并联手请强哥出面主持公道。因为“东方红”捞过了界，到处重金挖角，坏了夜场的规矩。强哥也正在气头上，盘算着给“东方红”点颜色瞧瞧。所以他们三家一拍即合，强哥发誓要替天行道了。

强哥带上4个弟兄到金龙玉凤“搞事”。因为在同一个镇上做生意，又都是同行，咨客也都认识，所以就直接带他上了VIP8号包房。强哥一坐下，就点了四大头牌的钟。紫嫣、嫣红听说旧东家强哥来了，吓得连忙躲起来了，哪敢露面？“东方红”的副手“文身虎”没招儿，只好带着檀香、沉香过来应付一下，并顺便做个解释。你问“文身虎”的外号来历？是这样的，这小子是河南开封人，牛高马大，体重两百多。本名高虎。他特喜欢文身。用“东方红”的话说，“他身上就是整个世界”。猛兽家禽、花鸟虫鱼和古今中外的绝色裸体美女、秀肌肉的猛男在他身上都能找到。浑身除脖子以上到面部没有花纹，其他通通都被文身图案覆盖。据夜总会和他亲热过的小姐回忆：跟他做，你不觉得他是人，而是头动物，甚至是天神下凡。“文身虎”预感强哥来者不善，就十分热情地上来向强哥问好。强哥懒得搭理。他向手下兄弟使了个眼色，当着“文身虎”的面神速地扒了檀香和沉香的衣裙，两个头牌美女被扒得精光，一边哭喊，一边用双手遮掩着下体，滚圆的乳房暴露在外，也顾不过来了。“文身虎”恼羞成怒，增援的兄弟们迅速赶来。强哥的人潜伏在地下停车场，一声令下，也火速赶来参战。刀光剑影，钢管、棍棒飞舞。强哥身上没带“家伙”。只见他顺手敲掉一瓶蓝带马爹利酒瓶的瓶底，用像匕首和刺刀一样的锯齿形破酒瓶狠狠捅向“文身虎”的脖子和左脸。强哥的突袭让“文身虎”猝不及防。第二天在梧桐镇竟然被传为笑柄：强哥成全了“文身虎”的美名。他娘的，这哪里是文身，这分明是伤疤，是耻辱。“文身虎”哪能咽得下这口气，受得了这等羞辱？誓言报复。他请龙哥做主。龙哥审时度势，叫来“东方红”，悄悄吩咐：为了你这一块地盘的长治久安，找机会做了他。“东方红”领命，就跟“文身虎”秘密协商报复强哥的细节。“东方红”不太同意龙哥的主意，毕竟搞出人命对谁都不好。但他岂敢违抗龙哥的意愿？他采用模糊处理的方式。“东方红”找来“文身虎”悄悄地说：龙哥准了，你看着办。“东方红”巧妙地把球踢给了“文身虎”。搞伤还是搞死由他自己把握。而“文身虎”从内心讲没想要搞死强哥。毕竟都是道儿上混的，各为其主，都不容易。他只是要为自己的毁容、自己的尊严教训教训强哥。他对执行本次任务的马仔反反复复交代：唔好斩头，颈，大动脉。（唔好，粤语：不要）

3个月后的一天夜晚，已是凌晨4点，强哥在凤凰食街大排档带着两个靓女吃完夜宵后，开着他的白色奔驰S500，载着靓女去四季酒店开房。强哥打开车门，刚刚一只脚踏到地面，就听见身后汽车突然加速的咆哮声和轮胎在路面摩擦的响胎声，那一瞬间他闻到轮胎烧焦的气味。他以为是“飙车党”，没太警觉。他刚关好车门，自己就被撞飞了，随后就像断了线的风筝飘在空中，最后是重重地砸在地上不省人事。“文身虎”手下3个被黑丝袜蒙面的马仔走下车，手持板刀，用脚踢翻强哥，摸摸他的鼻息，竟然没气了。三人交头接耳一番，开车离开了现场。

“文身虎”独自承担了所有责任。他放走了执行任务的3个弟兄，说是自己亲自驾车撞死的强哥，犯罪动机是报复杀人。上边也没有任何人指使，纯属个人恩怨。杀人偿命，“文身虎”最终伏法。关于“文身虎”，龙哥死前还在忏悔，他哪里知道他下达的指令经过一连串的“矫诏”、变形后，还能达到预期的效果，真是蹊跷得很。

（五）

阿财本名陈旺财，身高不足1米6，上唇留有一溜浓密的小胡子，见过他的人都觉得他酷似香港影星林子祥。当时的阿财已是梧桐镇小产权房开发的领军人物，而另一个后起之秀阿展也因其年轻、长于营销策划而声名显赫。龙哥更是虎视眈眈：因为相对于电子垃圾回收和海沙运输，小产权房这玩意儿太来钱了，利润都在一倍以上。

擒贼先擒王，就从阿财下手。龙哥得知阿财拿到凤凰街道最繁华地段的万佳商贸城项目，就要强行入股。阿财哪里愿意？他虽然忌惮龙哥黑社会的背景，但自己也是本地人，浸淫小产权房这么多年，是无可争议的老大。有道是强龙压不过地头蛇嘛。至于龙哥手下有一大帮卖命的弟兄，不就是多出些钱的事吗？出钱还买不来人马？万佳商贸城4万多平米，利润至少3个亿，他龙哥凭什么参股分利？他也没有这个资格呀！何况他根本不懂房地产。为了对抗龙哥的骚扰，同时也是给自己壮胆，阿财从社会上找来30多个“烂仔”，成立保安部，每天凌晨6点就绕着凤凰山跑步，齐声喊着“一,一,一二一。”，这种阵势，直让龙哥笑得喷饭。

一周后，阿财收到龙哥的“摆场”邀请，等于是下了战书：周六带上弟兄在凤凰食街吃早茶。阿财带着30多个弟兄赶到时，钢管、西瓜刀和土铳都藏在车里。龙哥和他的弟兄已恭候多时。在食街用竹楼搭建的宴会厅里，主席台摆上两个圆形的藤椅，龙哥坐右手边，他的40多个弟兄也齐刷刷地分布在右边，正襟危坐，一律长袖黑衬衫、白西裤和墨镜。而且黑衬衫的袖口纽扣扣得严严实实。阿财坐在左手位，他带来的弟兄也在左边坐下。阿财定睛看看自己的弟兄，穿着花里胡哨的短袖T恤，坐相东倒西歪。这种强烈的对比，以及龙哥和他训练有素的弟兄们的强大气场，轻易就撕裂了阿财的心理防线。虽说是强龙压不过地头蛇，那也得具体情况具体分析。龙哥在14K熏染20余年，深谙心理战。不战而屈人之兵，上上策也。其实，龙哥的弟兄根本没有带家伙。“东方红”提醒龙哥：那我们的弟兄吃亏了咋办？龙哥一笑了之：对付这种土鳖用得着吗？赤手空拳足够了。

但见阿财跟龙哥耳语，龙哥挥手示意弟兄撤退。阿财也下了同样的命令。阿财妥协了，同意龙哥参股进来，约定五五分成。随后，龙哥和阿财分工合作：龙哥负责拿地，因为他与“烟斗周”和高镇长的交情；阿财负责项目运作。阿财采纳龙哥的建议，遣散了招募的三十几个散兵游勇般的保安。龙哥答应，自己的兄弟任由阿财调遣。那时龙哥还没戒烟，镇上的人经常会看到如下一幕：龙哥掏出一根烟在左手大拇指指甲盖上颠3下，阿财迅速掏打火机给龙哥毕恭毕敬地点烟。其实阿财并不抽烟。

阿财并不总是一帆风顺。几年前，他运作的一个项目烂尾了，沉没了上亿资金。他找来阿展合作，试图用他那灵性的大脑救活这个烂尾楼项目。阿展鉴于阿财正跟龙哥打得火热，不想招惹黑社会，就提出由他买断，出价一个亿。阿财心中窃喜，果真如此，这个项目的投资也算勉强收回，损失点利息。虽说没有赚，但也没亏呀。阿财就跟阿展签订了买断项目的合同，阿展支付了两千万定金。

阿展签约后，立马奔赴浙江。他找来义乌商会，提出在金沙市梧桐镇共建义乌商贸城的设想。因义乌商会不是经营实体，所以他们同意阿展出10万元取得冠名权。阿财的烂尾楼经阿展重新包装后，销售十分火爆。不到一个月，仅三、四层商铺，销售回款就超过一个亿。商铺一、二层还没有开盘。有人估计至少能卖两个亿。这一下阿财傻眼了，梧桐镇的人也看他的笑话。阿财心理极度不平衡。他找龙哥“调解”，主持“公道”，龙哥答应出面找阿展谈谈。

龙哥当然有他自己的方式。

在与阿展谈判之前，龙哥先是制造些气氛：让手下给阿展的老婆打了一通威胁电话；在阿展的办公室现场宰杀一只公鸡；在阿展下班的路上用泥土车撞了阿展的保时捷－卡宴的屁股。

阿展自认倒霉，立场开始动摇。他应龙哥的邀请，答应可以和谈。但鉴于这个项目，他是倾其所有，孤注一掷，将所有能抵押的资产都抵押给银行，包括坐骑——保时捷－卡宴，以筹措购买项目的资金和后续建设资金。他的底线是一分不赚走人，算上两千万的融资成本，开价1亿2。阿财不这样想：本来就是我的东西，我付出那么多心血，老子现在不卖了。阿财本来就贪婪，现在仗着龙哥撑腰，就更加不讲理了。

龙哥有他自己的如意算盘。本来阿展的要求也不算过分，阿财的要赖更是毫无道理。但从大局看，借刀杀人，独占梧桐镇的小产权房开发的时机似乎已经悄然来到了。龙哥叫来阿财：老弟，这回看你的了，龙哥为你撑腰！我给你调几个弟兄，你对阿展得给点颜色瞧瞧。铲除阿展，这梧桐镇谁还敢开发小产权房？阿财点头称是，知我者，龙哥也。他早在心里盘算好了，先秘密绑架阿展，逼他签订退出的合同，最好还让他写一大堆欠条，以免他日后反悔。毕竟是两个亿的利润啊，怎能眼睁睁地看着阿展从自己的口袋里掏走？阿财哪里知道，他正一步步掉进龙哥为他量身定做的陷阱。

阿展已经感到杀机四伏。他先将家人送往昆明他姐姐那里暂居避难，自己一人回梧桐镇面对。他从深圳宝安机场下飞机，表弟开了辆别克商务车接他。商务车刚行驶到机场四路，4 辆无牌车从前后左右 4 个不同方向将别克团团围住，表弟被迫停车。从 4 辆车里钻出十几个彪形大汉，手持铁棍和棒球棒疯狂击打商务车的车窗和车身。阿展见来者不善，显然针对自己来的，就打开车门。众大汉迅速用衣服罩住阿展的头部，并用同样方式，将阿展和他表弟一起掳走。路上阿展央求他们放了表弟，并保证不会报案，否则他们可以撕票。这伙人最终释放了毫不相干的阿展表弟。

阿展被绑架到梧桐镇郊区一个废弃的电子厂，双眼被黑布蒙着，手脚都用铁链绑着，拴在一根水泥柱上。阿展猜到肯定是阿财或陈飞龙干的，目的无非是逼他就范，答应他们的苛刻条件。他天真地认为，对方为谋财而来，不至于害命。所以我要扛几天，不要轻易屈服，尽量为自己多积攒些谈判筹码。阿展与对方开始了心理战：绝食；拒绝签署任何文件。要签字，必须打开我的眼罩，必须看到所签署的文字内容。这样对抗了 5 天，阿财果然崩溃了。他沮丧地找龙哥出主意。龙哥斩钉截铁地说：还等什么？灭了呀！你把他放出来，已经构成绑架罪和非法拘禁罪，两罪并罚，至少 10 年牢。你傻呀，情愿去坐 10 年牢却两手空空，什么也没捞到？阿财还有些迟疑，龙哥追加一句：这可是考验你的忠诚和胆识的时候了。

阿财枪杀阿展败露，龙哥立马联络14K的弟兄，走水上通道，为阿财亡命天涯铺好了路线：先是从海南岛儋州的洋浦港偷渡到越南河内，然后借道越南河内从陆路口岸偷渡柬埔寨，最后又用同样的方式去了寮国。先是整容，后改名换姓，取得寮国的合法身份。姓名阿桑·苏里，大隐隐于市，就待在首都永珍（即万象。新马泰港澳译作永珍），出任红翻天红木家具控股集团公司业务经理。阿财账上的现金全部转往海外，公开的资产被查封，隐性的资产被龙哥笑纳。龙哥从此垄断了梧桐镇的小产权房开发，为他进一步策划的凤凰山高尔夫球会项目打下厚厚的底子。

听完坤叔的讲述，我陷入沉思中。干爹原来在14K已经形成犯罪人格，他来到梧桐镇投资，虽说环境完全不同了，社会制度也迥异于香港，但干爹的灵魂始终未脱离14K，我姑且称之为“犯罪惯性”。干爹那一套“黑道生存术”正好遇到最适合它生长的土壤——改革开放之初的混乱和无序的梧桐镇。这里有钱，有法制真空，有贪污受贿，有保护伞。干爹如鱼得水，顺风顺水。最最重要的是他还从异域请来了保护神——舞王湿婆神给自己壮胆！拥有了这一切，还有什么事情能够阻挡干爹的财路？

3. 往事

（一）

阿爷，也就是我干爹的阿叔陈炳森，打从 17 岁加入 14K，先后干过狱吏、警察，直到 60 岁从香主位上隐退，几乎经历并见证了香港黑社会各帮派所有的兴衰更迭和潮起潮落，堪称黑道活字典。如今他年过 70 了，依然精神矍铄，思路清晰，且十分健谈。他的国语水平不高，经常夹杂些粤语和黑帮用语。我们坐在沙发上，边喝茶边听阿爷“吹水”（粤语聊天）。阿爷挺开心的，窗外一缕阳光正好照射在他的脸上。

阿爷清楚地记得，干爹是 1962 年 5 月“大逃港”时，因为饥荒逃过来的。当时他才 10 岁。唉，你干爹的命真是苦哇。他爹，也就是我的堂哥，1958 年 12 月死于大炼钢铁。那时候毛主席头脑发热，说要用 15 年，钢铁产量超英。全国人民砸锅卖铁大炼钢铁。我回大陆看见过，都是那种土窑。我堂哥是土专家，一次他上窑炉顶端查看炉温，一脚踩空掉进炼钢炉。人就没了，连骨头渣子都没剩下。政府按烈士待遇给予抚恤，但接下来的 1959–1961 年的三年困难时期，你干爹全家还是闹饥荒。当时你干爹还有一个 5 岁的弟弟。为了活命，你干爹他妈带着你干爹和他的弟弟一起卷入 1962 年 5 月的逃港大军，几十万广东人为了活命，冒着生命的危险闯关，偷渡来香港。陶铸当时是大军区政委，不忍心看到那么多人饿死。他一声令下，边境开闸。逃了多少人过来？没有一个准确的说法，估计那半个月，至少逃过来20万人。

后来据你干爹跟我讲的，那天晚上突降暴雨，梧桐山山洪暴发，深圳河河水猛涨。会游泳的青壮年男女拼命游过去了，你干爹孤儿寡母只好拽着一棵被山洪冲下来的大榕树。这棵树上聚集了十几个人。后来又涌来一批人，大家为了活命，都想拽上大榕树的枝丫，就在水中厮打起来。你干爹的妈妈被人一脚踹过来，落入河中被洪水冲走了。后来雨停了，你干爹拉着弟弟上了岸，来到香港的地界。香港当地的好心人准备了白米饭和大碗粥迎接逃饥荒的乡亲。你干爹的弟弟好久好久没有吃到白米饭了，他狼吞虎咽吃着白米饭，吃得太急居然给胀死了。你干爹还算精明，他从打捞的死人堆里找到母亲的尸体，连同弟弟，在好心人的帮助下，草草下葬了还搬来块大石头埋在坟头，做上记号。一家人就剩你干爹一棵独苗。这一路他在香港沿途乞讨，打听了半个多月，才找到我。

我自小习武，酷爱“咏春拳”和西洋拳击。自然无心读书，16岁那年初中毕业就辍学了。就在那一阵儿认识了14K的朋友，觉得他们好威好屌，就入了会。17岁我报考警察，因不满18岁的法定年龄，员警部不收我。我便转去惩教署报考狱警。惩教署条件宽一些，就收了我。那时候狱警叫做狱吏，那是中国古老的叫法。没想到选择当狱吏后来证明是明智之举，这个职位甚至直接带给我上位（粤语升迁）之路。因为好多帮会大哥关进来了，我都会给予关照，让他们少吃些苦。这也为我日后的江湖地位赢得好多尊重。后来我又申请转做警员。

60、70年代的香港黑社会，那可是百花齐放、百家争鸣的时代。警匪沆瀣一气，贼即是兵，兵即是贼。没有人可以做清官，你不去收黑钱，黑钱会送入你的口袋。你不可以不要，收了捐做慈善也是可以的嘛。如坚持不收，便会被其他警员孤立，调去守水塘或调去沙头角值更。我当时心气儿极高，不满足月入1000元，就申请做扫毒组。你只要付5000元就可以进入，当时规定扫毒组3个月要轮换一批，但这3个月，至少可以赚1万5呢。

你干爹就是那时候找到我的。我当时想让他读几年书再揾工，他不干。我就给14K的朋友打招呼，先让你干爹在尖沙咀一带的赌档睇水(粤语看场子)。干过一段，终觉还是不妥，小小年纪，还是应该多识些字，就联络学校让他去上学，从小学四年级给续上。那个年头有好多赌档和白粉档，当差更像一门生意。在尖沙咀海防道一带，就有几个档口白粉一包包地卖，有10元的、5元的和两元装的。瘾君子在后面巷子吸食完毕，就到附近的大排档吃碗牛什粉。虽然百米外就是警署，这一带却是警察禁区，警察不巡逻。怕吓走了瘾君子，就没有“片”收（粤语派片即行贿）。

当差就是一门生意来的，那时候你要是懂得找门路，就会很容易升职。你比方说，一个外籍警司娶了个中国太太，那就好办了。买一对10到20万的劳力士情侣表送上，很快就可以升到沙展（英文SERGEANT的音译，即警官），做沙展3个月可以赚到几十万。鬼佬（对外籍上司的统称）虽说有权，但赚钱依然要靠本地警员，不然他们连白粉档在哪儿都不知道。当时，任何人要开赌档和烟格（白粉档）都要鬼头（对外籍上司的另一种统称）批准，打算开档的人就到处打听谁中了马票（彩票，如六合彩）。要是马票奖金100万，他就会用108万买回来，送给鬼头太太。鬼头太太高兴地向外宣称自己中了马票大奖，黑钱便洗白了，便能见光。要是遇到初来乍到不贪污的鬼佬，我们会在下更后带他去无上装（舞女赤裸上身）酒吧，教他怎样花钱，玩到凌晨两三点钟再去宵夜。当他玩上瘾，每个月1000元的薪水不够他玩和吃，他一定会贪。

那真是个百花齐放的年代呀，那时的破案率奇高。一批瘾君子专门收钱替人顶罪。他们吃惯了皇家饭（港语：牢饭），还有安家费。坐牢就是他们的职业。港英时代，除了上亚厘毕道港督府主人外，地下也有潮州人港督，他姓叶，已经过身了（粤语过世），他是四大探长中蓝江、吕乐的收数（粤语收钱）人。他说给你开赌场，白粉档就可以开。本来一个探长只有一个收数人，他能做两大探长的收数人，可见其势力有多大。

去年4月，我应邀去深圳，出席“和胜和”大佬的婚宴。深圳警方怀疑婚宴上暗中进行了扎职（入职）仪式，兴师动众，出动350名特警冲入会场，每桌由4名特警包围，共拘捕了200名宾客。这其实是个误会。江湖人也有喜宴，也会请有名气的、辈分高的大佬去讲几句吉利话给自己长脸，有时也为醒狮点睛。深圳公安知道我不是“和胜和”的，是14K的，已经退下来了，所以就让验尿，验DNA。我不怕，我没吸毒。当天就把我放了。

香港现在约有数十个帮会，其中14K人数最多。官方数字是15至16万，其实没那么多。应该是13到14万才是真。另外三大帮会和胜和、新义安及和安乐（即水房）人数约为10万或8万。以上就是现今香港四大帮会。也有些小打小闹的，才一百几十人，日暮途穷啦。

帮会都有山头的。谁创办的？国民党中统的特务头子毛人凤啊。他派手下葛绍煌于1949年在广州宝华西街14号创办的。名字的来历就是这个地址，加上当时广州市面上卖的金银首饰，就数14K的金饰最硬，所以取了这么个名，为的是反攻大陆嘛。最初缘起吗，14K是洪发山，新义安是太平山，水房属“和”字头的和安乐，源自从前的“安乐汽水”，汽水厂工人人数日渐增多，分支成和安乐，又叫“水房”。你问龙头大哥的产生？各个帮会的规矩都是不一样的。14K采用的是元老制。论资排辈，不称职就要下台；新义安采用世袭制，始祖向前传给儿子向华强、向华胜；和胜和则是每3年选举一次，算是最民主的，与时俱进嘛。

后悔？怎么会呢。14K成就了我人生的辉煌。当年我赤手空拳打天下，尖沙咀金巴利道整条街的夜总会、的士格、夜场都由我话事（粤语说了算）。谁想在尖沙咀开夜场，要我点头才行。现在？人家立马报警抓人啦！

14K的分部遍布世界各地，像美国、加拿大、荷兰、东南亚都有。我的门生收“靓”（黑道用语：马仔）都要先经我过目同意，海外分部会电邮照片给我看。我收门生的一大条件就是要“靓仔”（帅哥）。面目可憎，长相歪瓜裂枣，一看便知是黑社会，一律拒收。所以14K太多俊男，个个有资格吃软饭。入会后，门生会告诉新会员，你们属洪发山的“德”字派，大佬是陈炳森，行走江湖时可以挞“朵”(黑社会用语：搬大佬名气震慑对方)。收门生？10年前就不收了。

你问啥时候专职在14K干？那是1967年的事。我被警署发现是帮会中人，被迫退役。这才开始真正的帮派生涯。你干爹这时也念完初中了，说什么也不读书了，他非要入会，跟着我干。我当时也没有多想，揾工也难，反正觉得有个照应，有碗饭吃，就答应了。我那时哪有什么地位？那时要想“响朵”(黑社会用语：出人头地)，必须轰轰烈烈地打几场架。几乎天天打，有时一天打两场，有时十天半月打一场。你问受伤？没有。因为我武功好，记得有一次险些被刀劈，幸好我识功夫，夺了对方的刀。我身上挨的唯一一刀是你干爹的杰作。我“打得”的名气街知巷闻。1970–1971年，我连夺两届东南亚拳击赛冠军。那时李小龙刚过身(粤语过世)，电影界找我演武打戏，要真功夫。我做梦都没有想过，会有人请我演电影。记得是一个姓何的导演的《血之疑》，给了我3000元片酬。你可别小看3000元钱，当时已经很高啦！后来嘛，片约有，但是不多，记得1983年在《攻打爱情街》中饰演江湖大佬，获得香港电影金像奖最佳男主角提名。嘿嘿，如果真得了那个大奖，我后半生恐怕要当艺人了，说不定也成影帝啦。

(二)

阿爷似乎沉醉在美好回忆中了。看得出来，他说起自己时，那种眼神，是复杂的——无限留恋而又怅然若失。激情燃烧的岁月。而提起干爹时，他的表情瞬间发生变异，对干爹在14K的经历似乎总是轻描淡写，甚至三缄其口，不愿多谈。难道他们在14K有什么过节儿？抑或是有什么不为人知的故事？我上前搂住阿爷的脖子，向阿爷撒娇：阿爷，你就讲讲嘛，讲你和干爹之间的故事。人家想听嘛。我听干妈说，干爹还砍过你？

那个事说来话长。

1967年你干爹正式入会14K，只能从“四九”（最底层）做起。一连做了5年，做到“草鞋”，就没有再上位（升职）。这中间我教给他些基本拳击套路，希望他以后能防身。他也算有天分，自己看书练着一种日本武士的刀法。1971年那年，你干爹向我提出一个大胆的设想：他说这样耗下去没有出头之日。他想拉人单干。我当时别提有多生气啦！你以为自己是谁呀，你以为自己的翅膀硬了，可以纵横四海了？告诉你，多少大佬拉人单干，你瞅瞅看，如今有几个人还活着？干我们这一行，你再有本事，不依附一个组织寻求保护，你就会随时横死街头。受点委屈算什么？他是初生牛犊，我呢坚决不同意，并把他反锁在练功房里，让他好好反省。3天后我开锁跟他谈，他二话不说，拔腿就想跑。你想想看，就我的武功，他跑得脱？我上前一拳就击倒他。没想到这小子顺手抄起一把板刀，对准我的大腿砍了一刀。他就这样跑了。

平心而论，那个时候应该说是香港黑社会最好的时光。这种好时光一直延续到1974年ICAC（廉政公署）成立之初。它有一个大的背景：五六十年代开始，香港成为亚洲商品中转的中心和亚太区的重要港口。经济爆炸般繁荣，消费力特旺。弹丸之地的香港，到处是娱乐场所，到处都有黄赌毒。利益空间膨胀了，也就是说，赚钱的门道多了，大了。而英国政府对这个“养子”并没有太过用心经营，没有及时推进相应的社会秩序的建立。结果呢，黑社会就用暴力去构建一套秩序。也因此，那时的香港简直就是暴力和暴利的狂欢之地。当时的帮派分工很细，不同的帮派有不同的分工，迎合着可以牟利的空间。比如，当时的“和”字头有36派，主要经营地面上的生意，以黄赌毒作为牟利场所；14K字头的帮会控制了不少瘾君子，所以手脚脏，小动作多，就专做脏事；和安乐手下产业工人多，身体康健，大都会点功夫，所以就出面收债、睇水（看场子）。那时候帮派组织有点类似于大陆的国有企业：吃喝玩乐、看病旅游都包了。核心马仔老大还要每天提供白粉供养，那玩意儿有多贵？一般每天吸食的量就差不多花一两千元。正经工作你能吸得起？上瘾了，也就终生被老大控制了。除非你戒毒，不然，你就是大佬用毒品饲养的暴力工具。你以为黑社会好混吗？看看大多数马仔一天的生活：睡觉醒了，就吸毒；吸完毒就一起执行任务，去打打杀杀；完事回家继续吸毒、睡觉，睡醒了就去抠女（粤语泡妞）。

现在来看，你干爹的选择也许是对的。所以，我说他天生一个黑帮坯子。

砍我一刀，已经给你干爹赚了些江湖名气。后来，没想到他的胆子那么大，因为干了件更出格的事被黑社会称作“平地一声雷”。当时情况是这样的，你干爹为了搏上位，拉上两个弟兄，手执钢刀，冲进尖沙咀另一个中等规模的帮会联胜英的档口。当时，联胜英的30多个兄弟刚收数（保护费）回来，正围成一圈数钱呢，你干爹和他两个弟兄二话没说，挥刀就砍。谁敢相信？吃了豹子胆，居然敢打劫黑社会！联胜英的30几个兄弟还没缓过神来，已经被砍得落荒而逃。

你干爹的行动震惊了黑社会。几大帮派的大佬都极力拉拢入伙，都答应给配备人马，并提拔到高层。你干爹最终选择跟了联胜英的一个大佬。因为刚刚惹下的大祸，联胜英会随时找他算账。他投奔联胜英的大佬，等于找到保护伞。躲过了这一劫。就这样在联胜英干了几年，他染上毒瘾。我把他找回来，劝他赶紧戒掉，不然，这一辈子就毁了。后来他因为一件事受了刺激，还真给戒掉了。那件事也最终让他下定决心单干了。

他老大让他去办件事，他带着兄弟刚到目的地，迎面就碰上对立的帮派在恭候他。他和几个弟兄掉头逃命，被疯狂追杀。自己也受了伤，后背中了一刀，险些丧命。至今也不明白，大佬为什么要出卖他？为了报复大佬，你猜他干了一件多么出格的事？他挖了人家的祖坟，把他爸爸的墓碑扔在他家门口，骨灰坛自己抱着。害得那个大佬见你干爹就跪地磕头，因为自己父亲的骨灰在你干爹手上啊！后来我担心事情闹大，就出面讲和，花了20万重新安葬了被你干爹掘来的骨灰坛，请道士做法事，超度亡灵，这才平息风波。但这个举动又给你干爹在香港黑社会加分不少，从此谁也不敢惹他，知道他横。这个故事情节后来被拍成电影，叫《旺角风云》。从那以后，他戒掉毒瘾，执意单干。他醒悟了，对黑社会也有了更深刻的认识。他跟我说，阿叔，黑社会是什么？钱！就一个字。别讲什么义气，都是骗人的玩意儿。

这是他第二次开始单干。他琢磨出一套混社会的技术：钱从哪儿来？就是寻找暴利的链条。可是，有暴利的地方肯定有暴力守着，你得去抢。抢靠什么？打打杀杀！打到被人怕，打到有名声了，就方便了。谁见你来就躲。所以要有名，就必须斗狠。不过，这个狠字要有个度。你打死了人，被抓住坐牢，你也玩儿完了。等你出来，什么都不是了。如果不打，别人又不怕你。所以，打，确实是个技术活儿。

你干爹那时候也有了30几个弟兄。他们从打劫开始，打劫路人，打劫运钞车，打劫发廊。后来为了做出品牌效应，打劫其他小一点帮派的档口，成功上位。这样一路打下来，终于见到成效，垄断了油尖旺闹市区的毒品生意，与14K结成战略合作。30岁那年，他与你干妈完婚，总算成家立业了。

（三）

我和干妈之间感情很淡，这中间不仅仅是生母的原因，可能是今世无缘。生母险些颠覆了她的原配地位，她恨意至今未消。而生母又早早暴死，她自然将恨意转移到我身上。除了不准我姓陈，阻止我踏进陈家祠堂外，对干爹将我移民香港，享受他亲生儿女一样的待遇也一直耿耿于怀。至于继承潜龙公司的事，因干爹遗嘱在先，死人为大，她倒也没提出什么异议。也许在她看来，继承潜龙公司祸福难料，未来坐牢也说不定。自己名下的钱财足够自己这辈子受用，亲生儿女阿峰、阿敏除钱财足够，还有正经的公务员的工作，半生漂泊，整天担惊受怕的日子随着干爹的自杀总算结束了，落得一个平平安安。所以，干妈经历了一段老公死亡的悲伤后，随着“七七”忌日的过去，心情逐渐归复平静。她听信坤叔的劝告，开始尝试着吃斋念佛了。

我也试图做出种种努力，改善与干妈的关系。陪她逛逛街，一起做FASER，做SPA，陪伴她去黄大仙那儿敬香祈愿。慢慢地，她也不再那么排斥我了。我频频引导她谈谈她和干爹的情缘，她像挤牙膏一样，今天说一段，明天说一段，完全视她当下的心情而定。我试图厘清她和干爹近30年的情感轨迹。

说起来，我和你干爹还是有缘。那会儿，我们都不到20，就是处在你们年轻人说的那种情窦初开的年龄。我家在14K的地盘上开了间酒吧，每天必须交500元的保护费。我当时是收银，你干爹总是在晚上9点左右来收数。刚开始我们是不说话的，他一到，我就给他500，他点点数，扭头就走。后来认识他以后才知道，他要赶时间，必须在晚上10点之前把所有的场子的保护费收齐，否则就要受罚。这样一来二去就慢慢熟悉了。他也主动跟我搭讪，会问问我生意如何，偶尔也会讲讲新近发生的黑社会的打斗事件。慢慢地，我知道了他家庭的悲惨遭遇，对这个孤儿就有些同情心。他虽说被迫在黑社会揾工谋生，但本质淳朴，人还没有变坏。

一天晚上，3个英国鬼佬在酒吧里喝得醉醺醺的，买单时，他们对我动手动脚，还用“咸猪手”摸我的胸部。正巧赶上你干爹前来收数。他二话没说，从酒吧台上摸出一个酒瓶就往鬼佬头上砸，3个鬼佬的头都开花了，血流得到处都是。你干爹被警察带走了。警署上层那会儿全都是鬼佬，他们当然偏袒自己人。你干爹被关了几天，付了3000元医药费，这才放出来。后来我父亲给他钱，他死活不要。这件事对我触动好大，我觉得他仗义，平日虽说话不多，却是个敢作敢为的人。加上你干爹个子高高大大，皮肤白白净净，像个大学生，靓仔来的。更重要的是，他有担当。从那会儿开始，我就对他产生了好感。

后来，你干爹换了工作，不再收数。但他只要有空，总会跑过来和我见个面，说上几句话，说说这几天发生的事，有时也给我送点小礼物，巧克力呀什么的，反正吃的点心居多。慢慢地，我们俩都有了那层意思。我家人的态度？那还用说，当然是跳起来反对。尤其是我姐姐。说我眼睁睁地往火坑跳。说你干爹肯定花心，又是黑社会，整天打打杀杀，婚姻不会长久，不是离婚即是守活寡。而事实上呢，我姐姐离了两次婚，嫁了又嫁，我们的婚姻却稳定了 30 年。你干爹不走的话，肯定能白头到老呢。

用你们现在时髦的话说，我们终于结束了 10 年的“爱情长跑”，在你干爹 30 岁、我 26 岁那年，我们正式结婚了。你干爹的阿叔那时已经做到“白纸扇”，就给我们腾出一间居室做了新房。你干爹呢，已经开始单干，手头上还算宽裕，过日子不成问题。一年后，我有了阿峰，3 年后，又有了阿敏。你干爹总是白天睡觉，晚上活动，经常凌晨才回家。说实在的，刚开始我有过后悔，心总是悬得高高的，经常整夜不睡，等着他能平安返家，后来慢慢也就习惯了。两个孩子小时候和他正常相处。上学后受到同学的白眼，慢慢对爹地的黑社会背景有了排斥心理。加上你干爹的作息时间阴阳颠倒，总也见不着面，所以他们父子感情慢慢就变淡了。说心里话，你干爹是个顾家的男人，而且结婚后，不再花心，对我也是百依百顺的。两个孩子都送到加拿大留学。后来他去大陆投资，开始变坏了，又是吸毒，又是抠女包二奶。我看，那都是钱烧的，真是应验了“男人有钱就变坏”的说法。

这么多年，你干爹的事情我基本不过问。只是有一件事，我被卷入你干爹的生意中，还替他坐了一年牢。那是你干爹开始单干后的第三年，因为在江湖上有了些名气，就接到一个大单，是日本山口组的。听你干爹说，山口组准备与国内一个堂口开战，需要去夏威夷买枪。他们看中了你干爹，出了很好的价钱。你问山口组为什么不自己到夏威夷买枪？当时我也问过你干爹，他说当时日本政府规定山口组是不能出国门的。

结果，你干爹和几个兄弟在夏威夷被捕，被递解回香港。警察在抄家时，从我和你干爹联名的银行保险柜中找到一支左轮手枪和200发子弹。我和你干爹同时遭到检方控诉。律师出主意说，你干爹有好多案底，如果持有枪械，私藏枪支弹药，起码也要坐7年监。而我把这个事揽过来，最多也就坐两年监。权衡利弊，我把罪都揽了。你干爹心里过意不去，我说，那有什么，就当去读书。

受罪是当然的啦。不过，你阿爷曾经干过几年狱吏，属元老级，当时的狱吏都买账。因此，我在监所不断调换轻松的工种，据说还引起廉署的怀疑。因为，按照规定，囚犯在一个岗位上做上10个月，才被允许调换新工种。他们哪里知道，我是老牌狱吏家属，狱吏家属坐监那叫“皇冠牌”，会得到旧同事关照，并不犯法。

我出来后，和你干爹商量，决定金盆洗手，遣散几十个弟兄，散尽钱财，告别黑社会，告别打打杀杀、提心吊胆的生活。两个孩子都在国外留学，你干爹全职在家陪我。整整3年，虽然没多少钱，但那是我这一辈子最幸福的时光。你干爹成天读书、看报，研究大陆的改革开放政策。还报了一个瑜伽班练习瑜伽，在那个班上他认识了你坤叔，他俩成为了好朋友。这时候，陆续听说港人回大陆投资赚钱的故事，你干爹也有赌一把的念头。你阿爷这时也从14K香主位隐退，他也支持你干爹回大陆搏一搏，并愿意提供10万元赞助。后来你干爹发达了，在你阿爷60大寿的庆生宴上，送给你阿爷一辆限量版的金色宾利车，花了1000多万，在黑道捞得好大好拽的名声。

4. 湿婆

（一）

先从这尊舞王湿婆铜像说起。

我和坤叔面对湿婆大神，点上3炷香。坤叔让我先拜。我站立在神龛前，弯腰敷衍地拜一拜，表情却是虔诚的。坤叔则虔诚有加，跪拜不说，口中还念念有词：龙哥，你都看见了，我把湿婆神请到阿春的住所了，在玄关这里做了个神龛，今天是安神的吉日。愿你在天之灵保佑阿春，愿湿婆大神保佑我们潜龙公司生意兴隆。说完了，坤叔起身拍拍手，对我说：信仰这东西，心诚则灵。你干爹深信，就是因为湿婆大神的保佑，才让他在梧桐镇白手起家，创造了辉煌的事业。他不信其他，只信湿婆。他曾经对我说过，有了湿婆大神，没有他不敢做的事。

干爹让坤叔转交给我的舞王湿婆铜像，如今换了主人。坤叔亲自动手，挑了黄道吉日，把神请到我的居所，并精心搭建了一座北美风格的袖珍小别墅：三层尖顶式结构，第一层摆放供品和香炉；第二层摆放神像，第三层是用彩灯做成的长明灯，这就是神龛。装上彩灯，点上莞香，灯光摇曳，香烟缭绕，倒也能让人很快进入虚无缥缈的神秘的世界。坤叔特意交代，神龛上的长明灯即使家里没人，也要开着。坤叔继续讲述他和干爹的往事。我给他冲了一杯雀巢速溶咖啡提神。

说起我和你干爹的缘分，要从练瑜伽开始。记得那是20多年前的事了，你干爹从14K金盆洗手，赋闲在家。为了打发时间，他报名参加了九龙文化中心的一个瑜伽研习班。晚上上课，收费低廉，好像每人100，上10多次课。后来我们才弄明白，开班的这个新加坡人是个生意精，先吊足学员的胃口，赚钱的买卖是最后应学员的“强烈要求”，带我们游印度他的家乡，跟康泰旅行社合作。而我呢，当时出于兴趣，也报名参加了。因为我跟你阿姨经营的“骉记牛杂店”晚上打烊早，所以我就能抽空参加。“骉”字就是三个“马”，上面一个，下面俩，那是用我曾祖父的字命名的。开班的老师是一个印度裔的新加坡人，他的名字叫拉玛努贾姆·森，我们都叫他森老师。他本人住在新加坡的“小印度”，就是实龙岗路一带，那一带聚住了十几万印度人，据说是当年英国殖民时期从南印度移民而来，为了补充新加坡的劳动力。他信仰印度教。人精瘦，不像印度人那么黑，隆鼻凹眼高额头，他自称祖上是雅利安人血统，属南印度泰米尔族。

俗话说“因缘早注定”。没几天，我和你干爹就混熟了，我这才知道他原来就是黑道上大名鼎鼎的“龙哥”。他打打杀杀的那些事媒体都报道过。如今低调隐退，因为这个缘由，我对他的退隐那可是肃然起敬啊。他告诉我先“猫”一段时间，调整调整心态，找个机会回内地发展去。他问我是否有兴趣一道创业，参与内地的改革开放，机会大把，但要赶上“头啖汤”才行的。我摊开手说，我倒是想跟你一块闯闯，可是家里的牛杂店我放不下呀，光凭我老婆打理恐怕忙不过来，这可是祖上传下来的百年老店，属港府文化遗产呢。你别看这个店小，可是历任港督都要光临的呀。只做两道菜：正宗的手打潮州牛肉丸和牛杂汤。我插话道：周星驰拍的《食神》，牛肉丸可以当乒乓球打哩。坤叔说那是吹水（粤语吹牛、侃大山），瞎掰的。你干爹见我面有难色，就说，你是我从黑道洗手后结交的第一个朋友，我珍惜这份情谊，我等你。等我做到七七八八了，我就正式邀请你。店里的事你可以请帮工嘛。我说，到时候再说吧，我相信你的能力，很钟意跟你干。

森老师给我们每人发一份油印的讲义，上面画了很多图形，有神话谱系和瑜伽动作之类的，说是从《瑜伽经》里摘抄的精髓。你说什么？我们那时学习的瑜伽跟现在满大街的瑜伽是不一样的，我们那时偏重于理论普及，带点启蒙性质的；而现在都市女性练瑜伽则纯粹是健身和调心的需要，更注重实践，注重那个美体呀塑形呀什么的。瑜伽是什么东西？说白了，就是对心的变化的抑制，对喜怒哀乐等等情绪的控制。我们普通人的心的变化不外乎5种：一是正知，就是对事物的正确认识；二是不正知，就是对事物的错误或虚假的认识；三是分别知，就是用语言表达出来的，没有实在性的认识或者想象的认识；四是睡眠，就是在睡梦中产生的，以非存在事物为表象的认识；五是记忆，就是指过去的行为留下的种种潜伏的印象。瑜伽的目的就是通过消除欲望和长期的修习，来抑制心的这种作用和变化，以达到三昧状态，实现解脱。

而具体的修炼方法呢，主要有8种，称为“八支行法”：一是禁制，主要指遵守戒律，不杀不盗不淫之类的；二是劝制，包括清净、知足、苦行、读诵和敬神5个方面的内容；三是坐法，这个很是讲究，指的是保持身体平衡，轻松自如，精神放松。主要坐法就有莲花坐、勇士坐、吉祥坐、狮子坐、孔雀坐等等。四是调息，主要指如何调整和控制呼吸。调息尤其要注意呼吸的三大作用：向内吸气、向外吐气、不吸不吐长长地将气储存于胸腹之中。在我看来，调息才是瑜伽的精髓，全部的诀窍就4个字：“处”，指的是气息吸入后，气息在胸腹之内所到达的范围；气息吐出之后，气息在宇宙到达什么地方；“时”，说的是呼吸的时间，要求在呼气吐气过程中，保持速度适中、间隔和节奏合宜；“数”，指呼吸的次数，要求出气和入气一定徐缓而轻长，切忌短促、粗急；“一”，指的是调整意念，专注一境，将意念集中在某一点上。五是制感，主要指抑制各种感官，让感官的活动完全置于心的控制之下；六是执持，就是将意念集中于身体的某一处，譬如肚脐、鼻尖、舌尖等，也可以专注于外界的某一对象，譬如月亮、北极星、神像等。七是禅定，也称静虑，就是让专注于一处的心，也就是意念，与所专注的对象合一；八是三昧，真正达到心与其所专注的对象冥合为一的状态。

你提到的坐禅跟瑜伽的关系嘛，森老师讲过，佛教的坐禅其实就是瑜伽，瑜伽修炼到一定的火候，达到高级状态的级别梵文称“禅那”，佛教连名称也一起拿过来，简称“禅”，后来六祖慧能干脆建立了禅宗。森老师引导我们练习各种瑜伽坐法，莲花、勇士、吉祥、狮子、孔雀一一示范，还引导我们如何调息。你干爹说，呼吸这玩意儿可是人一生下来就会的，经过森老师开导后，好像自己不会了，真是邪门得很。我说，是啊，呼吸是我们活着的依据，通常我们说一个人死了，是停止了呼吸。经森老师点拨后，我们才明白呼吸原来大有学问，大有讲究，控制呼吸就控制了心的起伏波动呢。练累了，森老师就给我们讲故事，主要是印度的创世纪故事和印度教的神话故事。这些我在大学的选修课里有所接触，主要是印度的史诗《摩诃婆罗多》和《罗摩衍那》。你干爹则不然，他是头一回听到这种神奇的神话故事，可以说是听得目瞪口呆，惊叹不已。什么故事？你想听？那就给你讲一个《搅拌乳海》的故事——

印度的神话体系是梵天、毗湿奴和湿婆神三位一体的，他们分工明确：梵天负责创造，称创造之神；毗湿奴负责保护，称保护之神；湿婆负责毁灭，称毁灭之神。说是混沌初开，出现水，水生火，火的热力，生出金蛋。金蛋在水里漂浮很长时间后破壳，生出梵天。梵天用自己的身体各部位创造了宇宙和生灵万物。梵天干完活累了，就将权力下放给天神们。我们在佛教的寺庙里常见到的修罗和阿修罗都是天神，只是梵文的“阿”是否定冠词，所以阿修罗可以理解成天神里的坏蛋。你稍加留意就能看到，修罗的雕像都是含蓄的杏眼，而阿修罗则是凶煞的瞪圆眼。那时候，天神们也受到生老病死的困扰。一天，他们在须弥山上聚会，探讨如何才能长生不老的话题，争论激烈。毗湿奴说：让我们和阿修罗联手，一起去搅拌大海，从中提炼长生不老的琼浆玉液。天神们一致赞同毗湿奴的提议，与阿修罗也达成了协议：事成之后得到长生不老药，咱们二一添作五，平均分配。

他们决定以眼镜蛇王瓦苏基来代替绳子，以曼多罗山充作搅拌棒，还请求把世界驮在背上的龟王沉到海底，以便充当搅拌棒曼多罗山的支撑点。这位龟王其实是毗湿奴的化身。于是乎，天神和阿修罗将曼多罗山放在龟背上，然后把瓦苏基蛇王当做绳子缠在山腰，阿修罗抓住蛇王的头，天神们抓住蛇王的尾部，他们齐心协力开始转动搅拌棒，搅啊，搅啊，一直搅了好几百年。冒着炎热的火焰和倾盆大雨，天神和阿修罗就这样不知疲倦地搅拌，海水经过几百年的搅拌后，开始变成了白花花的奶水。

海面上出现了新的宝物和天神——一轮明月，美丽的幸福女神拉克什米，成为毗湿奴的妻子；最美的仙女阿卜婆罗兰跋被乾闼婆抢走了；神奇的白马被天帝因陀罗收养；像太阳一样闪光的魔石成了毗湿奴大神的胸前装饰物；云彩般巨大的白象，成了因陀罗的坐骑……

随后，海面上出现可怕的剧毒物质，因为毒气蒸发，宇宙面临毁灭。天神、阿修罗以及所有生灵都惊恐不安，向湿婆大神求救。为了拯救宇宙，湿婆大神将海面上的剧毒物质全部吞下。由于毒性太大，湿婆的脖子都烧青了。从此，湿婆神又叫“尼拉坎陀”，意思是青颈。此时神医檀般陀里出现了，他手中捧着盛满长生不老药的金色甘露罐。阿修罗一见甘露灌，蜂拥而至，争抢不休，都想一口吞下这琼浆玉液。毗湿奴一见场面混乱而又失控，他摇身一变，变成一个绝妙的仙女来到阿修罗中间，亭亭玉立，款款动人。阿修罗一见美女，色欲顿时发作，停止了争夺，并将甘露罐交给了这位美女。顷刻间，美女和盛满长生不老药的甘露罐不见了，阿修罗陷入一片混乱。毗湿奴和众天神早已远走高飞了，并开始轮流品尝这长生不老药。阿修罗中只有罗睺知道药的去处，他假扮天神，悄悄接近甘露罐，这时，太阳神和月亮神发现了罗睺的伪装，并揭穿了他。毗湿奴大怒，砍下罗睺的头，无奈他刚刚喝了一口，药还在喉咙里呢，所以罗睺的头获到永生，他的身体却掉下了凡间，砸得地动山摇，相当于8级地震呢。罗睺的头留在天上，对太阳和月亮极端仇视，所以常常追逐他们，追到后就抓住他们想吞下去，这就是日食和月食的由来。罗睺的尾巴有时也以彗星的形式出现在天空。

（二）

我们的印度之行就这样上路了。每人1万多，时间9天，这在当时的确是一笔不小的数目，而且时间够长的。在你干爹的怂恿下，我也咬咬牙随团出行了。要说印象嘛，就两个字：纠结。首先，对到过印度的游客来说，喜欢的人喜欢得要死，据说好多国外游客被印度神秘的宗教和遍地多如牛毛的神庙和陵墓建筑雕刻艺术所吸引，所折服，干脆就留了下来，据说背包客居多，欧洲人来得最多的是德国人，老的、少的都有。他们至少游几十个城市，时间以月计算；讨厌的人就讨厌得要命，说遍地脏、乱、差，狗屎、牛粪满大街，老牛、病牛遍地晃悠。贫富悬殊，信徒愚昧，不可思议。牛呀猴子呀老鼠呀都是他们的神。神猴哈奴曼因为救过罗摩王，所以备受印度教徒尊敬。唐玄奘《大唐西域记》有过描述，后来被小说《西游记》塑造出孙悟空孙猴子的形象。还有老鼠，我们参观了贾斯坦邦的德萨努克的老鼠神庙，这可是世界独一份的。你以为人家老鼠吃的是残羹冷炙，错了，大错特错！人家吃的是新鲜牛奶！印度神话里有一个叫做圣加尼西的大神，掌管人间事业的，老鼠是他的使者。据说1927年，印度爆发鼠疫，死人无数，唯有供奉老鼠的德萨努克没有死人，这一下可不得了了，全印度人都对老鼠崇拜着呢。至于牛，就更是他们的神。据说，这个传统归于雅利安人入侵，带来游牧民族的生活方式。牛，既是繁殖生命的代表，又维持了人的生存。婴儿从小到大，一直靠喝牛奶长大，自然对牛产生深厚的感情，甚至将牛奶视做母亲的乳汁。所以，在印度教徒心目中，牛奶、凝乳、黄油、牛粪、牛尿这5样东西都是圣洁的。我们还专门来到恒河边上的瓦拉纳西，这里每天都有成千上万的信徒在此沐浴，河岸的烧尸庙整天烟火不断。恒河水不仅浑浊，而且脏乱不堪。但这些丝毫不影响它在信徒心目中的神圣地位。印度教徒深信，恒河水能洗清自己的罪孽，而烧尸庙里袅袅上升的青烟正是死者的灵魂升天，获得解脱的那一刻。不得了啊，这就是信仰的力量。

对这个国家来说，可能是历史的原因吧，也是一个错综复杂、矛盾交织的国度。印度教、佛教、耆那教、伊斯兰教和基督教都有人信。历史上，印度就是一个分裂居多、统一稀少的国家，就像一个战争大舞台，一会儿雅利安人来了，一会儿大月氏人来了，一会儿蒙古人来了，一会儿帖木儿人来了，一会儿希腊人来了，一会儿英国人来了……所以各路宗教随着入侵者的到来，都在这里扎根开花结果了。什么摩揭陀王国、孔雀帝国、贵霜帝国、莫卧儿王朝、东印度公司，总之一个字：乱。

我最迷恋的是莫卧儿王朝给世人留下的最美丽的陵墓泰姬陵。莫卧儿王朝是全世界统治者中最浪漫的王族，他们本是中亚的一个蛮族，父系有帖木儿人的血统，母系有成吉思汗的蒙古人血统。真是难以想象，这两个杀人如麻的嗜血民族，来到印度建立莫卧儿王朝后，摇身一变，变成世界上最优雅的族群：浪漫而又多情。他们共同塑造了人类迄今为止，世上最幸福的穆斯林女人，她的名字叫蒙塔兹·马哈尔，她有一个最痴情的丈夫，名字叫沙·贾汗。他们是在一个“集市节”大街上一见钟情的，当时王子沙·贾汗只有 15 岁，而漂亮姑娘阿朱曼·巴奴只有 14 岁。王子 20 岁时跟姑娘结婚，称为蒙塔兹·马哈尔，意思是宫中最高贵的人。其实当时的王子已经有两个妻子，沙·贾汗让她们每人生了一个孩子，从此再也没有亲近过她们，只将万千宠爱都给了马哈尔。在他们结婚的 19 年里，蒙塔兹一共为沙·贾汗生下 14 个孩子。也就是说，在他们的婚姻中，蒙塔兹有一多半时间都在怀孕。可惜的是，限于当时的医疗条件，这些孩子死了一半。直到有一年，怀着第十四个孩子的蒙塔兹随丈夫出征，遇到难产，在丈夫的注视下，死在丈夫的怀里。沙·贾汗悲痛欲绝，将爱妻临时葬在一条河边，独自一个人默默地为亡妻守陵，足足守了一年。当国王再一次出现在人们面前时，已是须发尽白，弯腰驼背，脸上全是皱纹，才40岁的人仿佛一夜之间进入耄耋之年。半年后，蒙塔兹的尸体被重新取出来，装入金棺运回阿格拉。他下决心要为妻子建造一座世界上独一无二的陵墓。他找来全世界最好的工匠和设计师，从拉贾斯坦拉来最洁白的大理石，动用国库中争战打劫的最美丽的珠宝来装饰陵墓……这个计划他花了整整22年。国库被耗空，莫卧儿王朝从此走向衰落。

你干爹也为这个爱情故事唏嘘不已。我问他：如果你要是那个沙·贾汗国王的话，你会怎么做？你干爹笑笑，反问我：那你呢？我们相视而笑。

其实，这沿途探访下来，你干爹深有感触地对我说，印度之行，除了泰姬陵里的那个女人外，在印度做人是最痛苦的。所以印度需要各种各样的宗教来解脱自己；做动物是最快乐的，你看看满大街那些逍遥自在的白牛，那些狗，还有猴子，还有老鼠，真是羡慕它们啊，有人供养，没人伤害，困了就睡在大马路上，人、车都得让路。猴子讨吃的，你怠慢了人家还骂你，老鼠吃早点要喝新鲜牛奶，有善男信女按时送上。衣食不愁，自由自在，快乐安逸。这才是人苦苦追求而又求不得的理想结果啊，而印度的动物们却得到了。它们才是这世上最幸福的一群。

你干爹最感兴趣的还是舞王湿婆铜像。那是在新德里国立博物馆参观时，你干爹兴奋不已，说这种造型曾多次出现在自己的梦中，看来，今生要和这位大神结缘。他求森老师打听一下，哪里可以买到复制品。森老师爽快答应，说出口的文物商店应该有售，价值不菲，也是铜质的雕像，做工精湛，可以乱真，只是形体小一号，只有原雕像的三分之一大，主要考虑便于游客携带。你干爹说，原雕像差不多有1米高，确实太大了，三分之一高嘛也有30公分，大小正合适，买一个回去。不，用敬神的口气应该是请一个回去。我说，咱们香港人做生意都敬红脸关公，你倒好，大老远从印度请了一个洋神湿婆供着，很有创意啊。看来你今后要赚大把的外汇。

你干爹掏了3000美金买下舞王湿婆铜像，爱不释手。森老师给我们讲解到，这尊铜像的出土地正是他的家乡泰米尔纳杜邦的蒂鲁瓦兰古拉姆，当时为南印度的朱罗王朝时代，所以又称“朱罗铜像”。舞王湿婆正在跳舞，他头上戴的是羽毛宝冠，宝冠上装饰的是骷髅、新月并缠绕着眼镜蛇。他有4条手臂，右上臂拿着一面手鼓，象征着湿婆的舞蹈正是创造宇宙的过程，因为在我们印度的神话传说中，第一个创造出来的东西就是声音。左上臂的手中，拿的是一团燃烧的火焰，象征着宇宙的毁灭。因为湿婆既可以创造宇宙，也可以毁灭宇宙。而在我们印度教徒看来，这种毁灭不是纯粹的毁灭，而是一种净化和再生，有点像你们中国的凤凰涅槃的传说。前右臂的手，做一种无畏的手势，据说是安抚信徒们不要恐惧。前左臂的手，是一种类似象鼻下垂的手势，手指指向左脚的脚尖，据说是劝道信徒必须摆脱虚幻的尘世，力求与永恒的宇宙精神相结合。湿婆雕像的底座有双重莲花，从底座的怪兽口中喷出一圈火焰的光环，这光环环绕着舞王的四周，象征着宇宙的生生灭灭，循环不息。湿婆的右腿支撑着全身，右脚站立在火焰光环的中央，脚底下踩着一个侏儒，这个侏儒代表无知和痴迷尘世的人。湿婆的左腿抬起，左脚的脚尖指向火焰的光环。从整体来看，这尊湿婆雕像挺胸昂首，神采飞扬，四臂与双腿自由伸展，在火焰的光环里跳着节奏欢快的舞步。他的舞姿既有健舞的雄劲，又有柔舞的柔美，生动表现了宇宙生命的强大活力和自然万物的美妙和谐。

森老师继续给我们讲到，他自己信奉的印度教正是湿婆派这一分支。在印度信奉的三大主神中，湿婆是性格最复杂、形象最繁多的一个，许多自相矛盾、水火不容的形象和性格都融汇于他一身；既是生命的毁灭者，又是使万物起死回生者；既是禁欲的大苦行者，又是色欲和生殖力的象征；既有抚养众生的仁慈之心，又有复仇、残杀的凶恶之念；既能潜心静修瑜伽，又能狂热地跳起欢快的舞蹈。

在我们印度教教徒看来，湿婆的形象主要有4种：第一是苦行者形象。传说作为苦行者的形象，湿婆终年隐居在喜马拉雅山的一个叫做“吉婆”的山峰之上，这座山峰就是你们中国西藏的冈仁波齐峰，属于冈底斯山的主峰。海拔6700多米。冈底斯的藏语为“神灵之山”，冈仁波齐的梵文意思是“湿婆的天堂”。佛教、印度教、耆那教、苯教这四大宗教都公认为这里就是世界的中心，也是教徒心中的圣地。有生之年砸锅卖铁也要到此地来朝圣一次。其实它也就是这些宗教的神话体系中的须弥山。据说当年的希特勒也坚信这里是世界的轴心，他还派党卫军“冲锋队”成员潜伏在西藏寻找世界的轴心，以便转动这个轴心，让时间倒流，拥有神奇的力量，从而控制全世界。而苦行的湿婆的形象是这样的：光着上身，只在腰间围上一件短的兽皮裙。多绺发辫，盘成高髻，头顶一弯新月，天上的银河之水从他的头上倾斜而下；脖颈青黑，缠绕着一条眼镜蛇；他有三眼四臂，第三只眼睛长在前额上发射着闪闪的红光；4只手分别拿着三叉戟、手鼓、苦行者用的水罐和念珠。

湿婆在喜马拉雅山苦修有很多传说，其中最动人的故事是他睁开第三只眼烧死爱神的故事。说是梵天让众神说服湿婆赶快结婚生子降妖的时候，湿婆正在苦修。众神眼见说不动，就想出一条计策：让爱神去挑逗湿婆的春心。爱神带着春神来到湿婆的修行地，立刻把冰天雪地的喜马拉雅山变成春意盎然、鸟语花香的大花园。当爱神用他那神奇的花箭射向闭目冥思的湿婆时，湿婆瞬间心动，觉得怪异，但他马上冷静下来，睁开他的第三只眼，放射出一道激光一样的神火，顷刻将爱神烧成灰烬。后来，爱神之妻一再请求湿婆复活丈夫的生命，湿婆一直没松口。因此，我们印度教的爱神是无形的，称“无身躯者”，他只存在于人们的心中，而没有具体形象。湿婆头上的那道银河之水，也有美妙的传说，而且与冈仁波齐山的山水地貌很相关。湿婆为了阻止天上的银河之水飞流直下的凶猛水势，先让银河之水倾泻在他自己的头上，然后顺着他的头发往下流，冲力就大大减小了，再经过喜马拉雅山的大峡谷，最终缓缓地流向大平原。事实上，孕育了我们印度的文明的大河全部发源于此。冈底斯山的主峰冈仁波齐山有一条河流流向了玛旁雍湖，藏语的意思是“不可征服的湖”。从这里又分出4条河流：狮泉河，藏语森格藏布，下游为印度河；孔雀河，藏语马甲藏布，下游为恒河；马泉河，藏语谓当却藏布，下游为雅鲁藏布江，我们叫布拉马普特拉河；象泉河，藏语称朗钦藏布，下游是印度河的支流萨特累季河。

湿婆的第二个形象是舞王之神。相传湿婆的另外一个化身是舞王之王，他是印度舞蹈的始祖，能跳 108 种舞，一类是女性的柔舞，一类是男性的刚舞。舞王的形象在我们南部的泰米尔地区尤为盛行，在南印度的湿婆神庙中，大都供奉着舞王的金属雕像和石刻雕像。

湿婆的第三种形象是毁灭之神。据说，湿婆作为毁灭之神的形象时，其形象极为恐怖凶残。他的青颈上挂着一串骷髅，喜欢在火葬场、坟地、战场出没，身后有成群的魑魅魍魉跟随他，他游荡在鬼魂之间，管理着死者的时限，此时他是万物毁灭的象征。但湿婆又有拯救世界、牺牲自己的善良的一面，在众神“搅拌乳海”的神话故事里，他一口吞下海面上升起的剧毒，拯救了世界，因为毒性太大，自己的脖子被烧成了青色。

湿婆的第四个形象是林伽。这也是主要在我们南印度流行的形象。林伽是梵文的音译，它的意思是男性的生殖器。林伽自古以来都受到我们印度教徒的崇拜，在我们的湿婆神庙里，甚至私人住宅的神龛里，都供奉林伽。它的形象往往用一根石柱雕成，秃顶的粗大冠状圆柱，上面涂上一层油。有的林伽还搭配“约尼”，就是女性的生殖器，大都是用石材雕成磨盘的形状，四四方方，在磨盘上的一角开凿一条类似水流渠道，象征女性的产道。林伽插在约尼的正中间，供人膜拜。它展示了湿婆潜在的本性，象征着这位宇宙大神繁衍生命的无限创造力。

经森老师这样一通讲解，你干爹更加坚信了自己的判断：这个湿婆神尽管善恶集于一身，但相对于其他完美的神仙，更加真实可信。而且印度教徒一生的四大追求“利”、“欲”、“达摩”、“解脱”也比佛教的说教更靠谱。他们的财富观我是最认同的，第一，你所获得的财富都是神赐予你的恩惠，贪婪地掠取财富是一切罪恶的根源；第二，只有通过勤劳、诚实、合法的手段去获取财富，而不能采取非法或不正当的手段去追求财富；第三，一个人所获取的财富都属于神，除了用一部分养家糊口外，剩下的财富必须通过慈善和施舍的方式与他人共同分享，如接待游方僧、捐建神庙，为穷人捐建学校和医院等等。你干爹还说，他尤其欣赏印度教徒的人生“四行期”，就是梵行期、家居期、林栖期和遁世期。梵行期就是接受宗教教育，传授各种知识包括算术、几何、文法、逻辑学、天文学、医学和占星术等。过独身生活的印度儿童，一般是8岁举行入法礼，到导师家中接受宗教教育，有点类似我们古代的书院和私塾，直到20岁。20岁后回到家中，过世俗生活，结婚成家，生儿育女，承担起家庭和社会所赋予的各种职责，每天在家中做到5种祭祀：梵祭、祖先祭、天神祭、精灵祭和客人祭。大约到了50岁左右，家居者感觉自己逐渐衰老，而自己的子女已经成家立业，有了后代，这个时候他把家业交给子女打理，离开家庭，到森林中去隐居，开始林栖期的生活。在此期间，他一般穿上破旧的衣服，蓄发辫，吃野果野菜，过苦行者的生活。印度教徒认为，一个人在家居期创造的财富和功名，如果不主动与世俗隔离，就会迷恋上这些功名利禄。另外，在这个年龄阶段，他的感官仍然具有活力，极易追求刺激，容易沾染贪吃、嗜酒、迷恋女色等恶习，再有就是他忙于家务，在诵经拜神净化心灵方面难免打折扣，因此，到了50岁左右，摆脱繁重的家务和世俗的功名利禄，到森林过隐居生活，才能使心静下来，专心念经修心，修习瑜伽，静坐冥想，净化心灵。遁世期就是到了60岁以后，便走出森林，抛弃一切，开始云游四方一心一意寻求早日解脱。遁世期间，教徒们手持木棍，身带饭钵，独自游化，以靠别人施舍为生。这种人叫“托钵僧”或“游方僧”。这些人在印度之所以能生存下去，跟他们的文化大环境很有关系。其实，他们舍弃财富和世俗功名，云游四方，寻求解脱，在印度教徒的心目中所受到的尊敬和崇拜，不亚于一个国王。

我不完全认同你干爹的观点。我对你干爹说，“君子爱财，取之有道”，中国古人们早就明白了，可是又有“人无外财不富，马无夜草不肥”的说法，远的咱不说，光看你身边的人，赚大钱、发大财的有几个是安分守己挣来的？你就说我吧，祖上传下来这家老字号的牛肉店，我家几代人合法经营，童叟无欺，至今的状况仍然是撑不死也饿不死，在香港这个物欲之都生存着，虽然说不上艰难，倒也十分辛苦，起早贪黑的。

还有，一个人50岁正是年富力强，智慧和能力都处在巅峰的时刻，此时突然抛妻别子，跑到森林里隐居，这对家庭和社会都是人力资源的极大浪费呀！你干爹狡辩说，你啊，阿坤，说了半天，你还是没有摆脱物欲世界的束缚。你得换一个角度看，从精神层面看，印度教徒的这种“四行期”的人生不是少了很多烦恼和痛苦吗？人一生打打杀杀，争名夺利，到头来还不是一坛骨灰、一抔黄土嘛。终究会是一场空嘛！晚空不如早空。我对你干爹说，你这是偷换概念，既然按照你的悲观理解，那你为什么还打算跑回内地去创业，还想喝上改革开放的“头啖汤”？凭你少得可怜的资本，你合法经营不搞邪门歪道，你能喝上那碗汤吗？恐怕只有看的份呢。所以说人一辈子活的是一个过程，一个通过自己的智慧和能力创造成功和卓越事业的过程，当然最好是你本身就爱好的事业。在这个过程中，你赚取了财富，赢得了功名，受到家人、朋友和社会的普遍尊敬和赞许，于是乎，你就实现了自己的价值，就算没有白活。

听了我的一番话，你干爹没得话说了。他陷入练瑜伽时那种静思冥想的神态。

面对侃侃而谈的坤叔，我也陷入了沉思。看来干爹的自杀另有隐情，或者说另有深意。我隐隐感觉有一种神性的光在眼前穿梭交织，似乎正在编织一张网，一张神秘而又无形的网。

坤叔接着讲述。自从请回来湿婆大神，你干爹就像着了魔似的。他邀我一块去一趟西藏。我问他为什么？他说，你没听森老师讲吗，冈仁波齐山的梵文意思就是“湿婆的天堂”，那里居然是他老人家的居所。那里还住着另外360位神仙呢，也是佛教、印度教的世界中心——须弥山，我当然要去朝拜啊。再说了，朝圣可以洗尽前世今生的罪孽，增添无穷的功德，最终还能摆脱轮回，登上极乐世界呢。我暗忖：森老师真是了不起，硬是给你干爹洗脑了。我因为店里的事多走不开，你干爹一个人跑去了。记得时间好像是5月底。回来后，他满面春风地到我的店里喝牛杂汤，换了个人似的。他说飞到拉萨后，租了辆丰田越野车，从阿里南线沿着雅鲁藏布江上游峡谷一路上行，他看到了冈底斯山、喜马拉雅山的壮丽雪景，有两次看到过藏羚羊。这条路全程1300多公里，前半程是318国道，后半程走的是通往新疆叶城的219国道。花了足足20个小时最终到达塔钦，那里是信众转山的起点和终点。你干爹对我说，阿坤，没去朝圣，会后悔一辈子的。那种神圣和壮观的场面，你根本没法想象。好多印度人拖家带口，一路磕着长头匍匐着转山，而且大都选择内线，长达53公里。我走了一圈，花了3天，一路吸氧，实在坚持不下来了。回到塔钦，人几乎站不稳了，要靠司机搀扶才行。啧啧，我真佩服那些印度人和藏人，他们一路磕长头，53公里山路要转13圈才行。转一圈大概需要15天。恰巧那一年正好赶上藏历马年，据说释迦牟尼属马，所以马年转山一圈相当于其他年份13圈。印度人怕冷，又吃不惯塔钦的食物，好多家庭干脆拖上了煤气罐，沿途架锅煮饭，就像士兵在行军路上的野炊呢……

我刚到梧桐镇，你干爹交代我办的第一件事就是安神。他让我查查黄历，挑一个好日子，他要隆重地将湿婆大神安放在自己的办公室里，不要怕花钱。他事先已经请人在进门的玄关的墙上凿了一个神龛，布置了香案，只缺一个仪式请神下凡。我揣摩着你干爹的意思，请了梧桐镇最好的耍龙队，最好的西洋乐队，还请了香港的醒狮队，并专门定做了一架八抬大轿子。干吗用？抬神用啊。就这样，安神那天，耍龙队的40多个壮汉在前面开道；8个英俊后生头缠红布，抬着大轿子边走边颠轿，湿婆神坐在轿子中央上下起伏；醒狮队两头大狮子、两头小狮子殿后。乐队走在队伍的后面。围观的人就纳闷了，这是唱的哪一出呢？阿婆、阿公们议论纷纷，记得解放前祈雨时，见过这种阵势。再就是附近渔民建冼夫人庙迎神时见过这种场面。安神完毕，你干爹虔诚地跪在地上，行三叩九拜之礼，磕的可是响头，额头着地有声的那种。公司高管也都跟着磕响头，不敢怠慢。

打那以后，你干爹只要一走进办公室，开门第一件事就是上香。这个习惯他坚持了快20年了。还是“四眼仔”有文化，他说出了公司高管们的感受：每次到龙哥的办公室谈事，看到神像就有一种威严、神圣的感觉，再加上你闻到的莞香的味道，似乎就走进了佛堂，让人有下跪的冲动。“四眼仔”最后总结道：龙哥真是高人，他办公室的神龛向我们昭示着他的御人之术：服从和忠诚。

后来你干爹告诉我，张罗安神仪式这件事，其实是对我的能力的测试，他很满意。

5. 土豪

（一）

在翻阅高振南的询问笔录和犯罪证据材料时，双规期间的第三次“谈话”的询问笔录让我怦然心动——因为笔录上赫然出现我生母的名字。

检察官：高振南，你老实点，不要避重就轻。关于陈飞龙对你进行性贿赂的事，李得全已经坦白交代了。不老实交代，你是出不了这个门的。

高振南：你们说的性贿赂我不懂。龙哥确是给我安排过金龙玉凤的小姐，当初是免费的。后来我觉着不好意思，就自己掏钱了。那是20年前的事了，龙哥刚来梧桐镇投资没几年。

检察官：免费泡妞，这还不是性贿赂？你老实交代，总共有多少次免费？小姐的名字？你是拿什么和陈飞龙交换的？

高振南：多少次我记不清了，十几次是有的。记得最早是樱子，她的全名叫杨红缨，当时是金龙玉凤的头牌，龙哥还没有包养她。我跟她好过一段时间。后来龙哥包养樱子后，我又和另外4个小姐好过，就是檀香、沉香、紫嫣还有嫣红。这些都是龙哥埋单的。再后来我就自己花钱找小姐。最后被老婆发现了，整天看得很紧，加上我也搞不动了，基本上就戒了。

检察官：你接着交代。陈飞龙给你找小姐，免单花费了多少钱？

高振南：算不清楚。台费、出街费加起来有几万块钱吧。

检察官：那你用什么报答陈飞龙？你用手中的权力和他做了什么交易？

高振南：没做任何交易。他只是要认识认识我，说是交个朋友。加上我当时只是凤凰街道的主任，他在这个地盘上做生意……

也就是说，高振南和我生母发生过性爱关系，时间锁定在干爹包养我生母前夕。这是一条十分有价值的线索，高振南极有可能就是我的生父。上述笔录还提供了另外一条有价值的线索，就是派出所所长李得全，检察官说“李得全已经坦白交代了性贿赂的罪行”，难道李得全和我生母也……

我赶紧打开另外一个大纸箱，找出李得全的询问笔录和犯罪证据材料。如果说高振南的交代让我怦然心动，露出一线曙光的话，李得全的交代则直让我浑身颤抖——

李得全的交代材料（节选）

我当时是梧桐镇派出所的片警，负责凤凰街道一带的治安。记得那是1989年的事。当时龙哥的手下经常为附近电子厂的垃圾回收跟别的回收站发生打斗，我也经常参与调解。慢慢地我就认识了龙哥，好像是他的大马仔“东方红”介绍的。印象中龙哥很温和，对人有礼貌。

后来，“东方红”就拉着我去金龙玉凤消遣，刚开始给我安排小姐，被我拒绝了。因为刚入职不久，怕行为不检点被炒了鱿鱼。直到有一次，“东方红”给我介绍了樱子，全名就是杨红樱，四川女孩，并强调是龙哥的好意，我觉得再拒绝就是不给人家龙哥面子，所以我就从了，带着樱子开房了。因为我们都是同年出生，我比她大月份。交往过几次后，我对樱子产生了恋爱的冲动。樱子也从内心喜欢我。我当时没有女朋友，但碍于樱子是做小姐的，和她谈恋爱的话，这梧桐镇的口水也会把我淹死，搞不好还会丢掉工作。所以，我没有勇气和樱子一路好下去。樱子也很理解我，她对我说，小李子，你不要有什么负担，哪一天你觉得厌倦了，我就悄悄地离开你。我们的关系维持了半年多，直到有一天樱子拉住我手，泪流满面地说：今天是来和你告别的，明天我就离开了金龙玉凤的生活。从今往后我只属于龙哥……

这个发现让我透不过气，心跳陡然加速，浑身筛糠般发抖。我的眼泪也哗哗地往外流淌，热热的，涟涟的。我扔下眼下这一大堆资料，独自跑到楼顶透透风，以平复我如此剧烈跳动的心脏。线索是越来越清晰了，相对于高振南的供述，似乎李得全的自述更有价值。也就是说，李得全是我生父的概率要大过高振南。因为，李得全与我生母本是一对恋人，有感情的交流，而且时间长达半年。以他们这种关系，做爱时应该不会带“套”作业，所以极易怀孕。而此时我生母尚未发现自己已有身孕。就在这个节骨眼上，我干爹决定包养我的生母。随后生母跟干爹过起了夫妻生活。可恨而又可怜的生母啊，在那种荒谬而又混乱的性角色中，你何以如此地放浪而又荒淫？当我在你的卵巢里庄重地着床时，你竟然不知道那小小的受精卵里的精虫是谁的！

也许事情远没有我想象的那么简单。如果李得全是我生父，无疑我会姓李。干爹的可能性早已排除，这些他自己早就知道。高振南是我生父的话，我会随高姓。而最终的结果是，生母让我姓郭？这究竟是怎么回事呢？难道还有更多不为人知的内幕？也许，做个亲子鉴定就完事了，可问题是，干爹已死，高、李系重要嫌犯，身陷囹圄，如何做这个亲子鉴定？我吵着嚷着去看守所找两个毫不相干的嫌犯申请亲子鉴定，看守所不把我送进精神病院才怪！退一万步说，即便能做，我也难以启齿，更没有昭告天下的勇气啊。

（二）

梧桐镇因地处梧桐山北麓而得名。记得刚在美国留学那会儿，在介绍自己家乡时，一位爱好植物学的美国同学马可问了一个让我措手不及的问题。他问：你们小镇上的梧桐树是哪种？法国梧桐、英国梧桐还是美国梧桐？要不就是你们中国的青桐或泡桐？我一听傻掉啦，因为我从来都没有听说过梧桐树的东东还有这么复杂，而且也从未思考过这个问题。我两手一摊，尴尬地一笑，故作神秘地说：这个问题我明天回答你好吗？马可耸耸肩，不解地说：那好吧。

我连上网带打越洋电话，准备着回答马可的无厘头问题。真是不查不知道，一查吓一跳。原来不仅梧桐镇没有梧桐树，即便梧桐山上，也没有一株梧桐树。梧桐山得名全因山脉绵延起伏、蜿蜒盘旋如爬行的蜈蚣，曰蜈蚣山，后以讹传讹，念成梧桐山。查阅维基百科和百度百科，我才知道梧桐树的分类，也才知晓，原来这法国梧桐的来历，居然在旧上海的霞飞路上。当时的法租界引种梧桐树作为行道树，人们都以为是从法国引进的树种。其实，梧桐树的种子最早在晋代由印度高僧鸠摩罗什带入长安试种的。

明白了梧桐镇，我举一反三，顺便查看一下凤凰山的来历。很失望，网上没有。我推测：要么是根据梧桐树而来，想必比梧桐镇的名字来历错得更远！也许是人们觉得既然梧桐成林，必然招来凤凰神鸟，凤凰择梧桐树而栖呀，所以梧桐镇的主要街道得名凤凰街道，离镇5里的小山自然就叫凤凰山了。其实呢，凤凰爱栖的梧桐树应为中国青桐，“凤栖梧桐”其实就是凤凰专落在中国土生土长的青桐树上。而青桐木又专门用来制作中国古琴。“凤凰鸣矣，于彼高冈。梧桐生矣，于彼朝阳……”（《诗经》）倒是凤凰山上数不清的凤凰木提醒着我，没准儿凤凰山得名于这种树木。凤凰木还有很多别名：火树、金凤花、红花楹树、洋楹。凤凰木取名于“叶如凤凰之羽，花若丹凤之冠”，她以鲜红或橙红色的花朵配上绿色的羽状复叶，被誉为世界上色彩最鲜艳的树木之一。她还是马达加斯加的国树，汕头、厦门、台南和攀枝花的市树。尤其在南方热带和亚热带地区，凤凰木高达20公尺以上的树干，撑起广阔而又浓密的伞形树冠，充当着最理想的遮荫树的角色。而且，它的花期恰恰在夏天（5—8月）。烈日下，人们三五成群，聚于凤凰树下，纳凉赏花，悠哉游哉。

记得早几年，坤叔讲过金沙市的风水。他说，金沙为“千里来龙”，系由五岭（大庾岭、骑田岭、越城岭、萌渚岭和揭阳岭。作者注）南下，从罗浮山脉绵延至金沙东北艮方，向西南而行，此为艮龙入首。罗浮山为当年道教鼻祖葛洪炼丹之地，系中国道教第七大洞天、第三十四福地。以风水观之，峦头理气得宜，后枕东北的梧桐山为来龙。梧桐山又分为三支系：七娘山、鸡公山和羊台山。其实为3条之龙。前有西南方位的蛇口之珠江入海口为三叉水口，经云“水对三叉细认踪”，又“水来当面是真龙”，所以，蛇口即是金沙市的一个重要气口。整个金沙呈艮龙坤水局，丁财两旺，人多钱多，一直能持续到2025年……所以干爹来梧桐镇投资、创业，正是听信了坤叔的分析和见解。但据我在维基百科上查阅的资料看，好像与坤叔的叙述有些出入。譬如说，梧桐山的成因属地质史上的侏罗纪时期火山喷发，与大鹏半岛的七娘山均属同时期的火山运动而形成。梧桐山、七娘山均属粤东火山带的一个支脉，据浙、闽、粤之火山活动带之次活动带，受力于库拉——太平洋板块俯冲挤压而爆发火山，距今9700万年至1.54亿年。科学总是一串冷冰冰的数据，没有坤叔那极富人情味的天文地理的风水解说。坤叔承续了家传，他爷爷为职业风水师，港英时期连新任港督都要请他老人家看阳宅及布局。爷爷留下一本工作日志，类似于看风水的实录，坤叔如获至宝，从不示人。这本工作日志就成了坤叔看风水的启蒙和秘籍。至于干爹后来在梧桐镇落地生根，参与并左右了村、镇领导选举，那是坤叔所始料不及的，更是让他匪夷所思。

（三）

梧桐镇镇长的选举和凤凰街道村主任的直选，对于干爹而言，是比任何生意都要重要百倍的“大生意”。高振南可谓“黑马”，直接被镇党委从凤凰街道村主任破格提拔，确定为镇长人选，皆因他招商引资的功劳：他任上吸引外资的数额占到梧桐镇的一半；另一人选为麦秂，本来是分管文教卫的副镇长，升为镇长似乎理所当然。而高振南留下的空缺，又必须由凤凰街道全体村民直接选举。干爹了解到，镇长的选举系由镇上 89 名人大代表通过人大主席团选举产生；凤凰街道村主任的选举则是全体村民。高振南、“烟斗周”周永强前后脚来找干爹帮忙。干爹心里敞亮得很：一个香港商人，如何帮得上官场的忙？无非是俩字：出钱。可贿选，那在全世界都是要坐牢的呀。所以必须想出一个万全之策：既能帮助高、周如愿当选，又不能触及“贿选”这根犯罪的底线。

办法终归比困难多。春节前，干爹直接向市里扶贫办打了个报告——鉴于飞龙集团这几年在贵市梧桐镇投资兴业，深得贵地政府和市民支持。为回馈社会，报恩桑梓，拟对梧桐镇的低收入家庭发放慰问金总计 1000 万元。市扶贫办主任高兴坏了，亲自来到镇上找镇领导确定扶贫帮困对象。因为今年的总结正愁没有亮点呀，陈飞龙的举动无疑就是扶贫办最耀眼的那颗星！关键人家称得上是外商，对下一步发动企业参与扶贫工作有很大的示范作用。商量的结果是，由市扶贫办和镇党委共同提供一份参考名单，由飞龙集团行使自由裁量权。给谁不给谁，给多少都由飞龙公司定。干爹心里自有分寸：首先，凤凰街道的村民一家都不能少，因为要确保“烟斗周”能通过村民直选，当上这一村之长；镇上的人大代表，能入选低收入家庭的一律送上慰问金。经测算，只有30位。高镇长又单独提供了另外30位人大代表名单，其中有15位属凤凰街道居民，也一并网进扶贫名单里。这样的话在89位人大代表中就占了7成，即便跑票，也能过半数。最后才是真正需要扶贫的梧桐镇市民，占所有扶贫名单的7成。无须干爹放风，谁都知道高振南、周永强和干爹走得近，选谁不选谁，岂不是昭然若揭嘛。

春节后，村、镇两级选举结果都在意料之中。麦奀副镇长因落选不服气，将高振南告到市人大常委会。市人大组成专门调查组，一通调查后，并未发现有人操纵选举之事。陈飞龙的捐赠程序合法，帮扶对象都由本人亲自定夺，绝大部分都在镇上提供的名单上，未见异常。高、周如愿当选，干爹脸上也有了光彩。干爹比谁都清楚，他此时要启动一个大项目的征地工作，那就是筹建凤凰山高尔夫球场。

而同时看上凤凰山这块风水宝地的不止干爹一人，另一个人就是拉胡秋炊入伙的占士邦公司的占世邦。占派人打听到干爹的建设方案后，为了增加自己的砝码，他提出的方案似乎出奇地优惠——他提出球场占地2000亩，另外1000亩为镇上捐建一座公园。在政府召集的论证会上，干爹当面对占世邦的方案嗤之以鼻：我问你，你见过高尔夫球场没有？私密性的活动场所如何跟公众活动的场所——公园搅和在一起？这完全是风马牛嘛！你们信他的话，我可以退出。干爹使出杀手锏，从会场扬长而去。最后，在市长办公会进行立项讨论时，凤凰街道、梧桐镇的倾向性意见和干爹的港商身份占了便宜。最终干爹如愿拿下这个项目。“为尽快改善我市投资环境，吸引并留住更多外商在我市投资兴业，根据飞龙集团的申请报告，决定由飞龙集团在我市梧桐镇凤凰山兴建国际标准的18洞高尔夫球场及其配套的酒店、写字楼和娱乐设施，预计占地面积3000亩，征地事项由梧桐镇、凤凰街道和国土部门全力配合……”

干爹正好在镇及街道两级换届选举之前拿到市里的立项批文。

接下来的事情就变得简单多了，干爹直接叫来高镇长和周主任，商量着如何尽快启动征地工作。刚刚就任镇长的高振南正在兴头上呢。他信心满满地说，龙哥尽管放心，镇上“老板”（注：书记）已经当面交代我了，我上任的第一项重要任务就是代表镇上完成你们飞龙集团的球场征地工作。让这个投资好几亿的项目尽快在我镇落地。这也是市里的面子工程，镇上的政绩工程，务必抓紧抓好，尤其要与凤凰街道的基层领导沟通好，协调好，做好村民的思想工作。“烟斗周”听着高镇长的指示，在一旁默默地吸烟。高镇长说完，让他表态时，他在椅子边轻轻叩了叩烟斗，慢条斯理地说：高镇长表态了，咱街道上就更要支持龙哥了。只是，征地的主要矛盾都集中在街道，集中在村民手里。主要还是利益问题。一是这块村集体用地的作价，上面会有一个粗略的区块指导定价，周边也有很多厂房征地作价的参考，但里面的出入还是挺大的，多几千，少几千对于3000亩地来说，可不是个小数目。第二个难题是青苗，山上的树要按个数，根据树龄登记造册，确定补偿标准。几万棵树是有的，尤其是大量的成材树，像凤凰木、木棉树、美人树（注：美丽异木棉）大叶桉和高山榕等，都要按出材的方量计算的。还有那几片果林，荔枝林是野生的，一直在打果；龙眼、芒果林是村上买回树苗移栽的，每年都有几十万的收成；香蕉树、木瓜树今年也开始结果了，这些果树要把未来的收成都算进去，好麻烦的！最麻烦的是迁坟。凤凰山大大小小有两千多座坟头，其中有几座坟豪华得像皇宫，楼台亭阁琉璃瓦，造价昂贵，论起赔偿来谈何容易？尤其难搞的是，梧桐镇的人都迷信风水，你让他迁坟，他以后发了还好。一旦他以后穷了衰了，他会回头找你算账的……高镇长打断了“烟斗周”的发言，他说，细节就不用讨论了，麻烦也不用提了，征地本身不就是做这些麻烦工作嘛！咱们就不要再给龙哥添堵啦，总之俩字：快和省。快是工作进度；省是各个环节为龙哥省钱。镇上和街道马上成立征地工作领导小组，先是开会动员，统一思想认识；

接着是丈量、清理地上附着物并造册，与街道签订征地补偿协议；最后是与市政府签订《土地出让合同》。

干爹笑看着他俩，心里十分妥帖。是的，为了他俩的官场升迁，自己支付了上千万。但咱往前看，这个地盘对自己的回报岂止百倍?！利益链是什么？不就是一损俱损、一荣俱荣嘛，不就是投之以桃，报之以李嘛，不就是大河涨水小河满嘛。自己无须多言，高镇长和周主任没准儿比自己还急呢。干爹对两位领导拱手道："这件事全仰仗二位了！放心好了，我龙哥不会让你们白干的。"

为了进一步调动高镇长的积极性，干爹让高以小舅子的名义参股垃圾回收公司，出资5万，每年固定分红50万。并将投资协议往回倒签一年，以防别人稽查。高振南十分满意，逢人便说龙哥讲义气，识做人。至于"烟斗周"，干爹深知这家伙的分量。凤凰街道八成村民姓周，本为一宗族，村中立有周氏宗祠。族谱从西汉一直沿袭至今，始祖居然是周公旦，南北朝时从河南汝阳南迁。这份族谱显然有一处硬伤：周公旦应为姬姓，"周"只是其采邑和封地的称呼，最早位于现在的陕西宝鸡一带。周姓族谱用蝇头小楷刻了整整一面大理石照墙。按辈份论，"烟斗周"为最高，因此他被选为族长，有话事权。所以，征地这个事，只要搞掂"烟斗周"，就等于搞掂了整个凤凰街道的周姓村民。另外两成的外姓人翻不起大浪，只有跟风的命。相对于高镇长，"烟斗周"的胃口不知要大多少倍！因为，这有可能是他这一辈子的一锤子买卖。善于察言观色的干爹对"烟斗周"的在高镇长面前的叫苦不迭早已了然于胸。那"烟斗周"的胃口到底有多大呢？

干爹单独约见了"烟斗周"，探探他的口风。这"烟斗周"呢，也算是个痛快人。他用他那右手平握烟斗且外翻、露出掌心的招牌动作，慢吞吞地对干爹说：你是红白黑三道通吃的人，见多识广。你看，账应该这样算，就是我做工作给你节省的每一块钱，你打算返给我几毛？干爹心里一惊：这样狮子大开口，岂不是没有定数？他当面开出了几毛，显然是要分成的概念。奖金对他哪有吸引力？而且，如何认定哪块是节省下来的呢？“烟斗周”见干爹的眼珠在镜片里转悠，半天不语。他对干爹说：你完全不必多疑。地价、青苗补偿和迁坟都有市价的。比市价低，就是节省下来的。干爹爽朗大笑起来：好啊好啊，就这么说。你开个价，全部依你。“烟斗周”盯着干爹的眼镜片，狠狠地说：三毛！干爹大手一挥，与“烟斗周”击掌为盟：好，成交！随后，干爹心里隐隐袭来一丝悔意：顶你个肺！这个价码是不是高了些？按照这个标准，节省一个亿的话岂不是要给他3000万？

（四）

征地工作进展得十分顺利。唯有迁坟这项工作推动起来十分困难。迁坟公告在媒体上登载3个月届满后，前来登记的坟主还不到一半。绝大多数人表示，出再多钱也不愿意迁，怕整坏了祖上的风水。更可笑的是，凤凰街道最近没死一个人，凤凰山上却多出了一百多个新坟。“烟斗周”亲自上山考察过，新坟做得有模有样，插着花圈，坟前堆着厚厚的纸灰、烟花弹的空壳和鞭屑。因为小道消息传说，一个坟头可以领到5万元的迁坟补偿。所以凤凰街道的部分周姓和外姓人便一夜之间造坟百座，如此奇观真是让人拍案！

为了尽快制止这股歪风，同时也是为了营造更好的投资环境，确保飞龙集团的高尔夫球会项目落地生根，高镇长带着镇派出所干警来凤凰街道召开现场会，传达镇政府的决定：为了尽快制止近日来凤凰街道的造坟骗取补偿的歪风，从即日起，由镇派出所和城管大队拆除所有违建的新坟，并派出警力24小时巡逻，严禁任何人私自在凤凰山动土。同时，高镇长还亲自辟谣：谁说一座坟补偿5万？想得美！告诉你们，镇上已经批准了迁坟的整体方案：由飞龙集团公司出资，将整座凤凰山山头，开发成凤凰街道公共墓园，凤凰街道的所有亡灵都将迁居在这里安息。墓园建好后，交由凤凰街道办自己管理。那补偿呢？有人小声问道。高镇长指着发问者的鼻子尖大声喊道：补偿什么？补偿个鸟！一个公共墓园，投资大几百万甚至上千万，你到处打听打听，在公墓买一块墓地需要花多少钱？都10万以上了。大家都体谅一下，协商好了，签字画押，由镇上和发展商出面，统一请来仪仗队、响器班，还有做法事的和尚念经超度，统一树碑安葬。这是多么体面的一个事，大家热热闹闹，和和气气的，先人们也早点入土为安哪。

“烟斗周”挨家做周姓的工作，凤凰街道周姓已基本上被他摆平。算算自己在这一块的进账，周姓1000多座坟，市价按迁一座坟5000算的话也是500万呢。三成的话，三五一十五，那怎么也值150万啦。想到这儿，“烟斗周”的嘴角露出一丝笑意。心里涌动着一股暖流，他把这叫做成就感。镇里为凤凰街道周姓宗族迁坟大张旗鼓宣传，并举行隆重的迁坟仪式。当天，镇上四大班子的一把手都到齐了，意在给少数不愿迁坟的人以震慑。同时也给足了“烟斗周”面子：镇上四大班子的一把手上台与他一一握手。

然而，“烟斗周”头痛的是，另外两成的外姓人坚决不从。领头的是从陆丰迁来的外姓人彭海波。他放下狠话：谁敢挖老子的祖坟，老子就取谁的性命。彭海波40来岁，有兄弟4人，他排行老大，在凤凰街道外姓人中势力数他最大。

镇政府关于迁坟的公告，也是最后通牒张贴出来了——限一周内有关坟主主动迁坟，否则，逾期不迁者将由政府组织公安、城管强行拆迁，并对寻衅滋事者绳之以法。

干爹的保安队派上了用场。干爹对“东方红”交代：混进公安、城管的执法队中，不能带家伙。记住，从对方手中夺“家伙”，即便打伤对方，也是自卫。方东红带着干爹的20多号弟兄混编在镇强拆执法队中，听从高镇长指挥。高镇长吩咐“东方红”：乘着挖掘机的掩护，你们必须先夺下彭氏四兄弟手中的“家伙”，尽量不要伤人要害，谨防搞出人命。

彭氏四兄弟，手执各式“农具”，包括斧头、锄头、砍刀和镰刀。他们个个头缠白布，腰系练功带，围在他祖父的坟头，活像日本武士。他的父亲被人用没有盖板的棺材抬过来，立在坟前，以示誓死捍卫祖坟。另有数百人列队站在彭氏兄弟后面，声援并给他们四兄弟壮胆。执法队的挖掘机已经发动引擎，隆隆的轰鸣声震得耳根发麻。两军对峙，剑拔弩张。

高镇长用扩音器最后一次喊话：请所有无关的人离开，强拆现在开始。说完，高镇长振臂一呼，挖掘机向坟头逼近，"东方红"率弟兄们猫着腰跟着挖掘机缓缓进攻，彭氏四兄弟围着的圆圈也越来越萎缩。"东方红"带着二十几个弟兄一跃而起，四对一扑向彭氏兄弟，夺下手中的工具，迅速制服了彭氏四兄弟，按倒在地，戴上手铐。高镇长示意，并让人捣乱了棺材板，抬走了他们的父亲。打斗中，彭氏四弟兄两人受伤住院，"东方红"的队伍也有 3 人住院留医。半斤八两，事情总算平息。其他人也就作鸟兽散了。他们一看，政府这回动真格的了，连彭氏四弟兄都阻挡不了，只有听政府的，迁坟没商量。谁知道高振南这个扑街从陈飞龙那个黑老大那里拿了多少好处呢。顺从归顺从，这些人打内心还是相当抵触的。

后来，干爹让坤叔上阵了。坤叔因为给市委市府大院看过风水而声名大振，梧桐镇有头脸的人都通过干爹请他看风水，主要以阳宅居多，譬如买楼啊，装修装饰啊，甚至家里的布局和镇兽的摆放啊之类的。每次看完风水，坤叔都会收到厚厚的红包，少则数千，多则几十万。干爹跟坤叔说，我来炒作你，当你的业余经纪人，不要轻易答应别人，你越难请，身价就会越高。尤其是金沙如今房地产这么火爆，有多少开发商的土豪们想请你呀，悠着点，听我安排。坤叔自然应诺，因为自己的一点家学底子，的确是龙哥一手挖掘并培育出来的。"烟斗周"听了干爹的建议，立马召集凤凰街道的全体村民开会，请风水大师坤叔讲课，当然演讲的主题是：凤凰山的风水格局和变局。

坤叔平时难得见上，凤凰街道的村民只是在传说中听过他的传奇故事。据传，市委市府大院采纳坤叔的建议，铲平后院的水塘，移除屋檐下那尊“孺子牛”雕塑后，最近几年真是官运亨通，顺风又顺水。前前后后有3位领导获得升迁：一位上调中央，两位去了外省出任一把手。坤叔听取干爹的指示，给老百姓讲风水一定要通俗易懂，尽量让他们明白，迁坟到凤凰山的山头，对后人有什么好处。不迁的话，有什么坏处。尤其要跟升官、发财和小孩升大学挂钩。

坤叔这天穿一身酱色的对襟上衣，扣子都是手工用碎布捏成的，颇有古风。他挽起一截衣袖，露出手腕上的黄花梨佛珠。他先从风水的最基本知识讲起——

风水的3个基本原则是天地人合一、阴阳平衡和五行相生相克。这跟你们大陆中央领导倡导的构建和谐社会是吻合的。所谓社会和谐，光人的和谐还不够，必须跟自然和谐，跟自然界的最高法则和谐。风水其实并不神秘，它是一个时空概念，通俗地讲，就是时间和空间相互促成，对某些人运势的影响。那如何判断风水师的水准呢？有道是上等先生观星斗，中等先生看水口，下等先生遍地走。所以，真正的风水大师必须“仰观天象，俯察地理”……

风水学中的龙，其实就是地脉。土是龙的肉，石头是龙的骨骼，树木、植物是龙的毛发，穴地里隐埋的五色矿物质是龙的心肝脾胃肾。总之，龙是有性命的。山脉的走势有5种：正势、侧势、逆势、顺势、回势，山脉有九龙之分，分别是回龙、腾龙、降龙、升龙、飞龙、卧龙、隐龙、出洋龙和领群龙。古语云：龙结地必出王侯将相。龙又有上中下三格：上格为千里来龙，中格为百里来龙，下格为十里来龙。古人云：寻龙易，点穴难。三年寻龙，十年点穴。这里有一个真实的历史故事。唐朝的李淳风和袁天罡都是风水大师，他俩被皇上请来为王室勘察风水宝地。李淳风看完风水后，就在点穴的穴位上埋了一枚铜钱做上记号。袁天罡看完风水后，也在点穴的穴位上插上一根银针作为标记。后经皇室主事的人查看，这根银针恰好插入铜钱的方孔中。所以风水学的全部内容概括起来就是12个字：寻龙、点穴、觅水、立向、择时……

至于咱们凤凰山这块儿的风水，它本是整个金沙市风水的组成部分。

金沙市的风水是上格，为千里来龙，龙身是旁边的梧桐山，龙头在蛇口的珠江入海处。云台山是它的前左龙爪，咱们凤凰山则是它的前右龙爪。龙爪在哪里呢？就在凤凰山山头。穴地在哪里呢，就在新建的凤凰山公墓的围墙范围内，所以龙哥征地，提出将凤凰山的所有坟墓迁到这里，是给咱们凤凰山的百姓后代造福的大善事呀……

人们交头接耳，议论纷纷。当然也有少数唯物主义者说，这是托儿嘛，龙哥请来的托儿。不管怎样，坤叔演讲的效果还是蛮好的，迁坟的事就这样摆平了。干爹也如愿拿到这块风水宝地。坐拥3000亩地，干爹成了梧桐镇最大的地主。干爹也有了另一个别名：土豪。为了安抚闹事的彭氏兄弟，干爹接受高镇长的提议，将无业的彭三、彭四招进了公司保安部，当然要换帖啦，这样才能让彭氏兄弟心悦诚服。

6. 线人

秋意渐浓。北方已呈深秋景象，白云红叶，偶见早霜。南方则蝉静荷残，秋风瑟瑟。天高云淡，鸿雁来宾，成一字，或成人字队列在蓝天“军演”，大举南迁。海边滩涂和珊瑚礁上凸显成片的蛤蛎，贝壳的条纹与雀鸟极像，古人们还以为是雀鸟变成的呢。大地上静悄悄地盛开着黄色或白色的野菊花。

随着案情的进展，“屠龙行动”中被捕的涉案人员都大部分或全部交代了自己的犯罪事实。经检方提起公诉，整个案子就进入审查起诉阶段。律师得以阅卷并复制所有犯罪嫌疑人的笔录、口供和其他证据材料以及相关罪名，装满了整整 10 个大纸箱。我也试图通过阅读这些资料，寻找干爹自杀的原因。更重要的是，从这浩如烟海的故纸堆里找到我的亲爹的蛛丝马迹——我可怜而又可恨的身世啊，我点解（粤语为什么）姓郭？我的名字点解叫春海？我的亲爹到底你系边度（粤语在哪里）？

（一）

最早映入眼帘的是胡秋炊这个名字。“屠龙行动”的举报人，系实名举报。

举报信格式中规中矩。先是陈述举报原由；根据介绍，他老家是辽宁省铁岭市开原市莲花镇莲花村石嘴沟子的。跟赵本山是正宗老乡。只是自幼父母双亡，是个孤儿。后来参军，曾在北京卫戍区部队当兵，后调入中央警卫局做卫兵。复员后放弃安置办在原籍为他安排的工作，南下广东打工，在金沙市梧桐镇宏兴电子厂当保安经理。因与老板发生争执，他这才投靠龙哥，按照当时的规矩，封上 36 块 6 的红包利是，给龙哥做了马仔。主要工作是维持金龙玉凤夜总会的治安。白天睡觉，晚上值更。记得那是 1991 年夏天的事。

胡秋炊说，因为懵懂无知，不慎掉入龙哥的“黑窝”。当然，当时也听到过江湖传言，说龙哥是 14K 的旧部。由于自己只身在南方闯荡，举目无亲，也想着找到一个靠山。从他近 3 年的耳闻目睹，乃至亲自参加过的几场打斗来看，龙哥就是香港黑社会潜伏在梧桐镇的分支无疑。因为从换帖拜把子、私设刑堂和武力强买强卖来说，这些都是黑社会惯用的手段。自己也因为工作失误，受到龙哥廷杖的私刑，被打了十大板子，骶骨被打裂。更有一件羞愤难耐、难以启齿的事是挨板子前还遭到“东方红”那个变态佬的鸡奸。当时虽然说是自愿的，但那也是被逼的呀。1994 年春，自己醒悟了，毅然辞职，接受北京老“首长”的召唤，离开了龙哥的黑社会。接着，他列举了龙哥涉嫌犯罪的 14 宗罪名及其犯罪事实。主要包括组织领导黑社会性质组织罪，故意伤害罪，绑架罪，非法拘禁罪，抢劫罪，敲诈勒索罪，开设赌场罪，聚众斗殴罪，寻衅滋事罪，强迫交易罪，容留他人吸毒罪，行贿罪，非法倒卖土地使用权罪，虚拟注册资本罪等。根据律师判断，胡秋炊的举报材料很是专业，来头不小，他背后似乎有一个团队在运作。不然，罗列这么一大堆罪名，那是好多律师也弄不明白的呀。

翻阅“东方红”的交代材料，有一段笔录似乎与胡秋炊的说法有很大出入。显然，胡秋炊掩盖甚至篡改了自己离开龙哥的根本原因。

询问笔录摘要：

警官问：行刑室是什么时间设立的？

“东方红”：应该是1991年夏天，具体日期不记得了。

警官问：是谁出的主意？知道这是犯法吗？

“东方红”：“四眼仔”出的主意。“四眼仔”就是文天佑。大学生，学历史的。我当时不知道这是犯法，以为只是公司规章制度。

警官问：规矩是怎样定的？

“东方红”：共有3条，贴在行刑室的墙上。一是一般错误自扇耳光；二是吃里扒外、捞过界廷杖；三是背叛、吸毒挨鞭刑。

警官问：都是谁来量刑，谁来执行？

“东方红”：基本上龙哥说了算，有时也征求我、“四眼仔”、濑尿虾的意见。执行都是我和我的手下。

警官问：总共对多少人施过刑？致使多少人伤残，甚至失去劳动能力？

“东方红”：时间太长，记不清了。

警官：方东红你别想耍赖、狡辩。不老实交代，罪加一等！

“东方红”：我真记不清了。你们可以问“四眼仔”，好像他都有记录。龙哥让他写公司志，平时公司的大事都有记录的。

警官问：那就就你记得的坦白交代。

“东方红”：我记得第一个挨鞭刑的是龙哥他自己，是我执行的，屁股上抽了一鞭，躺了3个月。原因是吸毒。第一个挨板子受廷杖刑的是胡秋炊，龙哥点头打十大板子，是我执行的。原因是暗中收取十几个东北小姐的保护费。打完后龙哥炒了他的鱿鱼。据说他的骶骨被打裂了。

……

可见，胡秋炊显然是触犯干爹“吃里扒外”的禁忌而受的刑。也不是什么“毅然辞职”，而是被炒了鱿鱼。他在掩饰着什么，他在过滤着什么，难道他举报干爹的背后，还有什么隐秘的动机？

（二）

号称“毅然辞职”，接受北京“老首长”的召唤，离开龙哥的胡秋炊，带着骶骨裂痕的隐痛和满腔仇恨，来到北京。他凭自己的三寸不烂之舌，力战群雄，进入一个“高干圈子”。几年后以他的胆识和魄力，当然也有在龙哥那里学到的“精髓”，赶走了“高干圈子”的创始人，被门徒拥立为王。对外号称直接通天，主要打理“首长家里”的生意，顺便搞点咨询和代理业务。专办大事，专接“大活儿”。当然，收费那是让人瞠目结舌的；动辄开口就是百万级，甚至千万。而且先收钱，后办事。一时间那些上京告御状的，申冤的，上京求官的，甚至上京批项目的外省人纷至沓来，趋之如鹜。胡秋炊将自己的办公室租在新近落成的北京国贸二期写字楼，与世界五百强在北京的分部为伍，让前来请托办事的外省人更是刮目相看，信心满满。

一般说来，凡上京求胡秋炊办事的外省人，一旦签约并支付定金(一般是标的的 5 成）后，胡秋炊就会带着“客户”畅游北京的车河。那时的北京还没有如今这么堵，天空也没有如今这么脏，被十面“霾”伏着，以至于被网友戏称作“首堵”或“首毒”。那时候天总是很蓝，胡秋炊亲自驾驶一辆挂甲 K 的奥迪军牌车接送客户，当然还要安排隆重的晚宴，一般是顺峰、潮江春之类的海鲜大餐。最后是去天上人间、夜宴或天伦王朝之类的夜场唱 K 喝酒。小一点的客户就带到三里屯一带的酒吧或钱柜 KTV，小资一些，草根一些，但也不失风度和情调。吃的当然是北京烤鸭、炸酱面或东来顺涮羊肉。因为这些东西是国粹，而且便宜。

肯定有客户问他，你的车牌属于？胡秋炊总是不经意地说：呵，总参 56 所，在无锡。对方一听“总参”俩字，自然是肃然起敬。此时，胡秋炊借题发挥的机会就来了。他告诉客户，因为是圈内人，所以对北京各类眼花缭乱的车牌代码门儿清。

客户们无不听得目瞪口呆。对这位“中央首长”身边的人，为“中央首长”打理家里的生意的说法和来路深信不疑，对其办事能力更是佩服得五体投地。找他办过事的人都知道，胡秋炊只收现金。而“现金”这个单词，他总是夸张地用英文说出：“明白吗，CASH！”不记得是谁说过这么一段话：一个人可以在一段时间内欺骗所有人，也可以在所有时间内欺骗一部分人。但他不可能在所有时间内欺骗所有人。客观地说，胡秋炊也的确能忽悠，也为客户办成一些事，譬如广东安全厅的一位张姓副厅长成功升任厅长，就是他亲自办成的，而且还破例没收一分钱。他不是不想收，而是不敢收啊。人家是中国的KGB，你敢收他的钱简直就是老鼠舔猫逼——找死。广东方面张厅长的代理人对胡秋炊说：我们厅长说了，他欠你一个人情，有朝一日一定加倍偿还。所以，胡秋炊也的确有些能耐，不然，他早就东窗事发，被人揭露了。可万万没想到，他最终栽在一个山西煤老板手上了。

这位山西柳林的郝姓老板有个年产300万吨的煤矿，主产焦煤。股东有3个，股权结构是33%、33%和34%，谁也不控股。郝老板郝歌占34%，是董事长；总经理是高晋，占33%，对郝歌不太买账；另一个33%的股权持有者是温州的一个开典当拍卖行的老板，他不参与经营，只参与分红。高晋家在太原很有势力。郝歌想着在北京找人把他给办了。因为这样的话，自己就能控制整座煤矿。证据嘛，足够了。那是高晋在北京国土资源部办理探矿权时给有关领导行贿的犯罪事实。这种事当然没有开过董事会，因为上不了台面嘛。受贿人名单已经掌握，确凿无疑。郝歌经人介绍，慕名来到国贸二期的写字楼找到胡总，刚说明来意，却遭到胡一口回绝。因为受托抓人这事办起来很是棘手，动用公检法的事，一来把握不是很大，二来公检法这架庞大的国家机器一旦启动，就会进入运转程序，惯性极大，不是谁想停就能停下来的，其结果难以预料。况且，干这种勾当风高浪急，风险太大。

郝歌将胡总的拒绝理解成看不起咱山西煤老板。第二天，他让司机开来两台车到北京。一台悍马H200，当初郝老板花300万买的，如今还有6成新；一辆奔驰－迈巴赫57S，他花费660万买的，如今还有8成新。他把胡总叫到国贸停车场，说，我这人向来爽快。事情办成，两台车都归你了。胡秋炊傻掉啦，他迄今为止从来没有遇见这么大方而又爽快的客户，简直称得上豪客啦！这种巨大的诱惑实在值得铤而走险地去搏一把。胡秋炊接过郝老板递过来的车钥匙、行车证和一大袋证据材料，意气风发地说：靠谱！郝老板真够朋友，咱今生有缘，你的事再难，小弟我也要办成。以半年为期，你就听好啦。其实呢，胡秋炊根本没有意识到郝老板的狡猾之处：一是两台车的车辆登记证都还在他自己手上，也没有过户给胡秋炊；二是他在两台车里都秘密安装了窃听器，胡秋炊的一言一行都在他的掌控中。胡秋炊得到什么？当然没有他最爱的CASH，两台车的临时使用权而已。而他失去的呢，将是他赖以生存的“忽悠”根基，甚至整个世界。

胡秋炊掌控着“办案”节奏，每隔十天半月，都会给郝歌讲讲案子的进展情况——其实就是编故事。中纪委批下来啦，反贪局立案了。涉案官员最近就会双规啦……胡秋炊也不是啥事都没有做，他认真准备了证据确实充分的举报信，分别投递给中纪委和反贪局。他出钱宴请了检察院和经侦局的朋友，评估这个案子的可行性。结果是很玄。原因是涉案金额不大，涉案官员级别低，难以引起最高层的关注并立案，充其量只能批转到省上去处理。

坐在迈巴赫宽敞的豪车里，听着顶级音响播出美妙的音乐，啜饮着面前茶几上的金骏眉红茶，胡秋炊的心情似乎有些郁闷。好在这两台车给自己挣回不少面子，客户比以前也明显多了许多。只是车牌晋J看起来有些不爽。你哪怕是晋A，说起来是太原的也好。这晋J，没有人知道藏在哪个山沟沟里，又是何方神圣。

3个月后，两台车都到了年检的时间。北京本来对外地来京车就不待见，加上年检期临近，胡秋炊这么牛的人也不敢造次，去自找麻烦。所以，当郝老板提出把车开回山西柳林年检完再开到北京的建议后，胡秋炊也爽快答应了，只是叮嘱要快去快回。现在正是“大会战”的时刻，“案子”已经进展到马上抓人的关键环节。

郝老板得意地听着录音，如同剥光了胡秋炊的底裤，刹那间有一种无上的满足感。这偷窥的快感，高于“真枪实弹”！不然，为什么那么多男人背着老婆看A片？果然不出所料，胡秋炊这个杂种就是个骗子。这家伙几乎天天出车，坐着迈巴赫过瘾，飘风，显摆。他对客户吹嘘，自己买了这辆车太招摇，不敢上路，只是偶尔用用，接送贵客。为了低调，干脆在山西柳林挂了副牌。唯有一次提到过这个案子，胡秋炊说两个月前已经把举报信寄给中纪委和反贪局了，至今没有回音。对方好像是检察院的一个科长，他说没戏，小人物，行贿金额不大，批转省上办也未必。总之是没辙。这个杂种居然用车泡妞！？而且有十几次。其中有一次听录音至少有3个小姐，叽叽喳喳问个不停。好像对车的兴趣大过他本人。一个东北口音的小姐发嗲地说，哥，啥也不说啦，就凭这车，这品味，臣妾跟定你啦。胡秋炊当时的德行应该是左右各熊抱了一个小姐，怀里或大腿上坐着一个小姐。他说话瓮声瓮气，时有中断，显然是有小姐在亲吻他。

你们知道吗？劳斯莱斯的双“R”标志那是飞天女神、天使来的；宾利的“B”标代表翱翔的雄鹰；迈巴赫的双M，前标17万，后标15万。俩标都能买辆好车了。你们谁能解释它的含义？一个小姐问：那猜中了胡哥有什么奖励？一个小姐抢答：谁猜中胡哥今晚就宠幸谁呗。录音显示，小姐甲说，就是迈巴赫的第一个字母大写。小姐乙疑问道：不对呀，为啥两个M字母呢？小姐甲说：第二个M代表男人。对，迈巴赫的含义就是男人中的男人！哦，MY GOD，老娘怎么这么有才呀。显然小姐甲懂讲英语。小姐丙边鼓掌边赞叹：靠谱！这个答案靠谱。胡秋炊那个杂种发话了：其实双M的含义就是“迈巴赫制造”，引申为王中之王。不过，我倒觉得“男人中的男人”的解释更过瘾，德国佬太古板了，还是咱中国人有文化，有底气。众小姐起哄，对小姐甲喊着：侍寝，侍寝。陪胡哥，陪胡哥……

郝老板实在听不下去了。胡秋炊这个杂种拿老子的豪车不干正事，整天花天酒地，过着帝王般的生活，真该抓起来毙了。你还别说，那个车标的毬事，连老子自己都不知道。羡慕嫉妒恨阵阵袭来，酸甜苦辣咸五味杂陈，他抄起手机，拨通了胡秋炊——

“胡总，这几天案子可有进展？”

“有啊，你赶紧把车开过来，现在正是忙乱的时候。还有，干脆过户得了，我刚搞了两副军牌，是甲N，牛逼吧，二炮的。”

“二炮个毬。过户老子就上当了。瞧你那球迷性眼（柳林方言德行），你娘的鬼子子（柳林骂人话），老子马上飞北京办你，大忽悠，骗子！”

胡秋炊挂了电话。再打，关机了。过了几分钟，又打，通了。

“没电了，刚才换电池。郝老板，你不是吃错药了吧？合作得好好的，你这是干吗呀？买卖不成还情意在嘛。”

“情义个卵。我问你，没有金刚钻就别揽瓷器活儿。你为啥骗我？”

“谁骗你了，我他娘的为了你的破事花了二十几万了，你一分钱没付。拿两台破车糊弄我，谁骗谁呀？”

“老子马上去公安局报案，抓了你这个诈骗犯。”

“报啊，不报你是杂种。你以为你清白，你正义，狗屁！你就不怕我跟你的伙伴高晋联络联络感情？”

郝歌傻眼了。是啊，自己请托的事也他妈的怕见阳光啊。高晋要是知道了，岂不就此结怨甚至反击？他在太原的势力我可是不敢惹呀。而此时此刻，电话那头的胡秋炊也在思考：这个土包子究竟听说了什么？难道是在车里装了窃听器？沉默片刻，郝歌说道：

“到此为止吧，咱俩缘分已尽，从此井水不犯河水。”

“没那么简单吧？为你办事，我这里的花费怎么办？还有，你真不想支付一笔封口费吗？”

听了这句话，郝歌的肺都要气炸了。奶奶的，这明显是讹诈。那个杂种断定我不敢报案，而且还必须保密。我他妈就这样认栽了？不能！骗子最怕什么？怕你揭开他的伪装。想到这儿，郝歌顷刻理直气壮起来。

他接着说——

“骗子最怕见光，你就不怕我在北京给你曝曝光，做做广告，断了你的财路？”

郝歌这一招也狠。胡秋炊在想，这个单子恐怕是个双输的游戏了，都有软肋被对方抓住，谁也别想占到什么便宜。胡秋炊试探着跟郝歌讨价还价——

“算了，封口费什么的就免了吧。做人要讲诚信。但二十几万的花费，你郝老板不会不认账吧？”

郝歌差点笑喷了。奶奶的，这是什么世道？一个大骗子，还大谈做人要讲诚信。

“据我掌握的情况，你的所谓花费全他娘的是‘炮费’！一夜找仨小姐，你就不怕用坏了你那杆破枪呀？”

郝歌的话证实了胡秋炊的预判：这个土鳖，居然用上美国中情局的招数，居然窃听老子，太可恨了。教训深刻啊。以后谁给老子送车，即便是他娘的劳斯莱斯，老子也不能收啊。

“姓郝的，你真卑鄙！竟敢窃听老子。你会为你的行为付出沉痛的代价的。”

胡秋炊挂断了手机。二十几万花费那是扯淡，但几万块还是有的。认栽了，这回注定是一单亏本的买卖。

（三）

让胡秋炊始料不及的不仅仅是亏了几万块钱这么简单。山西柳林的那单生意的负面效应还在持续发酵。眼见客户越来越少，加上最近一段时间，骶骨的疼痛也明显加重了，站着还好，一旦坐下，不到一刻钟就会疼痛难忍。这种疼痛，如同一个信号，抑或一个召唤，一个药引子，让胡秋炊不由得想起那个远在千里之外的黑老大龙哥，那个打他十大板子，打裂骶骨，还被基佬“东方红”奸污，无疑在他心中播下仇恨种子的龙哥。种子迟早会发芽，而现在，似乎就具备了发芽的土壤和气候条件。眼下，整个北京城都在张罗着奥运会，很多北京人离开北京一小段，以避开这种喧嚣和热闹，一个新词“避运”也应运而生。在“逃离北京”的队伍中，就有胡秋炊和他的两个手下王朝和马汉。当然，那辆挂甲 K 的奥迪车必须随迁，因为那才是他最牛的名片。北京已经没客户了，说自己是骗子的人也越来越多了。该换地儿了，该去南方发展喽。国贸二期的写字楼租期未完，继续保留，留下一个弟兄值守就行。

重回金沙的胡秋炊低调行事。他没敢将公司地址设在梧桐镇，显然是回避干爹和他手下的弟兄。他也没有主动联系张厅长，尽管人家表态会找机会报答他胡秋炊的，但这话你也不能全部当真。在金沙市区的黄金地段，有一栋金沙国际大厦，是全市最高、租金也最贵的写字楼。胡秋炊租下 27 楼整层，面积达 2200 平米。公司又招聘了两个靓女，一个前台接待，一个财会。公司名称为“千秋贸易有限责任公司”。在公司金字招牌下面，贴上两张 A4 纸大小的，用电脑打印出来的黑体字招牌：哈佛大学中国（金沙）分校筹备组。

套路还是北京的老套路。但这次重回金沙，胡秋炊是带着“大项目”来的。连他自己都不敢相信，似乎南方人更崇拜和迷信他这位“中央首长身边”的人。干爹听到的版本是这样的——我自幼是孤儿，在中央军委老首长身边长大。出生地跟本山大哥是老乡，都是铁岭开原莲花镇莲花村石嘴沟子的。主要打理中央首长家里的生意。这次来金沙，主要是筹建哈佛大学中国（金沙）分校，总投资额 10 亿美金。美国那边已委托给现任国务院副总理某某的侄女和侄女婿操盘，中国这边委托我来筹建。筹备组现阶段的主要工作是立项、选址和前期规划设计。为什么选择在金沙而不是北京、上海，是因为这里是特区，是中国改革开放的窗口，政策宽松，效率高，可以先行先试。

南方人真是热情得爆棚。有谈合作参股的，有谈规划设计的，有谈建筑施工的，那真是鱼贯而入如过江之鲫啊。胡秋炊不得不告诉前台小姐，上门谈项目必须事先预约。更有甚者，有两位打扮入时的辣妈也慕名而来，她们咨询啥时候招生，看看自己的孩子能否赶上。她俩憧憬着，在中国国内就能上哈佛，省钱不说，还可以天天见到孩子。多好的一个项目呀。

民间炒热了，还欠一把火候，那就是官方。10亿美金的投资项目不是个小数目，美国方面来人的话，至少也得分管副市长出面接见。而且电视、报纸、网站各大媒体在醒目位置报道，那是必须的。官方运作的程序和路径胡秋炊早已了然于胸：先是美国方面一个基金会致函市里的招商办，表示投资意向和前来金沙市考察的愿望。这封函件必须千真万确。当然要附上哈佛大学原则同意在中国办分校的意向，这份材料可以造假，因为没有人打电话去哈佛询问。即便询问，也不知找谁；即便知道找谁，没准人家正带着家人或情人在哈瓦那度假呢；即便你找到正在哈瓦那度假的他，他让你找校董会的董秘；你好不容易找到董秘，她很客气地告诉你“关涉校董会机密，无可奉告”……总之，是无果而终。然后国内就请北京已经退下来的老领导给市里某领导打招呼，说孩子们想折腾点事，给市里弄来这么好的项目，这么一大笔投资，市里应该支持云云。两条线清晰了，你以为美国那边的现任国家某领导人的侄女、侄女婿就要订机票上路了？错。胡秋炊无须那么破费，他有更省钱的办法，他在香港就有“合作伙伴”，演好美国人就行。他只需过一趟香港，一切都OK了。当然，找来的港人一定要有美国学习或工作的经历，英语自然要带点美国口音，重口味，必须与国语一样顺溜。这样，所谓的美国客人就会“先飞”香港，再从香港过关到金沙。市里招商办直接去深圳湾口岸迎接客人即可。

一切都在胡秋炊的设计之中，哈佛被金沙市炒热啦！副市长出面接见、电视新闻放在第三条报道；报纸头版第三条的位置；财经网站放在了头条。胡秋炊也在电视中露了一把脸。“哈佛来了”成了金沙市民的热门话题。当然，也有反对的声音。譬如金沙大学的副校长在接受《金沙日报》的记者采访时就发表过如下看法：岂不说这个项目能否办成，单单从美国大学的办学理念来看，这个项目未必会被教育部批准。美国通过好莱坞对我们进行文化渗透也就罢了，如果再通过高校对我们的孩子进行教育洗脑，那是很可怕的。

胡秋炊不管这些，继续趁热打铁，运作他的“哈佛项目”。因为所有炒作，无非为了CASH，大把大把的现金。他心里清楚，还缺一样非常关键的东西，那就是教育部的立项批文。这个玩意儿丝毫不能造假，因为太容易穿帮，一个电话的事儿。而这个批文的基础是金沙市教育局和市政府的批文。顺利拿到这两个批文，也就证实了我这位“中央首长”身边的人的分量。为了尽快达成上述目标，他需要悄悄物色一个合作伙伴。

有道是人算不如天算。正当胡秋炊踌躇满志地憧憬着“哈佛项目”美好未来的时候，美国哈佛大学的官网上发表一项声明：

> 我校关注到中国南方金沙市媒体的有关报道，特在此郑重申明：迄今为止，我校没有在中国投资建分校的意向。

胡秋炊在睡梦中被金沙市公安局经侦支队带走了，千秋贸易公司也被查封。胡的两个手下王朝、马汉也一并被捕，涉嫌诈骗罪。让办案人员头痛的是，无论怎样审讯，胡秋炊和他的两个手下人都拒不认罪。他们的交代相互印证，没有破绽，似乎事先演练过的。胡秋炊对提审他的警官说：我和市政府都是受害者。真正的诈骗犯是美国那个基金会。我是特殊身份的人，也是中央首长身边的人。你们赶紧放人，不然到时候后悔都来不及了，没准儿会丢了饭碗呢。

就在胡秋炊被抓的第三天，省安全厅一位名叫李宏文的同志，手持省安全厅的公函，以胡是“我们厅长的重要线人”为由，请求金沙市公安局改变强制措施，对胡“取保候审”。

胡和他的两个手下重获自由。省安全厅的李宏文同志马不停蹄，赶往胡秋炊的原籍铁岭开原公安局。他出示介绍信和公函，提出注销胡秋炊的所有真实的户籍资料，理由：胡秋炊是“我厅工作人员和重要线人”。公函称，注销胡秋炊的户籍及相关资料系国家机密，必须严加保密，不得对外泄露。办完上述所有事情后，李宏文又帮忙胡秋炊办妥了香港身份证。省公安厅的资料显示，胡秋炊于2009年7月申办“香港单程证”，申请理由：照顾母亲。母亲叫王红梅，70岁，身边无子。除此以外，胡秋炊还获得另外两张身份证——

古学海，1975年5月18日出生。广东河源。大学本科。

岳家君，1975年6月18日出生。广东惠阳。大学专科。

对胡秋炊进行必要的“身份再造”和包装后，李宏文同志约谈了他。李宏文问道：“知道帮你的贵人是谁吗？”胡秋炊一时语塞。他在头脑中快速检索，龙哥那帮人是不太可能的，难道是欠我一份人情的张厅长？他试探性地答道：“张厅长？”李宏文说道：“算你聪明。知道厅长为什么帮你吗？”胡秋炊感激地说：“当然。我北京的手下兄弟见我被抓，有病乱投医，给他打过电话，求他帮忙。”李宏文纠正他说：“不完全对。记得3年前吗，厅长由副转正，你在部里给他说上话了。厅长欠你一个人情。这一次给你办得妥妥的，连身份都给你换了。”胡秋炊想起来了，他站起来毕恭毕敬地对李宏文说：“万分感谢厅长的大恩大德。从今往后只要厅长需要，我胡某人就是肝脑涂地，也在所不辞。”李宏文也站起来准备开路，他临走时说：“以后对外你就是我们厅长的线人。但这个身份不要乱用。尽量低调。厅长让我转告你，以后不要再整虚头巴脑的东西，踏踏实实做点实业吧。”

送走李宏文，胡秋炊陷入沉思。这算命瞎子还真他妈的蒙对了，什么“南方有难”，什么“南方有贵人”可以化解呀，似乎都应验了。我求厅长把我弄出来，没有让他改变我的身份呀？线人，线人就是卧底呀，到处秘密搜集情报，甚至打入“敌人”内部，难道他要给我特殊任务？该不会去充当杀手吧？要么厅长是怕我讲出了上京跑官的秘密，给我“线人”的身份，让我像一只风筝在天空翻飞，而绳子却牢牢地握在他的手心。嘿嘿，管他呢。线人，嗯，挺好使的。想到这儿，胡秋炊心里美滋滋的。

（四）

胡秋炊自称打理“中央首长”家里的生意，这一回一不小心又获得“线人”的神秘身份，简直就是锦上添花，雪中送炭。领导就是有水平，办事超过你本人的预期，你还不服服帖帖地听从召唤？厅长真是想得太周到了，让我胡秋炊脱胎换骨。我当然不能辜负了他的期望，一定要来一个华丽转身，兴办实业。披上“线人”外衣，无疑给他壮了胆。本来自己重新杀回金沙市，就应该拜会“老东家”龙哥。可骶骨的隐痛总让他想起挨的那十大板，不仅羞辱，而且难堪。几次动念，又不得不缩回去了，终究没有勇气面对。而现在，我胡秋炊是线人，也属于搞地下工作的，你黑社会有啥了不起的？老子今后就是专治你们这种黑社会的！

胡秋炊精心打扮了一下自己：大背头做完造型，喷上啫喱水定型。一间白色带暗纹的BOSS衬衫，塞在蓝色西裤里，露出“爱马仕”的皮带扣“H”。一双意大利佛罗伦萨的手工缝制的古驰（GUCCI）皮鞋。腕表他当然不能选择百达翡丽，因为龙哥喜欢，听说连睡觉都戴。咱就退而求其次，戴一块“江诗丹顿”，既避免了“撞表”，又彰显收敛、沉稳的气质。两个手下王朝、马汉也都剪头、洗脸做面膜，着黑衬衫、黑西裤，戴“劳力士”腕表和墨镜，左哼右哈，干净而又精神，清爽得很。

其实胡秋炊打从内心还是挺佩服龙哥的。听说他的资产规模已经搞到几十个亿了。这次约见龙哥，他并没有预设什么目标，想达到的效果无非是叙叙旧，看看龙哥有没有什么项目可以合作合作的。当然，自己已今非昔比，稍稍展露一下实力，不经意流露一下“线人”身份也是必要的。

坤叔带着胡秋炊一行去18楼见龙哥。电梯里，坤叔上下打量一遍胡，惊叹地说：“好吗，这副行头，有随从了，鸟枪换炮。发达了？该叫你胡总了吧！”胡秋炊装作谦虚却又不无得意地说：“拿我开涮不是？还是称兄弟好。”

坤叔将胡秋炊引见给龙哥，寒暄、沏茶后退出，关好房门。

龙哥睇了一眼胡秋炊，不像是来寻仇“讨说法”的，这种刻意的装扮倒像是来“示威”的。这小子，几年不见，身上的气场如此强大，刚进门那会儿险些将自己给掀翻了。这可是刚从看守所出来没几天呀，他身上的这股强大的能量来自何处？真像他所说的，难不成真是“中央首长”身边的人？派出所李所长不是说过嘛，他亲自调查了胡秋炊跟随的所谓“中央首长”，并与首长秘书通过电话，对方回应根本没有胡秋炊这么个人。

胡秋炊恭谨地说：“龙哥，早就应该拜见您，只是杂事缠身，今天才来，请你多多包涵。”

龙哥：“哪里哪里。俗话说士别三日当刮目相看，看你这派头，应该是混出来了，恭喜恭喜。”龙哥抱拳致敬。

胡秋炊起身，两个手下也“唰”地站立。胡秋炊弯腰回礼，谦卑地说：“龙哥你是老大，小弟不敢当。”

龙哥示意坐下说话。他习惯性地搓搓手，切入正题，对胡秋炊说：“说说看，你找我不光是见个面吧，有正事吗？”

胡秋炊说：“龙哥还是那么爽快。我这次找你，一来请安，二来嘛，看看龙哥这边有什么好项目，有什么赚钱的机会，小弟愿跟龙哥合作一把，借借力，沾沾光。”

龙哥警觉起来，这小子本是我这里的底层“马仔”，因犯事被我打了板子，还炒了鱿鱼。如今混出来了，上门叫板，提出合作。可能吗？即便我同意，弟兄们也不能接受呀。何况胡秋炊的口碑极差，都说他是“胡大忽悠”、“江湖骗子”，这种人水深没底，而且浑浊。

龙哥大度地说：“请安不敢当。合作嘛，我这里还真没有什么机会。如今啊，我也慢慢淡出江湖了，公司业务也不再扩张，做好现有的项目就好。所以嘛，合作的事，以后就看机会、看缘分喽。”

龙哥说的倒是实话，分明对胡的来意婉言谢绝。胡秋炊听完，心里十分不爽。他试探着挑衅一下龙哥。胡秋炊说："龙哥，这几年跟随'中央首长'，我才参透了社会生存的精髓——权力大过天！你有钱不算什么，关键是你要找到权力来保护。老板算什么，充其量只是官员的夜壶。需要招商引资、拉动GDP，总之应急时他会用你，完事后，你就什么都不是，放在床底下长霉、发臭。你再看看重庆，唱红打黑，那么多老板，几十年的生意，说托管就托管，说没收就没收了。总之，在中国内地做生意，找靠山太重要了。金钱需要权力来保护的。"

龙哥认真地听着，摆弄自己的手指。他推了推眼镜的横梁，不咸不淡地说："这个道理嘛，我20年前就懂的。你这是在龙王爷面前卖自来水喽。我倒想问问你，你整的'中央首长'的靠山是真的吗？你就不怕别人打电话揭穿你？"

胡秋炊一愣，难道龙哥手中掌握了什么证据或把柄？他顿时感觉自己似有芒刺在背。胡秋炊故作镇静地说："龙哥，真金不怕火炼。我这次被市局的人抓进去，3天后不就放出来了？安全厅厅长出面作保，我是线人啊。这是秘密，谁也不知。"

龙哥大吃一惊，线人？这在香港倒是常见。无间道，卧底，扫毒组常用。这小子在我这儿待了几年难道是卧底来了？他受命刺探我的情报，搜集证据，然后给我戴上"黑社会"帽子，把我灭掉？最要命的是我打了他十大板，给他留下终身残疾，也让他疼痛终身。谁都知道，疼痛的记忆最持久，一直到死。除非疼痛消失。龙哥醒过神来，故作惊讶地说："线人，真的假的？你小子在我手下干了几年，原来是来卧底的？"

胡秋炊假笑着，态度暧昧地说："龙哥，你该醒醒啦。人不可能总是顺风顺水。这个世道，唯一不变的就是变。三十年河东，四十年河西……"胡秋炊起身，接着话音一转："说实在的龙哥，你上一次下手也太重了，弄得我骶骨隐裂，疼痛难熬，坐不到一刻钟就要起身。"话不投机，胡秋炊打算告辞，临行时撂下一句狠话。

龙哥也站起来，做出送客请便的姿态。他哈哈大笑："看来你小子还记仇！看我是假，寻仇是真。你可别打错了算盘。别惹我，我这里还有鞭刑。不想挨鞭子的话，你就得离我远远的。你好自为之吧，请。”

等在门外的坤叔带胡秋炊乘电梯，正好碰上“东方红”出电梯。

“东方红”上下打量着胡秋炊，十分惊奇地说：“啧啧，这不是胡大忽悠吗？怎么啦，几年不见，发达了，过来臭显摆来了？”胡秋炊心里一阵抽泣，羞辱的怒火似乎要从鼻孔喷出。他定了定神，出于礼节性地回应道：“哪里发达，过来看看龙哥和兄弟们。”“东方红”色眯眯的眼神盯着胡秋炊的身体上下扫描，挑逗地对胡说：“好啊，随时恭候老弟。不过，你可比以前更性感了！”“东方红”这句话一下子激怒了胡秋炊，他奶奶的，男人夸男人性感，只有基佬才说得出口。此时此刻，他的屁眼被“东方红”引诱和暗讽的话语刺激得火辣辣地生疼。他发誓一定要亲自动手，割下“东方红”这个变态佬的鸡鸡喂狗。胡秋炊尽管竭力压制着怒火，但还是面露愠怒之色。他回应道：“人在做，天在看。报应迟早会来。不是不报，时候未到。”“东方红”借口找龙哥有事，挥手告别了胡秋炊一行。

在电梯里，胡秋炊眼睛往上看着天花板的射灯，直勾勾地，一动也没动。他也许正在憧憬一个大快人心、报仇雪恨的场景的到来——但见他手起刀落，“东方红”的鸡鸡被连根斩断，一群野狗正在疯抢撕咬着“东方红”的鸡鸡和那堆附件——俩睾丸。

（五）

一周后，李宏文约胡秋炊打球。就在观澜湖高尔夫球会的奥拉沙宝球场。场都订好了，下午 1 点开球。胡秋炊询问还有什么人参加，李说还有厅长的表弟占总。说好了，小赌一把，比洞不比杆，赢一洞 200 元，规则是“大流氓”（NO TOUCH），球不管落在哪儿，都要原地打，不准挪动。胡秋炊叫苦不迭，一是自己技术不精，刚刚学会，没下过几次场；二是场地也不熟。倒是听说过这个球场，据说光沙坑就有160多个，球道长7400多码，属观澜湖12个球场中距离最长的球场。碰上这么个局，只有多带些钱喽，当一回冤大头吧。

在出发台，李宏文介绍胡秋炊认识厅长的表弟占总占世邦。双方握手。胡感觉占总的手骨感强烈，人也是黑瘦黑瘦，面部也是棱角分明，额头上有一块白皮肤，那是帽檐遮挡太阳光暴晒所致。中等个头。手背、胳臂被紫外线烤得漆黑，唯有戴手套的左手手背是白的，一看就是球痞子。李宏文让胡秋炊和占总乘坐一部球车，自己则单独乘坐一部。他说，你俩要谈正事，方便。

来到发球台，照例用一枚木T打T，定开球顺序。结果占总先开球，胡、李随后。胡秋炊已做好全输的准备，18洞每人输3600，总共也就7200，加上“抓小鸟”翻倍，1万元足够了。占总的水平接近职业选手水准，18洞的成绩经常能打出“七字头”，没法跟他玩，差着好几个档次呢。胡秋炊的兴趣全在占总即将说的“正事”上。

为避开球童偷听，占总只是在球道上往球的落点散步时，才与胡秋炊谈“正事”。占总的口才那是一流，几句话就言简意赅地向胡秋炊传达了表哥的指示。不，以后应该称老板。老板的指示如下：你、我都是老板的线人。从今往后，你要放弃你那套庸俗、低级的“中央首长”骗术，做点正经生意。你以后的名字是古学海。你的手下一律遣散。老板看重你两点，一是仗义，二是在陈飞龙的公司工作过几年。你现在要做的是将你的千秋贸易公司并进我的占士邦投资公司，占15%股份。你我都是线人，所以以后所做的生意也是低调而神秘的。你最近的主要任务是搜集龙哥陈飞龙的黑社会性质的组织的犯罪证据，并以实名举报的方式向北京最高级别的机构送达。龙哥的“保护伞”那3个官员高、李和周的证据由我来搜集。这是一个大买卖，对我们而言是事半功倍，一石三鸟——打掉盘踞在金沙市梧桐镇长达20多年的黑社会性质的组织和保护伞，为民除害；高、李被抓下台，就给现在的副镇长让路了，麦副镇长是我的哥们儿，当年与高一起竞选镇长，陈飞龙从中做了手脚，花钱让高振南当选；等你的举报引爆后，陈飞龙犯罪集团被一网打尽，所有财产都会被没收。政府和法院一旦拍卖陈飞龙的资产，我们就强力介入，竞买最有价值的凤凰山高尔夫球会。你知道吗，3000 亩地，现在能值多少钱？将来又能值多少钱？还有陈飞龙注册了 8 家项目公司用来占有的梧桐镇的黄金地段的地皮。其他的什么垃圾回收、海沙运输咱们看不上眼，随它去。希望你听明白啦，这可是你人生的重大转折啊……

胡秋炊唯唯诺诺，完全是按惯性打球，心事全在占总刚才传达的“正事”上。他此时心情是惊惧的：惊的是，“老板”真是高人。我当初求他把我“捞”出来，没承想他连我的身份也给换了，而且那样彻底，等于将我过去的人生履历顷刻就蒸发了。从此，我也由胡秋炊变成了古学海。也好，挥手告别那不太光彩的过去，跟着新老板干一番大事。这的确是我人生的机遇，一辈子也就现身一两回的那种。惧的是这次可是要跟真正的黑社会叫板呀，龙哥盘踞梧桐镇这么久，关系也盘根错节，势力又那么大，手下还有那么多打手，这场硬仗能打赢吗？搞不好，出师未捷身先死，那就遭劫难了。不过，有老板幕后操盘，唱红打黑，应该胜算还是很大的。有道是富贵险中求嘛……

小赌的结果还不是太糟。胡秋炊，不，古学海在第 17 洞的三杆洞抓下一只“小鸟”，李、占各打下“PAR”。“小鸟”加倍，所以这一洞古学海进账 800，这也是整场球打下来，他唯一胜出的一洞，其余尽输。

7. 串供

（一）

訾律师最近有点烦。原因在于他面对一个巨大的诱惑，一个足可以改变他一生的刑事案子，却又迟迟下不了决心：是否接单，是否铤而走险搏一把？阿财的太太阿蓉在他身负命案、亡命天涯，躲在寮国10年并重新改名换姓、娶妻生子的黑幕中，却依然对阿财“寒窑守志”，不离不弃。她打理着老公阿财的公司，这些年还赚了不少钱。当得知阿财被从寮国递解回国后，她心中那可是五味杂陈、悲喜交加啊。悲的是老公命案在身，难逃一劫，弄不好会判死刑；喜的是总算能见上他一面，毕竟10年没有音信，自己一个人既要赚钱养家，又要拉扯孩子，实在不易呀，总算有了一个倾诉的对象。何况事在人为，花一大笔钱，找一个牛逼的律师，想办法免了老公的死罪，只要人活着，就有机会立功减刑，花钱运作，提前出来呀。

阿蓉找到远房亲戚訾律师帮忙。訾律师称呼她为表姐。訾律师帮忙分析种种可能性，觉得契机是龙哥自杀这个扑朔迷离的突发事件。按常理推测，龙哥为何自杀？他要不是身负命案，犯得着自杀吗？几乎所有人都这么认为。这等于给死囚阿财开启了活下去的希望之门。只要阿财不开口，死不认账开枪杀阿展这一事实，并一股脑推在龙哥身上，兴许会免了死罪。问题是必须有旁证。而当时在场的人中，就有凤凰街道本地人彭三和彭四兄弟。这两兄弟也被关进去了，因为他俩也是龙哥的换帖马仔。他们和龙哥的结缘应验了“不打不相识”的古训。当时龙哥征用凤凰山高尔夫球场用地时，需要迁坟，曾经遭到彭氏四弟兄的阻挠，还大打出手呢。后来龙哥为了安抚和笼络彭氏四兄弟，就将老三、老四吸收为手下马仔了。用龙哥的话说，就是给他俩一碗饭吃。所以，想办法买通看守所，让彭氏兄弟作伪证，并与阿财的供述前后印证，当然包括当时的细节，阿财兴许可以免除死罪。好消息是，阿财好歹也算在国外待过，见过一些世面，他兴许是港产警匪片看多了，所以至今没有承认杀人这事，还吵着嚷着要见律师呢。

訾律师陪阿蓉前往看守所见阿财。阿蓉开出一口价：1000万打包。也就是说，只要訾律师能让老公免除死罪，换言之，只要不判死刑立即执行，这1000万就是他訾律师的了。当然，这中间包括所有的通关打点费用。訾律师实在难以抵挡如此巨大的诱惑，更何况还是亲戚关系。同行中也有专做“捞人”的律师，但一般开价都在500万上下，所以，这笔生意是不忍心推脱的，推脱就是跟钱有仇。訾律师先让阿蓉与老公单独待一会儿，毕竟是10年没见面的夫妻，该有多少掏心窝子的话要倾诉啊，让他俩温存温存，找找感觉。訾律师买通看守所所长，提出单独与当事人见面的要求，撤了录音、录像。

訾律师与阿财一起编剧并“导演”了新版“阿展凶杀案”现场的场景——

时间：2002年8月8日下午3点

地点：凤凰山旁宏兴电子厂仓库

情节（阿财供述）：我当时刚跟龙哥合作开发梧桐镇的小产权房，因为和阿展就合作开发义乌商贸城项目发生纠纷，龙哥提出绑架阿展逼他签订一份协议，将原来的卖断条款改成分成，并派出他的马仔彭三和彭四两兄弟实施。为壮声势，外号“东方红”的保安总监方东红又多派了

6个保安一共8人，前往深圳宝安机场。8月1日中午，记得是建军节那天，阿展从昆明飞深圳的航班下了飞机，进了一部白色别克商务车，他表弟开车。我们坐在一辆丰田“阿尔法”粤港两地牌（牌照用光碟遮挡）的面包车上跟踪。车行到机场南路时，另外几部车和我们的车一起别停了阿展的车，彭三、彭四和其他几个人头戴蒙面黑丝袜，手拿棒球棒一阵乱打，敲碎了别克商务车的玻璃，并上车对阿展和他表弟实施捆绑、塞嘴，并在他们头上套上黑色胶袋。后来阿展哀求我放了他表弟，保证配合我们，保证不报警。我当时动了怜悯之心，就放了他表弟。我们就把阿展押在宏兴电子厂的废弃的仓库里，把他用铁链绑在水泥柱子上，留下彭三、彭四看守，其他人就撤了。

跟阿展谈判很艰难，他坚决不同意修改合同，更不愿签字。尽管他的头被蒙上，眼睛看不见，但他知道一定是龙哥和我干的。我把情况向龙哥做了汇报，龙哥很生气，说，给他一周时间，不签就做了他，看他是要钱还是要命。我当时还在努力劝说阿展，签了这份协议吧，不要得罪了龙哥。龙哥可是红黑两道通吃。阿展就是听不进去，还说，商人要讲诚信，哪能用刀架在脖子上逼人签约的？

龙哥许下的期限到了，8月8日那天下午，我去龙哥办公室请示如何处理阿展，龙哥不说话，他打开保险柜，拿出一把金晃晃的手枪，吓我一跳。龙哥用嘴对枪口吹了口气，对我说：现在是考验你忠诚的时候了，做了他。说完，他把枪递给我。我浑身发抖，这辈子可从没摸过枪。我抖着双手接过来，因为太重，竟然掉在地下了。“叨你，看你这个屄样！”龙哥骂了我一句，捡起枪，放在他的手袋里，让我驾车，一起去宏兴电子厂的仓库。我边开车，边对龙哥说，还是放阿展一马吧，他这样就死了确实有点冤啊。龙哥哼了一声：放了他你就准备去坐牢！有没有搞错，你知道自己犯了什么罪吗？绑架罪，强迫交易罪，两罪并罚，够判20年了。我不再言语，觉得龙哥说的也有些道理：真的放过他的话，不仅我们的目的没达到，而且还要冤枉去坐牢。龙哥又说，为2个亿杀一个人还是值得的。我对龙哥说，还是你亲自来吧，我天生胆小，我可从来没摸过枪啊。再说，我也不懂开枪，更下不了手。龙哥说，这一次就放过你。记住！早晚你手上得沾点血。但你必须答应我一个条件，就是完事后安排你去寮国避风头。没有我的同意，不能擅自露面或回国，不能跟国内任何人联系，包括自己的老婆、孩子。相对于开枪杀人这件事，我被迫选择了龙哥安排的为人顶罪、亡命天涯这条路。

我们驾车到了宏兴电子厂仓库，当时只有彭三、彭四在场。龙哥让我先把彭氏兄弟叫到工厂大门口，让他俩骑上自己的摩托车离开，就说他俩的任务完成了。我跟龙哥走到阿展身边，龙哥最后一次掏出协议让阿展签字，阿展不从。他听出龙哥的声音，就开始骂上了：陈飞龙，你他妈的什么鸡巴黑道，黑道也得讲理呀，盗亦有道嘛。没有你这么玩的。除非你打死老子，休想让老子签字。龙哥脸色铁青，只见他上前一把夹着被蒙上黑胶带的阿展的脑袋，对准他的太阳穴就是一枪，声音很大，震得仓库里还有回响。阿展耷拉着脑袋，地上留下一摊黑黑的血。我跟龙哥就马上离开了现场。龙哥让我回家收拾一下衣物，马上动身逃亡。他叮嘱我对家人就说，要去国外谈一笔生意。他已安排好我的逃亡路线：先是坐船到海南，然后偷渡去越南，最后从越南偷渡柬埔寨，然后从柬埔寨再偷渡到寮国。沿途边境口岸都有人关照。

为了确保万无一失，訾律师要求阿财下苦功夫将上述情节背下来，并在提审时能随时回答警官的各种拷问。对话场景也进行反复的演练，时间、地点不能丝毫出错。为了活着出去，阿财从来没有这样用心过，读了10年的书，一次也没有。为了活着的希望，阿财选择了背叛死去的龙哥，并嫁祸于他。此时的阿财内心隐隐约约有了一丝丝的愧疚。

（二）

訾律师导演的这场“捞人”的串供游戏可以说是一个复杂的系统工

程。参与的演员都是嫌犯，没有行动自由，都被羁押在看守所。如果说阿财饰演的是男1号的话，还得有两个配角，那就是彭三、彭四兄弟。为了取得这哥俩的信任，訾律师免费担任他俩的法律顾问，目的当然是想办法减轻他俩的罪责。凭着訾律师对刑法的理解，减轻他俩的罪行的唯一途径是：将绑架罪演变成非法拘禁罪，这样的话，就会少坐好多年的大牢。而且，这哥俩还提供了“阿展凶杀案”的重要的且有价值的线索，就具备了立功的情节，彭氏兄弟甚至可能判缓刑。而事实上。龙哥和阿财策划的绑架阿展案，这哥俩始终不知情。他俩的上司是“东方红”。“东方红”当时派遣这哥俩执行任务，当面交代前去“收数”，因为阿展欠龙哥和阿财一大笔钱，到期没还，所以绑他是为了要账。訾律师的这个剧情的设计，“东方红”一听就明白了，也乐于配合。原因很简单，如果正像訾律师所导演的那样，自己也不知情，所以自己的罪责也会减轻许多。至于嫁祸龙哥的事，訾律师没告诉他。

訾律师设计的“东方红”关于非法拘禁阿展的台词是这样的——

“东方红”供述：记得那天是8月1日，因为是建军节，所以日期记得准。我正吃着早餐，看着电视新闻，龙哥打来电话，让我派几个精干的弟兄去机场接一个人，就是阿展。龙哥说阿展欠钱不还，得给他点颜色看看。并让我交代兄弟们，一切听从阿财的指令。我共派出彭三、彭四等弟兄共8个人，并派了一辆丰田阿尔法面包车前去机场执行任务，另外配了3辆车协助。我对彭三、彭四兄弟交代，不要带太招眼的“家伙”，蒙上面，行动的时候小心被摄像头拍照。大概中午1点左右，派出去的几个弟兄都回来了，他们说只留下彭氏兄弟值班。因为龙哥交代由阿财负责，所以我也没有多问。后来就听说阿展被人枪杀了，阿财逃跑了。

彭氏兄弟的悟性跟“东方红”比那是差远了。訾律师设计的场景是：二人被阿财打发走了，并不在现场。如果按照当时的真相，这哥俩在现场，亲自看见阿财举起枪，颤抖着手，笨拙地射杀了阿展，那就没法往下编故事了，阿财也只能是死路一条。事情的蹊跷在于，因为阿财的逃跑，几乎所有人都认为是阿财杀了阿展，所以警方一直没有怀疑现场还有其他人，更没有展开详细的侦查。也就是说，彭三、彭四是漏网之鱼。訾律师在家中反复用儿子的玩具人推演，最终决定让彭氏兄弟不在场，但必须通过他俩的观察，留下一些蛛丝马迹，也就是龙哥射杀阿展逻辑上的可能性和合理性。刚进8月，南方的天气十分炎热，阿财的着装是蓝条纹短袖T恤和军绿色大短裤，龙哥的着装是白色衬衫和黑色长裤。阿财手拿车钥匙，龙哥提着一个棕色的LV皮包，里面鼓鼓囊囊的，好像装有硬物。这个细节至关重要，它提示着龙哥身上带了“家伙”。另一个细节是，彭氏兄弟骑摩托车走了不到200米远，就听见身后“砰”地传来巨大的响声。为了追求这一细节的真实性，訾律师专门做了测试：枪声的确很响，它盖过了摩托车的轰鸣声，200米的范围听得真真切切。听到声音后，还应该设计彭氏兄弟的精彩对白——彭四说，我靠，不会是龙哥、阿财他们把阿展干掉了吧。彭三驾着摩托车责怪弟弟说，可不要瞎说，人命关天的。可能是凤凰山上在放炮炸石头吧。

彭三、彭四的共用台词是这样设计的——

彭三、彭四供述：8月1日大概9点钟左右，方总打电话叫我们去他办公室。方总让我俩去机场截住阿展，一切听从阿财的指挥。他说，阿展是吃了豹子胆，欠着龙哥的一大笔钱不还。另外多给你们配几个弟兄，不要带太招眼的“家伙”，带几根棒球棒就行。因为是白天，行动的时候你们要带上面罩，把车牌用光碟挡住，机场一带到处都是摄像头，不要被拍下了。方总交代完，就派一辆丰田阿尔法面包车拉我们去机场。

大概中午12点左右，阿展从昆明飞深圳的航班下了飞机，出来后直接上了一辆白色的别克商务车，接他的只有一位男士，后来知道那是他表弟。我们开车一路跟踪到机场南路时，阿财指示：可以动手了。我们的车快速超过别克商务车，并在马路上打横逼停了它。别克商务车后面的几部车也是方总安排策应的。我们头上套上黑丝袜，下车就用棒球棒打砸别克车的玻璃和车身。阿展打开车门，我们冲进去就将他和他表弟按到座椅上，先用胶带封嘴，然后反剪着双手捆绑，最后在他们头上套上黑色的塑料袋。阿展在我们行动中反复哀求，放了他表弟，说自己的事跟表弟没有任何关系。并保证表弟不会报案，说一旦报案你们可以把我撕票。我人在你们手上，你们还担心什么？阿财示意放了他表弟。我们将阿展扛进我们的面包车上，开车直接去了宏兴电子厂的仓库。到仓库后，阿财吩咐其他人撤离，只留下我们兄弟俩。阿财交代我们善待阿展，一天供应三顿饭，喝水、大小便要及时提供方便。除此时段以外，必须用胶带封住嘴，用铁链绑在水泥柱上。交代完了后，阿财扔给我俩1万块钱，说是我们的盒饭钱。

我们看守阿展时也跟他聊过，他说跟龙哥、阿财因为义乌商贸城项目的经济纠纷，其他的他不愿意多说。阿财每天都来劝他，签一份已经打印好的合同，每次都遭到阿展的拒绝。

8日那天下午大概3点钟，阿财和龙哥开车过来了。我们迎上前对龙哥打招呼，龙哥对我们点点头，没有说话。他手上提了一个LV的鳄鱼皮棕色皮包，里面鼓鼓囊囊的，好像装有硬物。阿财把我们叫到仓库大门口，对我们说，你俩走吧，回家歇着吧，任务完成了。我们就骑着一辆本田摩托车离开了。大概走了200米左右，我们就听到身后“砰”的一声巨响，我对哥哥开玩笑说，我靠，不会是阿财、龙哥他们干掉阿展了吧。我哥说，可别瞎说，应该是凤凰山上放炮炸石头。

訾律师在彭氏兄弟的台词中，故意省略掉阿财和龙哥的着装，让他俩准确地记在心上。一旦警方询问这一细节时，你们哥俩说出来必须一致。后来的审讯果然验证了訾律师的预见，并且这一细节也确实迷惑了警方，并最终采信了彭氏兄弟的证人证言。

（三）

不知干爹死前通过何种途径得来的错误信息，说是阿财被递解回国后，不到3天就如实坦白交代了自己的犯罪事实。干爹对此传闻深信不疑，因为阿财虽以心狠手辣著称，但确实天生胆小。记得当年找他约架“吃茶”，他见到我们保安的阵势就乖乖地投降了。而真实的情况是，阿财不仅没有招供，还串通律师将射杀阿展的犯罪事实嫁祸于干爹，并按照几乎所有人的臆测，将干爹自杀的原因直接导向因为亲手杀死了阿展，自感罪孽深重，罪责难逃。与其让法律审判处死，不如自裁干净利索，还能永葆黑社会老大的悲壮和慷慨。就如同西楚霸王的乌江自刎，多少能挽回些许世人的记忆和惋惜。

记不清是第几次提审了，阿财终于开口了，警方上上下下都有了一种打开突破口的成就感。阿财背诵了訾律师为他量身定做的台词，警方的疑问全部集中在这样一个问题上：你阿财既然没有杀人，你跑什么跑？而且一跑就是10年！阿财的解释是，龙哥是老大，我必须听他的。我一跑，等于就是为龙哥顶罪，这样龙哥就安全了。我不逃跑，龙哥也会暗中让兄弟灭了我。而跑到国外，隐姓埋名加整容，没准儿还有条活路。这种解释似乎天衣无缝，关键是还“解开”了一直困扰着警方关于陈飞龙为何自杀的疑团。于是，警方乘胜追击，接连提审了彭三、彭四和方东红，他们的口供也印证了阿财所交代的犯罪事实。犯罪事实真相大白，沉寂了10年的阿展凶杀案终于有了突破性的进展，似乎可以结案了。

阿财因为是跨国押解回来的死囚犯，所以在看守所他享受着单间的待遇，只是要戴上手铐、脚镣。每天出去院里放风，他都拖着脚镣踉踉跄跄地绕着院墙根转圈。即便如此，他的脚颈还是磨破了几层皮，流血不止，实在痛苦难熬。过了几天，看守所管教的一个细节让阿财有了绝处逢生的感觉，心中陡然升起生的希望——管教解除了他的脚镣。他在心里盘算：要么是警方听信了自己的口供，排除了杀人犯的嫌疑；要么是訾律师花钱打点看守所，减轻一点自己的痛苦。但不管怎样，事情反正是向好的方面转化。

夜深人静时，阿财独自坐在漆黑狭窄的囚室角落里，回忆这漫长的10年，自己流亡海外，茕茕孤立，似乎人生已被拦腰斩断，记忆也陷入深深的黑洞。10年里，他唯一能见到的熟人就是龙哥，尽管只是视频。

而且是几个月才有那么一次的视频，每次通话都不超过半粒钟。

就是这样吝啬，阿财内心也别提有多高兴啦，每次通知视频，他都要提前准备，让自己更精神点，总有一种莫名的兴奋，就像会见久别失散的亲人。这些年来，他对龙哥的感情依赖是没法定位的，爱恨情仇，无法言表；依赖留恋，无以复加。他打心眼里佩服龙哥的手腕的高明老道毒辣，甚至到了登峰造极的程度。想想看，10 年前，我在梧桐镇做小产权房开发，那是头把交椅啊。多么风光的事啊。我当时已经有过亿的现金了，手头上还霸着黄金地段的 5 块地皮。龙哥见我实力越来越大，赚钱越来越多，就托高镇长出面说情，要跟我合作。我当初的确不愿跟他合作，原因是，谁都知道他曾是黑道 14K 的小头目，水太深。一般人的心态都是惹不起，我躲得起。我当时为什么又从了他呢，说到底心里还是一个“怕”字。性格决定着命运，也许正是我的胆小，让龙哥抓住并利用了。从此，我就登上了他的贼船，沿着他划定的圈圈和设计的路线窝窝囊囊地苟活着，几乎失去了所拥有的一切：身份、财富、家庭和朋友。我就像一个牵线木偶，被龙哥不经意地耍着，何时耍怎么耍，全凭他一时的心情。我被他巧妙地剥夺了一切，甚至包括我与生俱来的姓名和受之于父母遗传基因的长相，我被迫整了容，垫高了鼻梁，还有了一个寮国公民的名字：苏桑·阿里……

就凭这种胆子，至今我仍然怀疑当初为什么我会开枪射杀阿展。在我的内心深处，我信奉君子爱财，取之有道的古训，再多的金钱，也不能让我去开枪杀人。也许当时龙哥用意念控制了我的大脑，不然我怎么会轻易就被龙哥激将着，就去动手杀了阿展呢？至今我还清楚记得当时的对话。龙哥用鄙视的表情看着我说：不杀阿展你知道是什么后果吗？绑架罪和强迫交易罪，两罪并罚，你就等着去坐 20 年以上的大牢吧！你傻逼呀。正是这一句话，深深刺痛了我内心深处的胆怯。叼你老母，坐 20 年牢出来还能干什么？都 60 岁了，一切都玩完了。我现在才算是明白了，这犯罪就像高速公路上飞驰的跑车，有很大的惯性，想停下来，急刹是不行的。本来一个小的犯罪也就罢了，可是你为了掩盖这个小的犯罪，逃避法律的制裁，却要用更高级别的犯罪去抹杀它，结果，就走进连环犯罪的死胡同，直到罪孽深重，万劫不复。这就跟撒谎一样，你撒一个谎，必须要编织一个更大的谎言去圆这个谎。

表面上看，龙哥很讲义气。我流亡国外期间，他扶持我老婆打理公司的生意，每个合作开发的项目，都分一半的利润给我老婆。她哪里知道，这些利润本该百分百归我的呀。龙哥利用自己的黑道背景和实力跟我合作，打一开始，他就是要吞并我。为了达到目的，他就像一个毒贩，慢慢引诱我吸食免费的白粉，一旦我吸上瘾，就自然被他控制。我的犯罪就是这样一步步被龙哥教唆和循循善诱，最终为了逃避法律制裁，亡命天涯。而龙哥就顺理成章地承续着我们之间的合作合同，开发梧桐镇的小产权房，并最终垄断了这宗生意，大把大把的银子源源不断地流进他的腰包。

为了让我的心能安定下来，达到“乐不思蜀”的境地，他让这边的头头儿外号叫“山猫”的毛家山给我物色了一个24岁的佬族女大学生，外语学的是中文，二外是英文。她有一大串名字，叫做克姆蕾·葩娜红，我就叫她阿红。我在视频里向龙哥表示了不太情愿的意思，龙哥劈头盖脸骂了我一通：你傻逼呀，你在国内不包二奶呀？你以为我不知道，你小子在梧桐镇包了好几个呢。寮国也是国外，再怎么不好，她也算是个洋妞嘛。我就这样半推半就地和阿红好上了。阿红倒是体贴入微，对我也百依百顺。真是日久生情，不到半年，我就去见她父母，答应和她结婚了。唯一让我不爽的是她的习惯，做爱必须关灯。

寮国号称是亚洲最贫穷的国家。万象城里的所谓高楼最多也就4层，最近中国商人过来不少，有江浙人、湖南人和云南人，当然肯定有不少像我这样被通缉的逃犯。这里人少地多，土地私有，没有商品房的概念，万象城唯一的商品房项目叫做万象中心，是云南建工集团开发的，据说将在2014年竣工。但寮国法律规定，严禁外国人买卖土地。按照佬族的习惯，他们的婚姻多是“倒插门”，就是男到女家，而且嫁妆、花费都由女方准备。可能是女多男少的原因。我以阿红的名义，在万象城紧邻湄公河的河边买了一块地，差不多有两亩，盖了一幢3层别墅，刷上阿红最喜欢的黄色，有点西班牙式的风格。总共花费了625万基普（KIP）。当时，一块人民币兑换1250个基普，所以这项工程总共花了相当于50万人民币。阿红的亲戚朋友羡慕死了，因为她傍上了“中国大款”。阿红喜欢鸡蛋花，这也是他们的国花。我听从了她的建议，在后花园种上4株移栽过来的成年树木，当年就开满了白色和红色的小花。也许是从生意上的考虑，我还特别种上两株大红酸枝木，也叫交趾黄檀，这玩意儿在国内做成的家具已经按公斤卖了，大概每公斤500多人民币。这还不是最贵的，最贵的是印度小叶紫檀，每公斤售价2800；越南黄花梨，又叫越南香枝王，每公斤售价4500。据阿红说，万象的含义就是“檀木之城”。所以，应该说龙哥不仅有商业头脑，而且还具备国际视野，他早早就在万象布局，成立万象红翻天控股公司，做红木家具生意，主要向国内和港澳台家具商出口印度支那各国所产的檀木原材。当然也是按公斤论价的。对比这种生意的利润，我在梧桐镇的小产权房开发只能说是小巫见大巫。

和阿红结婚后，我慢慢地淡忘了家乡的一切，也不像头几年，魂牵梦绕、没死没活地惦念远在梧桐镇的家室和亲朋好友。龙哥后来在视频中和我聊天，看到我精神状态，说我被靓女滋润得返老还童了。他甚至对我有点羡慕嫉妒恨了。他说，女人是治疗思乡病的灵丹妙药，这话真是不假。只是阿红对我不愿陪她逛街一直耿耿于怀，甚至为此还生过气。记忆中在她怀孕期间，我总共陪她散步有两次，都是选择在掌灯的时分，她哪里知道我就是中国大陆通缉的逃犯陈旺财。我白天是从来不在大街上露面的，龙哥每次跟我视频完了，都要嘱咐一句：小心点，白天不可以露面。就这样，十年如一日，我坚持着龙哥的警示。像他娘的猫头鹰，只在晚上出来活动。

记得第一次陪阿红逛的地方是凯旋门，像法国的那种，但小很多，门的顶上有好多类似佛寺的尖顶。只见满大街都是穿着人字拖鞋的红男绿女，慢吞吞地享受着慵懒的生活。“嘟嘟”车的马达轰鸣声不绝于耳，当然我俩也穿着人字拖鞋。阿红说，嘟嘟车就是他们市民的主要出行工具，相当于你们的的士。站在凯旋门前拍照，阿红说这是1975年寮国独立时法国政府赠送的。我对阿红说，这也太搞笑了，寮国两次沦为法国殖民地，你们赶走了他们，他们还赠送你们凯旋门？他们明明是被打败了呀！阿红笑了，她说，也是奇怪，为什么我们从没思考过这个问题呀？当阿红介绍，凯旋门旁边的那幢豪华建筑是总理公署时，我吓了一大跳。你想，总理公署附近一定有不少警察和便衣，一旦认出我来，那就麻烦大了。我赶紧对阿红说，夜晚天凉，小心宝宝着凉，咱们还是回家吧。阿红噘着嘴，十二分地不高兴。但碍于我的坚持和冠冕堂皇的理由，我们就牵着手搭着背地回家了。

我感激阿红赶走了我内心的孤独和恐惧，唤醒了蛰伏在我身上的人间温情。阿红让我重识人间烟火，激发了我身上固有的父爱和夫爱。我努力尝试着将自己融入万象的寮国人群中，努力做好苏桑·阿里的本分。在寮国，女人洗澡是一件很公开的事情。无论是在繁华的都市还是贫穷的山村，烈日炎炎的大白天，你总能看见在户外洗澡的女人。她们穿着纱笼裙，其实就是一块麻布或者绢纱，紧紧裹着下半身，用一个塑料舀子舀水从头到脚淋浴着自己的身体。阿红说这是她们流传千年的习俗。跟我结婚后，阿红仍然不习惯在室内的洗手间洗澡，她照样在我们家后花园里用她们的方式洗澡，据说老外们最爱看这种美景：免费观看刚出浴的美人。每次阿红在院子里淋浴时，我都会躺在藤条吊床上观赏她那曼妙的身材，喝着老挝的国产啤酒，那份惬意，那个美呀，简直没法用语言表达。据说寮国的“LAOSBEER”啤酒是本国政府唯一控制的产业，的确好喝，清甜而又爽口，1万基普一瓶，人民币也就8块。阿红告诉我，老挝牌啤酒是传统的东方文明和西方先进的酿造技术的完美结合，来自喜马拉雅山的泉水一路流进湄公河，来自法国的大麦，加上来自德国的啤酒花和技术设备，这些元素结合起来，便诞生了世界数一数二的优质啤酒，就连德国慕尼黑的游客，对老挝牌啤酒也赞不绝口，叹为神物。阿红没事就教我学寮国语，我天生愚钝，这些年仅学会几句，用来跟她家人打招呼:“撒拜迪”就是你好,“硕迪”是再见,“坡阿”是老公,“米阿”是老婆,“普赛”是男人,“普您”是女人,“金”是中国,“昆金”是中国人,“帕萨金”是中国话。最搞笑的是“从哪儿来”的这句话,佬语的表达是“吗迪”,从广东来用佬语说就是吗迪广东,有点像妈的广东。

龙哥,訾律师告诉我,我被暴露行踪是你死前在香港跟我视频那次。你看起来疲惫不堪,精神也萎靡许多。你提醒我,这段时间尽量减少活动,不要外出,没要紧事就不要打电话。你说,有人举报你是黑社会,已经被立案调查。这次恐怕躲不过去。谁知正是这次视频被香港警方窃听,藏了10年的我终于落网了。真是奇怪,当时我被万象警局的人铐上时,瞬间有一种浑身轻松的感觉。逃亡,就像一块巨大的石头,始终压着我透不过气,这回总算是解脱了。可是,被押解回国后,我却每时每刻都在盘算着活命。因为我实在丢不下啊,丢不下万象这边的阿红和6岁的儿子阿龙啊。龙哥,我并没打算向你忏悔,对你说声对不起。我不明白你为何选择自杀,也许你真的暗中杀了不少人,也许你是活腻了,总之我不想搞清楚。你已经死了,用你的死换来我的活命,你也许还死出点价值。你如果地下阴间有知,想必你也会同意我嫁祸于你的做法。果真如此,我俩就扯平了,谁也不欠谁。希望你的死,能减轻这些年跟你打打杀杀的几十号弟兄的罪责。这或许就是你选择自杀的初衷?

8. 断袖

（一）

外号“东方红”的方东红因为是干爹的1号大马仔，警方连续3天对他突击提审。作为陈飞龙黑社会性质的犯罪组织的保安部总监，他掌管着干爹的私人武装，拥有四十几个兄弟。相当于干爹的“武装部队”总司令。这些人大都向干爹送过入会红包，换过帖。几乎所有打打杀杀的案子他都有份。警方集中轰炸和疲劳审讯让方东红叫苦不迭，有点吃不消。当然，偶尔也偷着给“东方红”用用刑：将他手脚反绑，穿在一根铁棍上倒吊着“烤全羊”，还用电警棍电击他的生殖器和肛门。警方给他罗列的涉嫌犯罪主要有绑架罪、非法拘禁罪、故意伤害罪、故意杀人罪、协助组织卖淫罪、强奸罪、强迫交易罪和敲诈勒索罪。方东红以他自己理解的刑法知识，绑架罪和故意杀人罪那是万万不能认账的，否则，还不把牢底坐穿？而事实上，阿财射杀阿展的案子他的确没有参与，只是应龙哥的命令，指派了几个弟兄给阿财使用，他本人并未参与犯罪。当时龙哥说是“收数”（即讨债），自己也没有多想，而且还告诉彭三、彭四一切听从阿财的指挥。至于金龙玉凤夜总会的斗殴和随后四季酒店的凶杀案，那是“文身虎”和“新义安”的阿强的私人恩怨。“文身虎”

不甘受辱，开车撞死了阿强，当时我并不知情。“文身虎”已经伏法，案子已经结了。你们重新提起，就没多大意义了。方东红对警方申辩说，你们不能因为龙哥死了，就把所有罪责都按在我头上。我也只是龙哥的保安部总监，负责龙哥所有经营场所的安全。这是我的一份工作。谁在这个岗位，都会像我一样这么干，我只是揾一份工的打工仔而已。

警方综合前两天提审笔录，并结合嫌犯方东红的坦白交代和认罪情况，第三天决定将范围缩小，重点审讯方东红如下犯罪事实，即故意伤害罪、强奸罪、敲诈勒索罪和非法拘禁罪。警方虽然知道胡秋炊控告的强奸罪，中国刑法上并没有这个罪名，即男人强奸男人不构成强奸罪，司法实践一般按故意伤害罪论处，但这宗奇案警方平时办案难以碰到，自然激起了主审警官的浓厚兴趣。方东红是同性恋，这并不是秘密，梧桐镇的人大都知道。这小子刚一落地就死了爹，从小就生长在“女儿国”的家庭环境里：一个母亲，4个姐姐。直到上小学那会儿，还经常穿着姐姐们的旧衣服改装成的花衣服，常被同学们嘲笑呢。警官也是人啊，也有七情六欲，提审嫌犯并不总是居高临下、板着面孔那种单一的模式，他也应该有另外一种模式。我从“东方红”的审讯笔录中，透过字里行间，仿佛看到一种调侃甚至戏谑的成分——

警官：“有人控告你犯有强奸罪，好好想想，你现在就老实交代犯罪事实和犯罪经过。”

方东红：有没有搞错？谁都知道我是GAY，对女人从来都不感兴趣。

警官：没说你强奸女人。你会强奸男人是吧？那胡秋炊是怎么回事？

方东红：胡秋炊？他说什么了？他说我强奸了他？这个混蛋，给脸不要脸！

警官：你放肆！方东红，我告诉你，你是嫌犯，必须老实交代自己的犯罪事实，争取政府的宽大处理。除此以外，你没有别的选择。

方东红：胡秋炊撒谎，他是个大忽悠，你们怎么能相信他？他本来在我手下当保安，我把他安排在金龙玉凤夜总会值守。白天睡觉，晚上通宵上班。起因是他吃里扒外，私下收了夜总会里十几个东北小姐的保护费。这些人都是他老乡。我察觉后就给龙哥汇报。按照公司内部“约法三章”的规矩，应该用廷杖刑处罚。

警官：廷杖？你慢点说，“廷杖”俩字怎么写，是什么意思？

方东红：据说是明朝朱元璋创立的一种刑罚，就是脱光衣服用木板打后背、打屁股。好像是宫廷的廷，擀面杖的杖。

警官：嗯，你接着说。

方东红：胡秋炊被关押在禁闭室等待挨板子，由公司两个保安看守着。龙哥判定打10下，指定由我亲自打，并交代我说这胡秋炊是第一个挨板子的，不能有丝毫的马虎，要确保行刑的成色，起到警示和羞辱的作用，交给别人打他不放心。胡秋炊听说了，怕我下手太重，把自己搞伤残了，留下终身疾患，就托人到处求情，希望我手下留情，不要把他打残疾了，自己还年轻，打残废了那可是一辈子的事。

警官：嗯，你接着往下说。

方东红：也怪濑尿虾多事。“濑尿虾”就是赖昌厦的外号，福建人，是梧桐镇8号码头龙哥控制的海沙运输公司的经理。他对胡秋炊使坏说，你想请“东方红”手下留情就要投其所好呀，他不喜欢钱你是知道的，他是GAY呀，他喜欢靓仔的屁股，看到你这圆圆的肥臀，给他搞一下，他自然就手下留情啦。胡秋炊听信了濑尿虾的一派胡言。那天晚上，我去禁闭室通知胡秋炊明天上午开打，到时所有保安弟兄们都要到场观摩。胡秋炊提前买通了看守他的两个保安，我一到，那俩保安就撤了。胡秋炊二话没说，就脱掉裤子，扶着凳子撅起了屁股。还用手摸我的男根，并拉开我的裤链。这突如其来的色诱让我心猿意马，欲望像滚开水般陡然升腾。我当时看到胡秋炊性感而又肥厚的屁股，立马耳热心跳，控制不住自己，就……也许你们觉得不可思议，对同性恋来讲，面对靓仔的屁股，就像你们面对脱光了衣服的性感女人一样，那是没法抵挡的。后来，我对胡秋炊行刑时，雷声大雨点小，的确打得很轻，因为我实在心疼他的屁股受刑。后来他到处说我打裂了他的骶骨，那是瞎扯。他的骶骨肯定是先天就有毛病的。

警官：如果你说的这些都是事实，那至少也构成故意伤害罪呀。

方东红：我不认为自己有罪。这个规矩是龙哥定下的，而他又指定我来打板子行刑。我最多就是个打手。如果犯了故意伤害罪，那是胡秋炊自愿的，甚至不夸张地说，是他勾引了我。即使有罪，那也应该安在龙哥身上，怎么能让我承担责任呢？对我来说，这只是一份工作，一个饭碗而已。

警官：我们会记下你的申辩。现在，你老实交代，行刑室是什么时候设立的，谁的主意？共有几种刑罚？共对多少人执行了家法？伤残的情况是怎样的？

方东红：那是十几年前的事，记得不太清楚了。好像是1992年，几月几日我忘了。当时龙哥为了管理好几十个保安弟兄，整顿内部纪律，他提出一个大原则：既要让受刑人终生难忘，羞辱难耐，又要不损伤受刑人的肢体，尤其是伤筋动骨。他让“四眼仔”文天佑拿一个方案。“四眼仔”是学历史的，他就从历史堆里翻出了明朝的廷杖和新加坡的鞭刑。龙哥看完方案后拍案叫绝，还学着皇上的派头说正合我意，并当着我们的面奖励给“四眼仔”5万块钱。

警官：嗯，你往下说，接着回答我的问题。

方东红：龙哥说，规矩立多了，你们这帮粗人也记不住。

咱就约法三章：一般错误自扇耳光；吃里扒外、捞过界廷杖；背叛、吸毒受鞭刑。龙哥让我将这些规则贴在保安部办公室里的打卡钟旁边，说这样人人都能天天看见。多少人受刑我真记不清了，只能说个大概。真正受鞭刑的只有龙哥一个人，他因为吸毒受罚。是我抽的，打得很重，一鞭下来，他的屁股裂开了一个深深的大口子，躺了整整3个月才能下地。另一个手下保安因为背叛被判鞭刑，临行刑他逃跑了。受廷杖刑的有十几个人，据我所知，没发现有人伤残。具体情况你们可以问“四眼仔”，他那里好像有记录。

警官：私设刑堂，私设禁闭室，你知道这是犯法吗？

方东红：不知道。

警官：你还有什么需要交代的？还有什么犯罪需要揭发的？你是知道的，揭发了我们没有掌握的犯罪事实，可以算作有立功表现，量刑时是可以酌情从宽处理的。

方东红：没有。

警官：根据我们掌握的材料，文天佑那边的电子垃圾回收，你们为了垄断的目的，赶走竞争对手，恐吓电子厂，群体性的斗殴事件就有10多次。还设有专门的巡场员。你在中间扮演了什么角色，参与了哪几次斗殴？有多少人伤残？

方东红：我一般不亲自参加打群架，这也是龙哥规定的。他对我说，哪有总司令扛着枪亲自上战场的？你啥时候看到过毛主席打枪？连摸枪都少见。你要用脑子。你的功夫在于平常的训练。所以，这十几年来我都听龙哥的话，重点抓紧保安队伍的建设和训练。每天早晨6点出操，点名后跑步5公里，绕着凤凰山转一圈。每人每周必须在“太阳武馆”接受散打、格斗训练两次，缺一次扣工资100元。所以，文天佑那边有情况的话，都是龙哥打招呼，我才“派兵”支援，我一次都没有参加文天佑那边的打斗。巡场员是“四眼仔”自己搞的，不归我管。主要是盯着各电子厂，望风盯梢，严防别人插手垃圾回收。

警官：根据我们掌握的证据，赖昌厦那边8号码头的海沙运输，你们为了达到垄断的目的，设立了“海上巡逻队”和“彪马车队”，拦截海上的运沙船，强行卸载海沙，并低价购买后又高价转卖。陆地上你们印制了“彪马车队”的徽标，对没有贴标的运沙车强行收取保护费。你在中间扮演了什么角色？

方东红：这些跟我一毛钱的关系也没有，那都是“濑尿虾”自己搞的。

警官：还有，这十几年以来，你收取凤凰食街大排档60余家摊档的保护费又是怎么回事？收费依据是什么？总共收了多少钱？

方东红：凤凰食街是龙哥的飞龙集团公司开发的，公司在招商时与各个大排档的老板签有合同，由公司统一进行物业管理和治安维护。每个摊档根据大小不等，每月缴纳100至300的管理费。我只是依照合同按月收取管理费，并处理一些烂仔的骚扰和城管、卫生局的罚款之类的问题。钱都交给公司财务部，我一分钱也没有截留。至于总共收了多少钱，你们可以查阅公司的账目，反正每个月也就1万多一点，十几年也就100来万。我不认为这是什么敲诈勒索，我只是代表公司履行合同而已。

警官：好吧，今天的提审就到这儿。

（二）

方东红尽管不亲自上场打斗，但他的名气仍然很响，可以说在梧桐镇是数一数二。提起龙哥，人们似乎都能想起“东方红”。“东方红”的外号也是龙哥亲自取的，不知龙哥的寓意是怎样的，也许源自伟大领袖，也许源自东方不败，也许只是方东红3个字跟“东方红”一样，只是顺序不同而已。

尽管方东红个儿小精瘦，打从他被关进看守所255监舍后，原来的老大，一个本地的抢劫嫌犯阿飞就自动逊位了，因为“东方红”可是个狠角色，在梧桐镇乃至金沙市都声名赫赫。能跟“东方红”关在一起，那是我们的造化，是我们的荣幸啊。阿飞跟另外7个嫌犯立马拜“东方红”为大哥，并希望服刑后出来跟“东方红”混，一起打天下。方东红暗自悲戚，打个鸟天下，自己这回怕是要判20年以上了，出来就他娘的老啦，打不动了，天下也许永远是你们这些年轻飞仔的。

阿飞长得白白净净，像个文弱的书生。今年才18岁。涉嫌的罪名是抢夺罪，他跟另外两个伙伴组成“飞车党”，学着港片里的古惑仔神风飙车队，骑着摩托车专门抢夺靓女和富婆的包包和金银首饰。阿飞对自己毕恭毕敬，柔弱的外貌可怜见的，激起方东红无比的怜爱和和万般的同情。夜深人静时，方东红试探着抚摸睡在自己身边的阿飞，酣睡的阿飞翻个身，似乎没有拒绝的意思。也许他的确睡熟了。方东红有点想入非非了，他自嘲地自言自语起来：妈的，对一个GAY来说，也许关进看守所是一种福利呢，这么多年轻的靓仔，说不定可以搞掂其中一两个，找到自己心仪的对象，这不是那个典故叫什么来着？对，塞翁失马，焉知非福？抚摸着睡在身边的靓仔阿飞，方东红的阴茎数次勃起，最后居然还射了一裤裆。

方东红至今不明白自己为什么是同性恋。记得小时候上学时，最怕老师调座位，让自己和女生同桌。这可是好多男生都梦寐以求的好事。高中时就更明显了，最怕闻到女人身上的讨厌气味：那种腥味，还带点骚味。尤其是女人来月经时，那种气味就更浓烈，闻着只想吐。从形象上说，自己身高不到1米6，又黑又瘦，属于高富帅的反面。从来没有女人对我示爱，当然更没有男人。那时自己心里特别不安，十分恐惧，以为是一种病。直到自己上网翻看了一些有关同性恋的资料，才得知同性恋并不是什么病，它只是性取向不同于常人而已。形成这种性取向的原因十分复杂，一般包括三方面的因素：遗传基因、家庭环境和教育以及后天的社会氛围。还是太抽象，让人搞不明白到底是哪方面的原因。但当自己看到很多世界级名人都是同性恋时，心里这才踏实许多，好像失散多年的地下党找到了组织，甚至萌生了一种莫名的自豪感。你看看“同志”都是些什么人——像古希腊的苏格拉底、柏拉图，像文艺复兴时期的达·芬奇、米开朗基罗和拉斐尔，像莎士比亚，像柴可夫斯基，像培根，像拜伦，像南丁格尔，像范思哲……像香港的张国荣、罗文、林奕华、关锦鹏，像台湾的白先勇、林怀民、蒋勋、蔡康永，像日本的川端康成和三岛由纪夫……阅读着这一大堆世界级名人，方东红对自己的秘密不再避讳，甚至公开宣扬起来，他为自己是同性恋而感到由衷的欣慰。

当“四眼仔”给方东红讲述了同性恋在中国历史上的风靡和兴盛时，方东红简直是兴奋和惊艳起来了。“四眼仔”真他妈的博学多才，实话讲你跟龙哥干太屈才了。据他说，当年自己从中山大学历史系毕业，被分配在一个大专学校教书。父母都嫌工资太低，不抵回原籍待业。因为回原籍待业，可以参与村里的分红，每年至少有20万元，是教书的10倍还要多。何况你还可以揾一份工，每年还有数十万进账。所以，“四眼仔”就应聘了梧桐镇一家电子厂做行政，当时我也在这家厂做保安经理，濑尿虾也在我手下做保安。再后来，我们三人一起炒了老板，投奔龙哥。我们三人就成了龙哥的“开朝元老”。当时投奔龙哥没有别的想法，主要是江湖上谣传他在香港黑社会14K干过，年轻人都挺羡慕的，觉得跟这样的男人混，那是既神秘又风光的事。

“四眼仔”真是满肚子学问。他说，同性恋在中国比西方要早很多年，而且开放得很。你猜，主要原因是什么？皇上倡导啊，好多皇上都是“同志”呀，不过，他们大都是双性恋，荒淫无度，谁让他是皇上呢？权倾天下，所以嘛，既要干女人的前面，也要搞男人的后面。还有一个专用名词叫做“后庭花”，意思就是屁眼像菊花一样开放啊。

“四眼仔”说，关于你们“同志”的称呼，主要有3种叫法：一是

“同志”，这个是90年代香港同性恋者林奕华发明的，带有革命性和颠覆性；二是西方对男同性恋的统一叫法“GAY”；三是女同性恋的叫法为“LESBIAN”，翻译过来就是蕾丝边，那是源于公元前400年古希腊的女诗人萨福，她曾经在一个叫做“LESBOS”的小岛上召集女诗人聚会，大搞同性恋。所以女同性恋就用了这个岛屿的名字。至于古代中国，对于同性恋的叫法就更有学问和深意啦。而且有根有据，正史史书多有记载。大致说，有这么几个典故：龙阳之好、断袖之癖和余桃口齿。所以嘛，这“龙阳”、“断袖”和“余桃”都是你们“同志”的代名词。当然，能上正史的无疑都是帝王将相，才子佳人啦。

先说龙阳之好。这可不是我瞎扯，这个典故记载在史书《战国策·魏策》里。说是魏王与龙阳君为同性恋者，同床共枕，甚为宠爱。一日，魏王与龙阳君同船钓鱼，龙阳君手气好，一连钓到十几条鱼，竟然哭起来了。魏王问他何故，龙阳君含着泪水说，刚开始钓到第一条鱼，很是高兴。接着钓的鱼越来越多，鱼也越来越大时，便将小鱼丢弃。我由此想到，四海之内美人甚多，恐魏王爱其他美人而将自己丢弃，就像我自己丢弃的小鱼一样的命运，所以想起来就有些伤心。魏王为了打消龙阳君的忧虑，下令举国国人禁止谈论美人，违者满门抄斩，以此表示自己深深爱着龙阳君。这个典故又叫龙阳之兴。

你觉得魏王是条汉子吧，够专情的。“断袖之癖”的典故在《汉书》里。汉哀帝是个双性恋皇帝，他不仅深爱着大司马董贤，还同时爱着董贤的老婆和董贤的妹妹，并册封他妹妹为昭仪。当时皇后的后宫叫做“椒房”，董昭仪便将自己的寝宫叫做“椒风”。所以后来也有人用“椒风”代称同性恋者。汉哀帝常常让董贤侍寝。有一回天亮了，皇上准备起床，可是自己的睡衣的衣袖被董贤的头压住了，圣上用力拉扯吧又怕惊醒了心爱的人儿。于是圣上就挥刀斩断了自己的衣袖，这才起床。汉哀帝刘欣够意思吧，如此的细心，如此的温柔。后来汉哀帝驾崩，第二天早上，董贤自杀殉情。成就了千古绝唱。其实，我大汉王朝不光一个汉哀帝是这样，大名鼎鼎的汉武帝也是如此，当年宫廷乐师李延年和他的妹妹、老婆李夫人也是共同伺候着圣上。所以说到底，生在中国，还是做皇上最牛逼。

“余桃口齿”的典故出在史书《韩非子·说难》里。卫国的卫灵公宠爱美男弥子瑕。有一次，弥子瑕陪卫灵公在果园游玩，弥子瑕吃到一个极其香甜可口的桃子，他不忍心一人独吃，便把吃剩下的一半留给国王吃。卫灵公因为深爱着弥子瑕，不顾君臣的礼法，感激地吃下半个桃子，还喜滋滋地说：“爱我哉，忘其口味，以啖寡人。”后来就用“余桃口齿”代称同性恋者。

“东方红”，你小子也不用抬举我，给我戴高帽子了，这些玩意儿史书上都有，只不过你们都没机会，或者没兴趣看，而我看了而已。是的，这些都太遥远，说点近的？好吧，明清两代离我们最近，我给你讲讲大清年代郑板桥和袁枚的同性恋故事——

李渔在《闲情偶记》中讲到福建闽中一带，当时是中国同性恋者“男色”的温床。李渔说到福建遍地生长的榕树，被称作“男风树”。我们都知道，榕树独木成林，主要是它首先有好几平方米面积大的板根，经常能将水泥或沥青路面崩坏；更重要的是榕树长满胡须，这种胡须是它的气根，基本上是落地生根。还有就是榕树还有绞杀的能力，所以，榕树附近的植物和灌木都会被它吸纳，投怀送抱，勾肩搭背，与榕树合为一体。刀砍斧凿，拆它不开。李渔分析说，正是因为福建人爱搞同性恋，所以连草木也受到人的习气的熏染，所以榕树就有了男风树的美名。当时的文人骚客多将男风视作风雅，其中的代表人物就是书画家郑板桥和性灵文人袁枚。

郑板桥在他的自述里说过这么一段话，大概意思是：我好男色，尤其喜好“余桃口齿”和“椒风弄儿”的游戏。当时郑板桥出任山东潍县县令，这个地儿就是现在的潍坊。一个美少年因为赌博犯罪，当众被施以杖责。对的，就像龙哥为我们制定的廷杖刑法。脱光裤子打屁股，有点像你打胡秋炊那会儿。郑板桥看着美少年的屁股受刑，心疼得竟然当场落泪。你他妈的比郑板桥心狠，当时打胡秋炊，知道你在作秀，可也没见你落泪呀。另一个文人袁枚写了不少书，主要有《随园诗话》《子不语》《续子不语》。袁枚因为风流俊雅，有钱又有长相，所以当时投怀送抱的美男多了去了。其中他最爱的是一个叫金凤的美少年，袁枚走到哪儿都要带上他。这个美少年就像老袁的影子。

郑板桥 71 岁那年，在一场清明节的红桥诗会上，与 48 岁的袁枚相会，两位引领风尚的领袖级的“同志”相见恨晚，吟诗喝酒，好不快活。“东方红”你别瞎猜，这哥俩在同性恋角色中跟你一样，都是男的一方，怎么能搞到一块去？惺惺相惜而已。郑板桥喝得半醉，对袁枚说：若有机会参与朝廷立法，我定要做一件事。袁枚吃惊地问道：什么事？郑板桥说道：现在的衙门，动不动就板子伺候，那板子偏偏打在美臀上，若是一个美少年，几家伙下去，不就把这个美臀糟蹋了。有朝一日我要是有那个权力，一定要将律例中的打屁股改成打后背，这才不辜负上天生就的漂亮屁股啊。袁枚一听，立即产生共鸣，与郑板桥拊掌长叹，引为知己。

郑板桥一生中花在男色上的钱不少，到了晚年仍然乐此不疲。他自知自己又老又丑，愿意伺候他的美男都是冲着钱而来的。所以他很伤感，也很寂寞。时光流逝，人生虚无，郑板桥在他人生的最后岁月，创造出最具艺术价值的画作：枯瘦的秋竹，寂寞的兰花。袁枚在自己 60 岁后，还收了年轻貌美的刘霞裳为弟子，出入成双成对。

跟你讲这些故事，我是想告诉你，不要理会世上的偏见，同性恋者也有真爱。事实上，古今中外，有多少杰出的“同志”，创造出巨大的科学或文学艺术成就。所以理直气壮地去爱，去寻找你的真爱吧。

（三）

最近几天，细心的方东红发现，小白脸阿飞对自己的态度发生了明显的转变：首先他的床位由紧挨着自己到离自己最远，几乎接近半敞开的洗手间了。要知道，监所里最差的床位就是这里，一般是给新来乍到的嫌犯预留的。不仅能看到舍友的大、小便时的狰狞的姿态，还能听到挣扎的声音。当然也能率先闻到骚臭味。而且通风又最差。其次就是阿飞总是躲着自己，不再那样热情，甚至有点故意疏离自己的味道。方东红意识到显然自己半夜的抚摸或者说性骚扰引起了阿飞的反感，而他为了表示抗议，就疏离了自己，没有向管教投诉，更没有向监所其他人揭露，还算是仗义，明智，给了自己足够的面子。心照不宣，似乎一切尽在不言中。

方东红感到无限的悲哀。转眼就进入不惑之年了，自己又是家中的独子，几个姐姐都已经出嫁，结婚生子了，而可怜的老母亲还在指望着抱孙子呢。她这辈子恐怕是难以实现，只能死不瞑目了。常人们也许是同性恋的电影看多了，什么《断背山》《霸王别姬》《春光乍泄》《暹罗之恋》之类的，大都谈论着同性恋主人公美妙的爱情，他们哪里知道绝大多数同性恋者的悲哀呢？而冷酷的现实情况是——同性恋者很难找到固定的伴侣。他们通常只能是在同性恋的集聚地酒吧或者浴场去寻找“露水夫妻”，温存一夜后就各奔东西，有时甚至连姓名都不留下。这样频繁更换性伴侣，又不带安全套，带来的最直接后果便是：艾滋病的传播。社会上本来就对同性恋持有偏见，一旦他们成为艾滋病的代名词时，同性恋者更是成了洪水猛兽，频遭白眼，世人唯恐躲之不及。

方东红想起自己这半辈子，最流连忘返的场所还是梧桐镇一个偏僻的巷子里的一间酒吧，名字叫水手吧。巷子名叫阳春巷。唯有这里才是自己心灵的家园。只要手头上没事，每晚 10 点，方东红都会准时来水手吧报到。水手吧老板也是“同志”，水手吧在梧桐镇乃至金沙市俨然成了男同志的代名词。而金门镇的另一个酒吧——彩虹吧则是女“蕾丝边”的代名词。细心的人发现，来水手吧的客人大都奇装异服，染发的多，五颜六色的；穿孔的多，耳环、鼻环，更有甚者的是舌环；娘娘腔的爷们儿多，一到深夜便如过江之鲫，蜂拥而至。水手吧老板系港人，水手吧乐队的架子鼓鼓手，人称“巴黎哥”。名字的来历是因为他的头发被染成了红、白、蓝三色，据说严格按照法国国旗的用色比例染成。巴黎哥早已听说过“东方红”的大名，更重要的是，“东方红”是龙哥的大马仔，人多势众，掌管着十几间夜场的生意，人家可是大老板。所以，水手吧里的最尊贵的包厢永远给“东方红”备着，不管他本人到场还是爽约，雷打不动。而在方东红看来，这个包厢所谓尊贵，无非是离舞台最近，看中了目标可以近水楼台先得月，直接从舞台拉进包厢“办事”。

巴黎哥因为本身就是GAY，深得同性恋人群的个中三昧，他太知道“同志”们想要什么了，所以，水手吧的经营业绩一直保持稳步攀升。在方东红看来，他的经营诀窍无非是俩字：引诱。这小子在乐队打鼓，亲自参与表演。他招募了三十几个年龄不超过25岁的靓仔美少年，组建一支水手艳舞表演队，从香港兰桂坊请来艳舞教练培训督导，艳舞的表演尺度拿捏得恰到好处：介于违法与合法之间；色情与艺术之间；挑逗和引诱之间；下流与风流之间。反正“东方红”百看不厌，每次都有冲动，每次都要“办事”。花了多少钱，连他自己也不知道，总之，这么多年他除了买房买车，孝敬老母，基本没有留下什么积蓄，都扔给水手吧的美少年啦。

艳舞开始了，一群头戴水兵帽的“水手”光着上身，穿着三角底裤，外面罩着类似女孩的那种“齐B小短裙”出场，每人骑着一把拖把，耸动胯部，扭动腰肢，忸怩作态。打击乐轰鸣着，震耳欲聋。场下的“同志”们热血沸腾，在酒精的刺激下拿着酒杯翩翩起舞。这算是开场舞。接着是歌唱表演，全是李玉刚那种德行，男扮女装，唱着女声，都是时下最流行的歌曲。观众也可以随兴点歌，每首100。高潮部分是一个20人参与表演的舞蹈——一队光着上身，穿着三角底裤和“齐B小短裙”的靓仔上场，每人手捧带茶杯的茶托；另一队头戴水兵帽，同样赤裸着上身，脚穿高筒皮靴，手持手电筒。有点像电影中的德国纳粹军人。后一队人将手电筒伸进前一队人的“齐B小短裙”里照射着，抚摸着。每个表演者右胳膊上都贴有号码，台下观众再也按捺不住性冲动了，纷纷唤来侍应生交钱点号“要人”。方东红不为所动，因为他知道，好戏还在后头哪。说巴黎哥真他妈的是赚钱机器一点不为过。其实，这场艳舞根本就像商家卖货，属于折价按堆儿大甩卖的那种，巴黎哥要让跳艳舞的同志们都有生意可做，都能接到客人，所以这场艳舞的出演者是水手吧成色最差的哥哥或弟弟。最好的当然是最后一个保留节目：美少年沐浴。十几个美少年在一个用透明的玻璃遮挡的浴室里淋浴，只穿三角泳裤。但见蒸汽氤氲，云山雾罩，美少年优雅地上下涂抹沐浴露，哼唱着小曲，无视围观的、饥渴得欲火焚身的众“同志”。方东红总是最先挑人，这是巴黎哥立的规矩。方东红可以说重口味，单挑翘臀美少年。这么多年，他的口味一直没变。

回想着泡吧的往事，方东红感觉一阵阵悲哀。身陷囹圄，才懂得自由的金贵。他在心里对自己琢磨不透，为什么会喜欢上监舍的阿飞？他没有翘屁股，不是我喜欢的类型啊。难道是我的口味改变了？抑或是看守所这种失去自由、等待审判的特殊环境的使然？难道监所这种用探照灯、带电的铁蒺藜和铜墙铁壁护卫的土壤里还能滋生出爱情？我究竟喜欢阿飞身上哪一点？白净的脸庞？文弱的瘦小的身躯？还是他那稚气未脱的声音？都说不上。反正眼下阿飞不理我了，我曾经尝试主动搭讪他，向他示好，他总是冷冰冰的。人啊，真他妈奇怪，他越是对我冷漠，我这边就越是炽热；他越是疏离我，我他妈的就越想靠近他，甚至晚上睡觉也要一个姿势面向他，生怕翻身后就会失去他。昨天听舍友说阿飞马上就要进入审判程序了，律师可能正在争取判缓刑。判缓刑就意味着不用服刑，马上就能恢复自由身。而我呢，判缓刑那是做白日梦了，听訾律师分析，可能会判 15 到 20 年。訾律师让我做一个伪证，并写好“台词”让我背熟，还把射杀阿展的枪手推给已经自杀的龙哥，以便能让真正的枪手阿财不被判死刑，活着出去。他娘的，世道就是这样，江河日下，人心不古。义气啦，忠诚啦，转眼成空，像是一个屁。管他娘的是欲望之花还是爱情之花，反正注定是被掐死的命运。

9. 探监

（一）

李得全在过去的10多年，仰仗着干爹的经济后盾，官运一直亨通着：一路从副科、正科、副处直升到被捕前的正处，连升4级。尽管头衔一直没变：凤凰街道、梧桐镇派出所副所长、所长。但这些在李得全本人看来，都是他一步一个脚印干出来的。没有我李得全的照应和保驾，你龙哥的生意能做这么大吗？当然龙哥也是义气中人，在我搏位升官的路途上不惜重金，有求必应。这就叫做投桃报李。至于分局干警们传言李得全与黄局长“有一腿”的八卦绯闻，毕竟只是传说而已，当不得真的。不过哪，世上的事情还真不好说，谎言和谣言一旦变成传说，传说就会变成历史，历史又往往变成了真实，所谓众口铄金是也。

其实，李得全升官的机遇并非是干爹带来的，干爹充其量只是帮扶他的贵人。带给李得全机遇的是梧桐区公安分局的黄丽君局长。梧桐镇的人们谈论起黄局长，总会由衷地感叹着：这个女人不寻常！黄丽君局长原本在河北廊坊某县任副局长，后疏通关系赴公安部干部培训班进修3个月，被派往金沙市公安局挂职锻炼。金沙市局根据她原来的级别，安排她就任梧桐区公安分局政委，跟龙局长搭班子。黄丽君当年年方35

岁，虽然说不上漂亮，但她白净的皮肤，深深的俩酒窝，戴上金边近视镜，微笑时绽开的鱼尾纹，加上穿上警服的效果仍然是风姿绰约，于严谨中透出那么一丝丝性感。局里领导私下议论，黄丽君笑起来有点像许晴，很有明星范儿。

既然是拍档，龙局因为工作关系，跟黄政委的距离当然就越来越近。一起商量局里的大事小情，一起熬夜处理大案要案和突发事件。当然也一起出席各种宴会，送往迎来，觥筹交错。龙局酒后会和黄政委开开玩笑，讲讲黄段子，似有挑逗的意味。黄丽君只是一笑了之。龙局属于有贼心没贼胆的那一类男人，图的是嘴上快活。黄丽君倒是期待着龙局“百尺竿头，更进一步”，期待着龙局的猥亵甚至强暴。黄丽君是个工于心计的女人，她深知对于男人而言，女人本身就是隐形的武器，“不战而屈人之兵”，才是“上兵”的谋略，孙子兵法有云“上兵伐谋”嘛。就这样，每次龙局长的言语挑逗和动手动脚，她都半推半就，一一笑纳。她甚至还给龙局派发了催化剂或者叫“催情药”——她告诉龙局自己前两天刚和老公离异，并办了离婚手续。听到这个消息，龙局的色胆还真的膨胀了。他在等待时机，等待一个良辰美景，乘着酒兴“摆平”并“搞掂”她。黄丽君也在精心布置着一个作案现场：她在自己的床头柜的台灯罩里悄悄放上针孔摄像头。

就这样，黄政委上任不到一年，就被正式任命为梧桐区公安分局局长。龙局长因为“性侵”黄丽君而被调离，出任新成立的保安公司总经理。警队里人对龙局的突然调离不明就里，只有市局党组成员少数几个领导知道。刘局强调党组成员要保守秘密，因为传出去是一个不小的丑闻。刘局长对龙局开玩笑说，蠢蛋啊，没吃到羊肉还惹了一身骚。连窝边草都不放过，你早晚得死在女人手里。

黄丽君深谙为官之道和赚钱之道。她在内地任职就懂得“要想富，动干部”的个中三昧。她带着公安部里的最新精神，祭起改革的大旗，搞出一个“构建新型警民关系，贴心服务民众”的改革方案，并获得市局党组的支持。她所谓的改革，说白了，就是控制财权和人权：将分局下辖各派出所和警队的财权收归分局，建立统一的财务结算中心，一举歼灭了基层派出所和警队的小金库；将原来的8个派出所扩张成25个派出所，一个街道设一个派出所。这种改变会带来什么呢？黄局长可以理直气壮地“批发”一大批官职了：17个派出所所长的空缺和几十个副所长的空缺。这种密集的布点，当然就更贴近老百姓。于是乎，李得全的人生机遇就悄然降临了。

李得全当时只是凤凰街道的片警。他请求干爹帮忙运作，搏取上位，先搞一个派出所副所长的位置干干，属副科级。干爹爽快地答应了。他对李得全说，你需要多少钱就吱声，我给你准备着。李得全说，按照眼下的行情，恐怕不能低于5万。干爹说，没问题，给你10万，下手重点，你还要考虑以后的晋升呀，尽快由副转正嘛。听说凤凰街道要新设一个派出所，你最好在这里干，对我也好有个照应。李得全说，那是自然的。龙哥你的事就是我的事，以后我就听你调遣。龙哥笑笑说，你有没有搞错？你的上司是美女黄局长，而我只是你的哥儿们，你要听她调遣才对呀！

李得全如愿当上凤凰街道派出所副所长。一年后升任正所长。这么快得到提升，连李得全本人都有点受宠若惊。这个秘密只有黄局长心里最清楚：在给她送钱的“官迷”中，只有李得全出手最大方：送出了10万。其他人基本就是3万、5万不等。所以，李得全就给黄局长留下深刻的印象。私底下对李得全进一步了解发现，李得全已是而立之年，居然没有成家。据说他曾经深爱着一个夜总会的小姐，后来被飞龙集团的大老板陈飞龙包养了。几年后那个女孩因吸食毒品遭遇车祸身亡。李得全受到刺激，他至今还没有走出来，对其他女人似乎不感兴趣。

让黄丽君局长匪夷所思的是，按说李得全和陈飞龙是情敌关系，这两人如何化干戈为玉帛，勾连得如此紧密，情同手足，亲如兄弟？当然，作为分局局长，黄丽君也是遍布耳目的，她的信息渠道十分通畅。有人反映，李得全包庇陈飞龙，暗中保护龙哥的十几个经营场所，包括夜总会、酒吧、迪厅、凤凰食街、垃圾回收和8号码头的沙场。黄局长当然听说了这个江湖人称“龙哥”的香港人陈飞龙的一些黑社会的经历和生意上的传奇。对黄局长来说，辖区的龙哥无疑是条大鱼。离他远一点，也许看得更清楚。这就像钓鱼，我黄丽君在岸上观察，钓饵就是李得全，深潜在水底的人就是龙哥——陈飞龙。龙哥既然有14K的背景，我就不能直接和他打交道，更不敢和他做交易，只能借助李得全这枚棋子。重用李得全，将他牢牢地抓在自己的手心，无疑是个明智的选择。否则，与龙哥打得火热的话，一旦有个风吹草动，我的政治生命岂不完蛋？一朝涉黑，那可是几辈子都洗不清的污点。

3年后，黄丽君局长的工作成绩十分突出，但派出所的扩编改革却宣告失败。这几年到市局告她的警员是越来越多。市局纪检组归纳起来主要有两点：一是官多兵少，办事效率低下。梧桐区公安分局经黄局长“按街道设派出所”的改革尝试后，1500名警员中，副科级以上的干部一下子膨胀到500名。警员们私底下开玩笑说：黄局的队伍，一个官，两个兵。二是私人生活糜烂，据说她每次出差，总带好几个年轻靓仔的警员随行，好多跟她出差的警员回来后得到迅速提升，其中的受宠者就有李得全。这第二点，颇让市局领导头痛：一来局长出差带随从是约定俗成的规矩，二来检举揭发者并没有提供确凿的证据，只是怀疑而已。这玩意儿你怎么调查？捉奸要在床啊。

黄局长继续高举改革的大旗。根据市局领导的指示，将原本按街道办配套设立的派出所再改回去，将25个派出所压缩成8个，级别也由正科提成正处。由她刚上任时的扩编改打回原形，改成撤并。这个政策让警员队伍一下子炸了锅。这个政策意味着什么？意味着6成的派出所所长会被免职。为了稳定军心，缩小打击面，黄局长宣布：调整的只是职务，行政级别暂时维持现状。8个所长人选通过竞聘和考核确定。而事实上，她私下将被免职的派出所所长送来的钱一一退还，并当面告诉他们：这是你们主动上缴的任职保证金，现在如数退回。黄丽君局长这回一改过去的做法，她心里早已打好算盘：7个派出所所长的位置严格按照规程竞聘加群众考评上岗，公开公正，不再收钱。只有梧桐镇派出所所长这个位置，她内定给李得全。她要钓一条大鱼。这个派出所可是由梧桐镇的5个街道级派出所合并而来，也是油水最肥的派出所。因为梧桐镇的工厂和娱乐场所多达上千家。一个普通的圣诞节，梧桐镇几个街道级派出所收取的慰问金就超过了1000万。所以坊间流传着这么一句话：没有500万，梧桐镇派出所所长的位置你想也别想。

李得全又一次找干爹商量对策。干爹听完李得全的汇报，语气十分坚定地对李得全说：必须拿下这个所长，花再大的价钱都在所不惜。干爹是个生意人，他岂能做亏本的买卖？拿下梧桐镇派出所所长这个位置，他的数十家娱乐场所就拥有了令竞争对手望而生畏的核心竞争力。而且他构筑的“护城河”便自然延伸到分局，有了足够的河宽。这就筑起了一道固若金汤的“防火墙”。干爹让李得全主动找黄局长“请战”，表明自己的信心和忠诚，并设法摸清黄局长的真实想法，胃口有多大？最好让她开出明确的价码。

李得全约黄局长汇报思想，黄丽君局长让他今晚8点到家里谈。黄局长所谓家，其实只是一个三居室的空巢，类似酒店的套房。与老公离异后，她将女儿送到加拿大留学，自己平常就一个人生活，从不在家做饭。

李得全屏息轻按门铃，“来——了——”是黄局长的回音。李得全听到类似拖鞋在木地板上的嗒嗒声。黄局长半开了门，让李得全闪进屋换拖鞋。李得全闻到一阵让人晕眩的香水味。抬头看看黄局长，但见她头顶湿漉漉的齐耳短发，穿着一袭拖地睡袍，显然刚刚沐浴完。李得全感觉黄局霎时性感温柔，妩媚动人。因为李得全从未见过黄局长这身装扮，平日里总是一身警服，不苟言笑。偶尔在办公室才脱帽，就像摘掉紧箍咒，让大脑轻松一些。李得全不无谄媚地说：哇，黄局长不穿警服更有魅力，完全不输给明星啦。黄局长娇嗔地说，算你有眼。

茶早已泡好。黄丽君局长开口道：小李，说说看，你有什么想法要向我汇报？黄丽君问完，就低头径自用一根棉签大小的刷子涂抹指甲油。她居然还涂指甲油！李得全惊艳得差点叫出来了。不过，细细想来，女人嘛，她本应该拥有女人的所有基因，当然包括兴趣爱好萝莉小清新之类的。李得全磕磕巴巴地谈了自己的想法，最终归结在一点：就是毛遂自荐，想当上梧桐镇派出所所长。最后，他还特意加上一句：龙哥会鼎力支持我的工作，并愿意为派出所的硬件建设出钱出力。李得全人长得高大威猛，嘴巴也阔大，口才却是一般，甚至是笨。一口广普，听起来很是费劲。

黄丽君点上一支细长的咖啡色的摩尔香烟，悠闲地对准李得全喷了一口烟圈，圆圆的烟圈在灯光下晃荡着妖娆着，如同跳着脱衣舞的女郎，飘向李得全的鼻翼处散开。李得全闻到一种淡淡的烟草味和香精的味道。他顿时感觉下体膨胀，裤裆撑伞。黄局长用火辣辣的眼睛直勾勾地盯着李得全，慢条斯理地说：实话告诉你，你只是我的3个人选之一。就看你对我的忠诚度喽。说完，黄丽君站起身，掐灭了烟蒂。只见她宽衣解带，像玩魔法似的，睡袍瞬间从肩部滑落，一丝不挂，白净而又滑嫩的酮体尽收眼底。犹如一道闪电，刺得李得全血脉贲张。黄丽君全裸，躺在床上，叉开双腿，轻声说道：来吧！小李子。

李得全心理防线被突如其来的诱惑撞击得满地碎片。他就像一匹烈马，嘶啸着奋蹄，奔向一个幽暗而又神秘的黑洞。他先是用自己肥厚的舌头遍身品尝着——耳根、颈项、低垂半瘪的双乳、肚脐、妊娠纹，一路往下，往下……再用自己阔大的嘴唇遍身吮吸着……黄丽君颤抖着，浑身痉挛，身体像起伏的波浪，淫荡的叫床声如同春天的母猫……

黄局长整晚要了3次。李德全天亮时已是头昏眼花，走路打水漂儿。临别时，黄丽君温柔地对李得全说：小李子，你跟龙哥商量一下，我女儿在加拿大留学，花费不小，让他赞助赞助。李得全领命，开玩笑地说了声："喳，包在臣身上，臣这就张罗去。"黄丽君笑道：你真威猛，口活儿超级棒，技术一流。比我前夫强多了。我好些年没有这种感觉了。李得全飘乎乎地直往天空升腾。作为一个男人，这世上还有什么能抵得上一个获得性满足的女人对自己性能力的赞美？尤其赞美者是女上司。对于黄丽君而言，身体只是权力的延续，她一点都没担心会遭到李得全拒绝。她懂男人，更懂身体和权力之间的暧昧交易。她屡战屡胜，在警队男人身上百试不爽。

就在一个普通的局长接待日，黄丽君局长迎来最后一个神秘的信访群众。来者是一个中年男性，穿一身对襟酱色的大褂，有些古风，看似宗教人士或文化人。但见来人优雅地上前一步，颇为神秘地对黄局长说：龙哥让我交给你一件行李箱，放在我车子的后备箱里。这是车钥匙。车子停在你们局里的停车场。白色丰田越野4700，车牌号后3位是3个“9”。

这个人就是坤叔，他也不知道行李箱里究竟是什么，反正挺沉的。他更难猜到里面装着500万崭新的港币现钞，都是千元面额的，且不是连号的。

干爹临死时也不知道李得全和黄丽君局长还是“炮友”或者干脆叫姘头这层关系。李得全死守着这个秘密，一个人慢慢享用着黄局长这道大餐。李得全如愿当上梧桐镇派出所所长后，隔三差五地要陪黄局长出差。当然，公事办完之余，晚上肯定就要“办私事”：颠鸾倒凤，巫山云雨。黄局长并不总是让李得全陪同，偶尔也叫上更年轻的警员随驾侍寝。男人虽然不像女人那样妒忌、吃醋，但引入竞争机制还是很有必要的。总叫李得全陪伴，岂不宠坏了他，凭空滋生他的骄纵？所以，黄局长成功地将自己的身体和手中的权力嫁接、联姻，分局合并派出所的改革并未遇到太大的阻力，这些年轻的“炮友”们还真是肯出力，困难常常在他们手中就能解决，无须上交。

（二）

李得全在监所享受着单间的待遇，这得益于关押他的看守所本来跟他就是一个系统的，都归属区分局管辖，何况黄局长还特别对看守所所长打过招呼呢。这不像当初纪委的办案人员，主要是一些年轻的检察官，根本没把他当一回事。不虐待你就算万幸。而自己被双规的酒店处在荒郊野岭，根本猜不到自己处在什么方位。除了每天从远方传来火车的哼哧哼哧声外，就再没有别的什么动静。屈指算来，自己被羁押已经快半年了，案子的进展就快要判决了。自己这一生也就这样交代了。从提审他10多次的情况分析，专案组的主要焦点集中在自己与龙哥的交易中。参股龙哥的公司，每年分享红利，自己坦白交代的金额是50万，而专案组通过查账，落实的金额是200万。包庇龙哥的其他犯罪事实主要是纵容龙哥的垃圾回收公司和海沙运输公司用武力强迫交易，垄断市场，获取暴利。纵容金龙玉凤夜总会卖淫嫖娼，并充当保护伞。至于渎职罪，自己心里最清楚，那是根本不成立的。自己担任派出所所长期间，梧桐镇发生过几宗恶性案件，社会治安恶化。这里本来就三教九流，鱼龙混杂，是金沙市最复杂的地盘。这难道需要我承担责任？按照这个逻辑，那镇长、书记才应该首当其冲呢。

龙哥之死让李得全悲叹人生无常、富贵如浮云之余，也有些许慰藉和释怀，因为毕竟“买官”或者称作行贿的罪名，随着龙哥的死而烟消云散。专案组谁也没提及这档子事。李得全心里最清楚，龙哥手上欠着几条人命，自杀，也许是他寻求解脱和救赎的最好出路。樱子横尸街头，阿强被“文身虎”“撞死”，射杀阿展……这每一宗命案的细节自己都一清二楚。虽说这些人的死龙哥不是元凶，但他无疑是幕后的黑手，是死亡链条上的决定性因子。可怜的樱子啊，如花似玉的年龄，让自己初尝了人世间性爱的美味，却被龙哥引诱染上毒瘾，万劫不复，横死街头。“文身虎”指挥手下弟兄驾车撞死阿强，并独自揽罪伏法，这可是两条人命！龙哥无疑是这场死亡游戏的总策划。还有，阿展被绑架杀害，龙哥为吸引办案人员的注意力，让阿财潜逃寮国，一逃就是10年，龙哥才得以发展自己的所谓“事业”，不仅吞并了阿展的地盘，也通过合作笑纳了阿财的所有地盘，龙哥才有梧桐镇的小产权房“开发之王”的美誉，赚得盆满钵满。龙哥，你这恶魔和天使的混合体，你让我是爱你呢还是恨你？

关在看守所的李得全喜欢上黑夜了。因为白天的阳光和管教的呵斥难以让人专注于回忆。只有夜幕降临，夜深人静之时，才是自己“放电影”的最好时间段。李得全看过一本书，好像是一个印度僧人写的。书中说，人如果没有了记忆，也就是说忘记所有的过去，那他的人生就会崩溃，甚至失去意义。因为时间是通过昨天得以延续的，人生也是通过昨天的记忆得以延续到今天并指向明天的。有点绕，似懂非懂，但总觉得有点意思。书中还说，身体的记忆是最持久的，人一生最能记住的事情大都与身体有关，譬如体育竞技、舞蹈和器乐演奏，就是通过身体各部位的反复练习，才得以娴熟地掌握技巧，并牢记于心的。而与自己有肉体之交的女人，更是记忆库里的奇葩，那是无论如何也忘不了的。床笫之欢，性爱的女人，每一个细节，甚至味道，床上的动作，面部的表情，多少年的风吹雨打，即便沧海桑田，也难以忘记。回忆，让李得全暂时忘掉身陷囹圄的痛楚和不安。而对我母亲樱子的回忆，如同打开了几十年的陈坛老酒，香气四溢，醇厚缠绵，让每一个漫长的黑夜，都变得春风沉醉，爱雨飘洒，爱欲布施。

李得全和我生母樱子的结识，始于干爹的旨意，月老是“东方红”。那是一场肮脏的性贿赂交易。而我，也许就是这场性贿赂交易的“副产品”。多么可悲的身世，生母的“群交”乱伦让我身世成谜，生父隐身，可悲的身世还平添了可笑、可叹。尤其让人纠结的是，解开我身世之谜的3个男人和一个女人中，生母过早离开人世，带走密钥；干爹自杀，埋葬谜底；高振南镇长被抓，定性为陈飞龙黑社会犯罪集团的保护伞，生死未卜；李得全被捕，定性和高镇长一样，怕是要牢底坐穿。而我偏偏又姓郭，生父在原始的户口本上登记为郭德旺，一个虚幻的符号！干爹听生母说过，名字是随便填的。随便？我可怜而又可恨的生母，你的随便带给我多少困扰、烦恼和悲伤啊！

李得全至今还记得和樱子第一次上床的情景：那是一个春和景明的夜晚，自己刚刚处理完“四眼仔”的电子垃圾回收公司的群殴事件，这场打斗事件是为了争夺地盘，赶走新进来的对手，龙哥的弟兄砍伤了对方三人，好在都是轻微伤。处理片区的这种事可大可小，就看你的态度取向。记得当时所长征求我的意见，我建议赔钱私了，登记在案，所长最终采纳了我的建议，没有上交案子。也许是龙哥觉得我处理这场群殴事件“立场坚定，旗帜鲜明”，得体而又到位，作为奖赏，他交代大马仔“东方红”给我安排一个小姐，要最好的。当时金龙玉凤夜总会的头牌小姐是杨红缨，狼友嫖客们都昵称樱子。“东方红”当晚就吩咐樱子不要上钟坐台，龙哥有重要客人。这种安排有些露骨，记得上周“东方红”曾试探过我，被我一口回绝。这一次既然是龙哥的面子，也实在不好拒绝，只有半推半就了，所谓恭敬不如从命。想起来也是可悲，自己尽管上班两年，活了二十几岁，跟女人真枪实弹干事还真是从未有过。看过一些西方的A片，还有日本的变态AV，梦中也干过好多面目不清的女人，但现实世界中自己却还是一个处男。

四季酒店的一个标准间。灯光半明半暗，电视机的音量调成背景音乐般——你注意听，就能听见声音；你不注意的话，就没有声音。樱子好像已经冲完凉，穿上酒店的白色浴袍在等我。我一进门，樱子叫我一声“哥！”，那种娇嗔而又淫荡的声音让我浑身起了鸡皮疙瘩。我头一回这么近距离单独面对一个穿浴袍的靓女，心跳陡然加快，仿佛敲响了架子鼓。我故作镇静地说，刚刚收工，我去洗一把脸先。樱子“咯咯”地笑起来了，她说：怎么你的表情看起来像做贼似的，不像一个人民警察。我也笑了。樱子说：哥，你过来，我给你脱，我们一起冲凉，浴盆里的水早已放好了，浪漫的泡泡浴，我还撒了玫瑰花瓣呢。这种温馨而又浪漫的情景使得我的紧张情绪瞬间消散了，下体也蠢蠢欲动起来了。看得出来樱子是一个热爱生活的女人，也是一个善于制造浪漫的女人。她似乎并没有将“跟陌生人做爱”当做是一种赚钱的工作，反而视作一种享受，并进入角色，营造浪漫的氛围，用心去感受每一个细节。樱子熟练地解开我的皮带，踮起脚尖脱掉我的警服，当她要剥开我的军绿色四角底裤时，我弯腰下意识双手捂住“老二”，又引来樱子的“咯咯”笑声。

“哥，看你的狼狈样儿，难道是头一回做？”我羞涩而又惭愧地说：“可不，我可是个处男。”樱子质疑地说：“谁信？你们男人从来都是撒谎不眨眼。”我神秘地说：“到时你自然就知道了。”

泡泡浴淹没了我们的裸体，只有两个脑袋在浴盆两头对视传情。樱子嘴里衔着一片玫瑰花瓣，鲜红欲滴。樱子用灵巧的脚趾磨蹭我的“老二”，滑滑的，轻柔的，我也学着用脚趾磨蹭她的双乳和下体……樱子突然一阵大笑，把我吓一大跳。她说：哥你真行，这么快就射了！我掩饰自己的窘态，狡辩说：没有啊，你怎么知道我射了，而且在这水里？樱子说：我的脚底感觉到了，像小时候玩的水枪，射了五下呢……

樱子用舌头吻遍我全身。后来我将这一招用在黄局长身上，赢得黄丽君局长的赞赏，她说我的口活儿超级棒。她哪里知道，这门技术是我的初恋情人樱子教会我的，不，应该说是我从樱子身上剽学的。樱子就像一个精神导师，引导我越过高山，跨过险滩，蹚过泥沼，畅游仙境……高潮一次又一次迎面袭来。事后，樱子说：哥，你没撒谎，你真是处男。我有些得意地说：我没骗你吧，告诉我，你是凭什么判断的？樱子说：这还不简单？你“老二”找不见我“妹妹”的位置啊，你完全没有方位感嘛。

随后，李得全和我生母就坠入爱河。此时，对李得全不公，也有些悲催的是，干爹也同时陷入爱河。以干爹的地位和势力，毫不费力地从李得全怀里夺走了我生母。李得全空有遗恨，他放弃争夺，缴械投降。在看守所，李得全还在反思，自己当初为何没有抗争，主要原因还是观念问题：一个人民警察，爱上一个红尘女子，如真能结婚成家，那岂不是梧桐镇的头条新闻？自己的家人和亲朋好友如何接受这种结果？自己的同事和上司没准儿和樱子也有床上交易，以后如何相处？也许……还是自己顾虑太多，年轻不懂事，世俗的条条框框束缚所致。但从这一点看，我真佩服龙哥。敢爱敢恨，藐视世俗观念，从淫窟里将樱子解救出来，尽管这个淫窟是他龙哥的摇钱树。在那个物欲横流的年代，一个带着致富愿望的打工女孩，在金钱和物欲的诱惑下，一步步坠入罪恶的深渊。龙哥让樱子死而复生，生而复死。一朵娇嫩的玫瑰，凋谢在龙哥的魔爪下。我丝毫不怀疑他们中间有真爱，否则你就无法解释龙哥后来倾心抚育他们的女儿郭春海，并送她出国留学，移民香港，听说还给她在香港买房买车。总之龙哥视干女儿如同己出，享受着他的儿女一样甚至还要优渥的待遇。我也曾当面质问过龙哥：郭春海既然是你们的亲生女儿，为什么不随你姓陈？龙哥苦笑地摇摇头：权宜之计，老婆不答应嘛，怕分了她的家产。

李得全的回忆被管教打断。他接到通知，分局领导明天要来看守所探视。分局领导？难道真是黄丽君局长？这个和自己既是上下级关系又是暧昧的“炮友”关系的女领导？这个浑身充满权力欲和性欲的女人？这个一夜之间在床上撂倒3个年轻干警的女魔头？这可是期待已久的一场会面，李得全在心中不知演练了多少次他俩会面的场景和对话。只是，这场会面来得有点迟，以至于李得全从当初的满怀期待到如今的兴趣全无。不管领导抱着什么目的和动机来看守所看他，他都坦然地面对。在李得全看来，黄丽君尽管在官场如鱼得水，论起她的个性她的做派她的劣迹，倒台犯事是早晚的事。自己可以固守两人之间的秘密，可他人能否固守与黄局长的金钱交易和皮肉交易，那就难说了。

（三）

黄局长还是那么英姿飒爽，风风火火。会见室被她强大的气场充塞着，就像正在升空的热气球。看得出来，她今天心情不错，薄薄的嘴唇涂了一抹淡淡的口红。她换了副黑色玳瑁框眼镜，看起来比以前的那副金边镜框的眼镜要低调一些，也更内敛一些。她见我走进会见室，立马对身边的看守所所长下令：解开铐子，都是自己人嘛。我不咸不淡地问一声“局座好”“书记好”，顺便活动活动僵直的手腕。

黄局长和纪检书记交换了眼色，开口道：今天我和书记抽空来看你，代表局领导先去了你家慰问。专案组对于你交代的问题还是基本满意的。希望你实事求是地毫不保留地交代自己的问题，主动揭发陈飞龙的犯罪事实，争取人民法院的宽大处理。李得全心里明白，这种场合黄局长只能扮演她的局长角色，官话连篇。但她似乎也在暗示着什么，应该会有潜台词，只有我和黄局长两人能听懂的潜台词。黄局长接着说：我翻看了你的审讯卷宗，陈飞龙黑社会犯罪集团的保护伞的定位应该是准确的。唉，也怪我平时对你管教不严，教育不够，这么好一个人才，可以说是个将才，一步错步步错，陷进陈飞龙的黑窝。可惜呀，教训深刻啊！我低头不敢看局长一眼，谦卑地说：感谢局座和书记的栽培，我辜负了你们的信任。只能怪我自己利欲熏心，我这是自作自受。对不起你们，对不起分局，我给你们丢脸了。黄局长充满同情和怜悯的眼光看着我说：你还年轻，眼光看远一点，想开一点。局党组专门开会研究过你的问题，我们一致决定在不违背原则和党性的前提下，给你尽可能提供一些相应的帮助。你也不要作践自己，破罐破摔，要振作起来。你以后的路还长，你的人生并没有就此毁灭。以我对你的了解，你是一个有情有义的男人，不管法院怎么判，你只要刑满释放，我黄丽君还在位上的话，我一定想办法安排你的工作和生活，让你体面地重新做人。说完，黄局长的眼角湿润了。她取下眼镜，用纸巾擦拭眼角和鼻翼，并顺便擦拭着镜片，似欲掩饰刚才的动情和出格的情绪。

未进看守所之前，我是黄丽君局长心目中的“悍将”和“爱将”。我不仅是她床上的爱将，更是她工作中的悍将。我当然听懂了她的表白，她其实在暗示和我做个交易：我只要守口如瓶，不主动交代自己向她行贿买官的罪行，她就会负责关照我，包括争取法院的宽大处理和刑满释放后的工作和生活。想必自从陈飞龙犯罪集团引爆后，黄局长恐怕也是如坐针毡。龙哥的葬礼她也参加了，龙哥的死亡并没有完全打消她的担忧，因为我这个嫌犯随时可能给她致命的一击。这大概就是为什么这么迟才来看我的原因？她在等待水落石出？她在观望我的态度？当她得知即将进入司法审判环节，通过调看我的审讯笔录，这才确认了自己的安全，悬空的石头这才着地。她的承诺能否兑现，我并不抱太大希望。但我也有我做人的原则，我不能因为减轻自己的罪责而去害人。更何况黄局长对我如此信任，我们之间的关系是剪不断理还乱的那种：我用金钱向她行贿买官，她用性爱向我行贿买来守口如瓶。我隐瞒她的犯罪事实，她得以保住既得的官位和利益，并给予我一个承诺，帮我减轻罪责，安排我未来的生活。这看起来还算是一个公平的交易。

我抬头看了一眼黄局长，她正盯着我，透过镜片，我看到她眼中的恐惧和期待。我表态道：请局座和书记放心，我捕前的身份是公安干警，我了解党的政策，熟悉司法程序。迄今为止，我已经交代了自己的全部犯罪事实，没有丝毫的保留。感谢你们来监所看我，也感谢你们慰问我的家人。我不会沉沦的，哪儿跌倒，从哪儿爬起来。平时忙于工作，很多问题来不及思考。关在这里的这些日子，我想明白了许多问题。人这一生，是你的，谁也拿不走，不是你的，早晚得吐出来。属你的劫数，你是躲不过的，早晚兑现。

黄局长频频点头。她当然听明白了我的潜台词：放心吧，我至死都不会揭发你的罪行。你就放心做好自己的局长吧。黄局长看了一眼腕表，起身告辞：李所长，我们还有一个活动，你好自为之吧。隔着铁栅栏，看着黄局长的背影，我的心稍微有些熨帖。李所长，她还这样叫我？这亲切的叫声让我直想哭。白天，她叫我李所长，夜晚的床上，她叫我小李子。我忽然明白了——它的深意是，在她心目中，我依然是她的兵，依然是那个白天跟随她出差公干、晚上让她欲仙欲死的悍将和爱将！？

10. 年谱

（一）

“四眼仔”文天佑无疑是干爹的智库。如果说大马仔“东方红”是跟干爹走得最近的人，那么“四眼仔”就是跟干爹思想上最接近的人，甚至可以说，他就是干爹的精神导师。正因为如此，干爹对他格外敬重，这不仅仅因为“四眼仔”是干爹换帖弟兄中唯一的大学生，更重要的是“四眼仔”启发了干爹在梧桐镇的创业生涯中几乎每一次的重大抉择。

当初“四眼仔”和“东方红”、濑尿虾一起投靠干爹时，干爹还在苦苦探求做啥生意可以赚快钱，而且投入要少，最好零成本。因为干爹兜里就揣着10万块钱。尽管跟区上的垃圾回收总公司签订了梧桐镇片区的承包合同，但如何运营他心里还没有底。而且区内还有好几家承包人竞争，干爹还是后来者、外地人。是“四眼仔”的谈话让干爹今生头一回认清了自己的核心竞争力——暴力。“四眼仔”对干爹说：你在香港黑社会也算得上是一个风云人物，尽管金盆洗手，但你本人的品牌效应还在。现今的世界，改变它的力量有三：那就是知识、财富和暴力。前两样你都没有优势，唯一能跟人竞争的是暴力。这是你的核心竞争力，也是我们投靠你的根本原因。当然，我说的暴力不是犯罪，不是杀人越货，而是组织一支保安队伍，强化生意的竞争。让竞争对手望而生畏，不战而屈人之兵。就像你当年在香港黑社会那样，团队作战，抢占地盘，跟警方保持适度的利益关系，达到生存的平衡。听完“四眼仔”的一席话，干爹茅塞顿开，是啊，把我当年在香港的那一套吸收弟兄的办法移植过来，成立一支“武装力量”，赶走其他竞争者，垄断梧桐镇的工业垃圾回收的话，不就达到目的了吗？投入少，见效快。眼下最要紧的是找到一个好的经理人，一个好的带头人啊。

“四眼仔”自然就成为垃圾回收公司经理的不二人选；“东方红”负责组建、训练保安队伍；濑尿虾则独当一面去开拓海沙的生意。这便是干爹生意的起点，也是他所谓“黑社会性质的犯罪集团”的雏形。

“四眼仔”的重要思想还不限于此，他还针对干爹如何管理好几十号换帖弟兄提出引进明朝的廷杖刑和新加坡的鞭刑的项目建议书。他陈述的主要理由是：无论廷杖，还是鞭刑，都要脱裤子，本身就有羞辱之意；而打屁股，不管是板子拍还是鞭子抽，一般都不会残损肢体、伤筋动骨。你跟弟兄们约法三章，慑于“刑法”的威力，弟兄们谁敢以身试法？这样的话，队伍也就好带了。干爹击掌称奇，对“四眼仔”不光是欣赏，甚至有些佩服起来了。他立马安排“东方红”在公司保安部内设行刑室，挑选两个身强力壮的弟兄进行严格的训练，作为专职的“刽子手”。为了体现民主，干爹授意，让“四眼仔”搞出一个“约法三章”的讨论稿，供所有弟兄们讨论，并最终形成定稿——

飞龙集团公司保安部约法三章

1. 一般错误自扇耳光，数量由上司确定；
2. 吃里扒外、捞过界施廷杖刑，数量由龙哥决定；
3. 吸食毒品、背叛施鞭刑，数量由龙哥确定。

根据“东方红”的交代，事实上挨鞭刑的只有干爹一人，因为吸毒；

挨廷杖刑的有十几个人，包括被打得骶骨隐裂的胡秋炊；自扇耳光的就无从统计，几乎每个人都挨过。

干爹自从挨鞭刑戒毒以后，闻到烟味就想吐。可“四眼仔”是个嗜烟如命的人，每次干爹召集开会他总是跑进跑出，为的是过一把烟瘾。“四眼仔”还有一个怪癖，就是边吸烟边笑，基本上是每吸一口，脸上就绽开笑容，让人感觉他幸福得像花儿一样。而他笑起来，干瘦而又蜡黄的脸上布满褶子，活像秋天的桉树皮。记得有一次，干爹在户外头一回碰见“四眼仔”边抽烟边笑，他们用粤语有如下对话：

干爹：“纥熟狗头瞰，笑乜嘢？”（嬉皮笑脸的，笑什么？）

“四眼仔”：“冇，食支烟之嘛。”（没什么，抽支烟。）

干爹：“食烟好好笑咩？”（抽烟有什么好笑的？）

“四眼仔”：“冇，你唔知嘞，食一支烟短命3秒，笑一次长命5秒，有数围吖，食支烟，笑一笑，冇死啦。”（没什么，你不知道了，抽一支烟短命3秒，笑一笑长命5秒，不亏本，抽支烟，笑一笑，还有赚。）

干爹：“黐线。”（神经病）

“四眼仔”：“冇偈啦，戒烟唔甩，咪笑多啲啰。”（没办法，烟戒不掉，多笑点吧。）

干爹：“烟戒唔甩，补返个肺咋。”（应该是戒烟不掉，补一补肺。）

后来，干爹的心软了，对“四眼仔”法外开恩：只有“四眼仔”可以在会议室抽烟，不用再跑进跑出，不然，哪有心思开会呀。

说道瘾君子之“瘾”，“四眼仔”自有一番高论。他对干爹说：世上做什么最赚钱？能让人上瘾的产品和服务！各式毒品、赌博、烟酒、男人以泡妞为中心的夜生活娱乐、洗脚按摩、各式体育项目中的球类，包括高尔夫球，还有网上游戏，甚至可以预测未来必然火爆的网络游戏和手机游戏……所有这些，都是你投资的方向。干爹怦然心动，从此对“四眼仔”就心悦诚服起来。他每到有重大决策时，都会巧妙地征求“四眼仔”的意见，如果遭到否定，他就放弃。干爹后来接连投资的金龙玉凤夜总会、迪厅、桑拿中心和凤凰食街，无不是围绕着人类的“瘾”在做文章，尤其是后来大手笔投资的凤凰山高尔夫球会，更是他围绕“瘾”做文章的集大成者。谁都知道，高尔夫号称“绿色鸦片”，富人的游戏。更重要的是，高尔夫球创始球会英国圣克鲁斯球会在章程中明确规定：会员之间可以赌球。多么好的项目，堪称瘾上加瘾！所以干爹投资的凤凰山高尔夫项目，是他一生中最引以为傲的投资项目，这也就是为什么他宁可抛弃生命，死后也要葬在高尔夫球场的真正原因。他的肉体生不能固守心中的至爱，他的灵魂死后却巡弋在凤凰山球会的上空。他想用花岗岩墓碑固守着生前的至爱，与时间抗衡，觊觎不朽。

（二）

相对于干爹的其他几个大马仔，检方对“四眼仔”的控罪相对单一：强迫交易罪和故意伤害罪。检方的理由主要是，“四眼仔”作为飞龙集团的工业垃圾回收公司的总经理，是主要负责人，公司在经营行为上的犯罪，他应该承担主要责任。“四眼仔”对于公司的犯罪行为也供认不讳，对自己应该承担的责任似乎也无申辩。从讯问笔录看，警方的兴趣更多地集中在“四眼仔”的智囊角色上，换言之，也就是“四眼仔”如何向干爹灌输了一些想法，而这些想法渐渐变成一个个的行动被干爹实施，最终成为组建黑社会性质的犯罪集团的始作俑者。

专案组围绕上述问题对“四眼仔”展开审讯，起因是，从“四眼仔”的书房里查抄到一份手写稿——《陈飞龙先生年谱》，其中结尾一段，所使用的水笔墨水颜色明显不一，且留有空白。专案组推测：可能是陈飞龙突然自杀，“四眼仔”被捕前临时添加上去的，字迹明显有些潦草。

“四眼仔”交代：我和龙哥约定，由我来写他的传记，在他死后发表。我陆陆续续采访过龙哥和龙嫂，还有坤叔和龙哥叔公陈炳森。只是没想到他死得这么快，死得这么难堪。年谱只是传记的一部分。在我看来，龙哥无疑是成功的商人，他的经商理念和经商手法，对年轻人有借鉴意义。而且他赚钱后也不忘做慈善，修桥补路呀，赈灾扶贫呀，他前后捐出几个亿。他的经历充满传奇，从一个孤儿、香港黑社会底层、黑社会大佬，到金盆洗手，从零做起，做到资产几十个亿，更是能激励年轻人创业兴邦。尽管我并不完全认同他的做法，加上他本人浸淫黑社会多年，犯罪惯性驱使他追名逐利，甚至见利忘义，杀人越货，但资本原始积累就是如此血腥，那个年代哪有干净的创业者？资本积累从来都是有原罪的，成王败寇，顺昌逆亡。

警方：文天佑，你不要执迷不悟！你的龙哥已经畏罪自杀，给这么一个恶贯满盈的罪人写传记，你觉得值吗？有这个必要吗？

“四眼仔”：我觉得值，这是我个人的自由。至于龙哥是否有罪，必须经过人民法院审判才能定论。况且龙哥已死。死人为大，我承诺过的，一定办到。

警方：你老实交代，当初陈飞龙设立私人武装保安部，私设刑堂——行刑室是谁的主意？引进所谓廷杖刑和鞭刑又是谁出的主意？

“四眼仔”：龙哥当初召集公司全体员工集思广益，出谋划策，我也不例外，上交了一份项目建议书，最后被龙哥采纳了。就这么回事。这也算有罪？

警方：据我们初步掌握的情况，陈飞龙来金沙市梧桐镇创业前在香港金盆洗手，赋闲3年。是你的建议勾起他重新捡回黑社会的那一套组织模式和管理模式，并形成了自己的所谓“核心竞争力”。你说说看，自己有没有过错？

“四眼仔”：过错是有，但我没犯罪。

警方：是不是犯罪，你刚才不是说了嘛，最终要由人民法院来定。文天佑，你继续交代，我们在你写的《陈飞龙先生年谱》草稿里发现，你提到一个叫郭春海的小女孩儿，她是你们龙哥的什么人？她的生母杨红缨究竟是怎么死的？跟陈飞龙有什么关系？

“四眼仔”：杨红缨最早是宏兴电子厂的厂妹，后来到了金龙玉凤夜总会坐台。因人亮丽而又热情，不到一年就做到头牌。出街的要价一度超过了隔壁的香港。后来龙哥喜欢上她，就把她包养了。郭春海是他们亲生的女儿。杨红缨的死，是因为跟龙哥吸毒，后来龙哥发誓戒毒，并挨了鞭刑。可杨红缨一直戒不断毒瘾，一直被毒品折磨着，好几次自杀。记得当时龙哥让“东方红”派了两名保安守着她，但还是没看住，一天深夜，她毒瘾发作，满大街疯跑，一头撞在泥土车上，当场就死了。

警方：那既然是自己亲生的女儿，陈飞龙为什么不让自己的女儿姓陈呢？姓郭，这里有什么奥秘？你必须交代清楚。

“四眼仔”：我没法交代清楚！这又不是我的事儿。再说了，我估计就连龙哥自己也说不清楚。龙哥曾经亲口对我讲过，他的血型是A，杨红缨的血型是O，郭春海的血型是AB，那多出个B，不是明摆着，这郭春海并非自己的亲生骨肉。当初龙哥包养杨红缨的那段时间，正是她红得发紫的时候。杨红缨恐怕自己都不知道跟多少个男人上过床。另外的隐情可能是，当初龙哥包二奶并生下女婴的消息传给龙嫂后，龙嫂来梧桐镇大闹了一场，不准这个小女孩姓陈，以免玷污了汕尾老家的陈家祠堂。至于为什么姓郭，我就不得而知了。杨红缨死了20多年了，尸骨早已能打鼓啦，也许她带进了坟墓，只有她自己知道。

警方：有关郭春海后来的情况，就你所知道的做个交代。

“四眼仔”：杨红缨死后，龙哥请来保姆和家教悉心抚育和教育她。这也是我们弟兄最佩服他的地方：有担当，重情义，讲责任。据说，龙哥对阿春比自己亲生的阿峰、阿敏都要好。后来龙哥把她的户口迁到梧桐镇。再后来呢，大概在她上高中的时候，龙哥又通过投资移民，将她的户籍迁移到香港。龙哥最后花巨资送她去美国留学，亲自给她选定了专业——学习做生意的学问，也就是工商管理专业。我们私下议论过，这龙哥要是不出事的话，一旦自己退休，没准儿会指定这个郭春海接班呢。

警方：……

我又一次怦然心动。每一次从犯罪嫌疑人的卷宗中看到我生母和我的名字出现时，我都会激动而又伤心。我的身世总是在我记忆模糊时猝然来临，在我有所期待时却又戛然而止！线索每每到快要水落石出时，却被突如其来喷发的火山灰淹没。“四眼仔”说得没错，我确实是AB血型，干爹是A，生母的血型我也是第一次听说是O。那么，我的生父究竟是谁呢？生母啊，你若地下有知，就给我托个梦吧，你知道吗？你的亲生女儿寻找亲爹找得好苦啊，你就这样忍心让她“上穷碧落下黄泉”，穷其一生探寻自己的荒谬的身世吗？

陈飞龙先生年谱（1952–2012）

1岁：1952年农历二月十日生于汕尾市海丰县鲘门镇鸡心岛。乳名阿龙。

3岁：1955年7月，不慎坠海，险些溺亡。

6岁：1958年大炼钢铁，父亲陈焱上土窑查看炉温一脚踩空，坠入炼钢炉，化作青烟。

7岁：1959年9月，就读鲘门镇小学一年级。

10岁：1962年5月，因逃饥荒随母亲和弟弟加入逃港人流。后因深圳河山洪暴发，困在被洪水冲下的一棵大榕树上。落水求生的人群混乱中将母亲踹入河中，母亲被洪水卷走，溺亡。弟弟上岸后因无节制海吃港人的施粥和白米饭，胀死。阿龙托人找到母亲的尸体，连同弟弟的尸体，下葬于打鼓岭。

10岁：1962年5月，投靠叔公陈炳森。陈炳森时任香港黑社会14K白纸扇。阿龙被安排在14K的地盘尖沙咀一带睇水(看场子)3个月。

11岁：1963年9月，在香港油麻地小学就读四年级。

15岁：1967年7月，中二(相当于内地初二)辍学，在叔公陈炳森的引荐下，正式加入14K，从最底层草鞋做起。夜晚收数时，初识后来的妻子阿花。

17岁：1969年3月，为阿花的酒吧打抱不平，打伤调戏阿花的3个英国人而遭港英警局拘捕，后阿花的父亲出面保释。这一年，陈飞龙尝试吸毒。

20岁：1972年6月，不听叔公劝阻，执意结帮单干，并砍伤叔公离家出逃。

21岁：1973年3月，打劫黑社会连胜英，声名大震；为报复出卖他的黑道大佬豹子吕三，挖了他家祖坟，一战成名。戒掉毒瘾。

25岁：1977年5月，麾下拥有三十几个弟兄，垄断了油尖旺闹市区的毒品生意，并与14K结成战略联盟。号称“飞龙帮”。

26岁：1978年，与比他小4岁的阿花完婚。

27岁：1979年2月，大儿子阿峰降生。

29岁：1981年7月，二女儿阿敏降生。

30岁：1982年1月，金盆洗手，正式淡出黑社会，遣散弟兄，赋闲在家。

31岁:1983年3月，报名参加九龙文化中心的瑜伽研习班，结识张坤一；接触印度教；后游历印度、朝拜西藏冈仁波齐峰，始信奉湿婆神，并供奉舞王湿婆铜像。

33岁：1985年2月，到金沙市梧桐镇投资兴业。承包区属工业垃圾回收公司的梧桐镇经营部。

34岁：1986年2月，方东红、文天佑和赖昌厦正式加入飞龙公司。

35岁：1987年7月，创办金龙玉凤夜总会，结识夜总会头牌小姐杨红缨。二次吸毒，并引诱杨红缨吸毒。

36岁：1988年6月，包养杨红缨；开办迪厅、桑拿和凤凰食街。承包经营8号码头的海沙生意，由赖昌厦打理。在码头仓库初步尝试开设赌场老虎机。两年后购买赌船，命名为“樱子”号。赖昌厦负责赌场生意。

37岁：1989年4月，杨红缨生下女儿，取名郭春海，乳名阿春。

38岁：1990年9月，戒掉毒瘾，接受公司保安部鞭刑“刑法”。筹建凤凰山高尔夫球会项目。首次慈善捐款1500万元。

40岁：1992年3月，杨红缨因毒瘾发作，遭遇车祸，横死街头。陈飞龙正式收阿春为养女。

42岁：1994年8月，凤凰山高尔夫球会正式开业。四季酒店也于当年10月开业。

44岁：1996年4月，为鲘门镇重建陈家祠堂捐款800万元；为家乡鸡心岛架桥捐款500万元；为重建鲘门镇小学捐款100万元。

45岁：1997年，收叶丽香为弟子，“换帖兄弟”，叶丽香成为龙哥的封山之作。她也是唯一的女弟子。

47岁：1998年9月，“文身虎”案，新义安的阿强被撞死，“文身虎”伏法。

49岁：2000年，与梧桐镇小产权房开发之王陈旺财联手。陈旺财人称阿财。

50岁：2001年，阿展绑架凶杀案。阿财潜逃东南亚。

53岁：2004年，捐款2000万元，新建梧桐镇敬老院。

55岁：2006年，当选为金沙市政协委员；张坤一也补选为区政协委员。出任梧桐镇港澳商会会长。

56岁：2008年，为汶川地震灾区捐款5000万元。

60岁：2012年10月，在自己的办公室吞枪自杀。

（三）

从“四眼仔”的审讯笔录中可以看出，警方对他算是客气的，是否因为他是唯一的大学生，也算是知识分子，不得而知。管教对专案组的人说，“四眼仔”在监所只干两件事：一是边抽烟边笑，二是读书，都是大部头的历史书，什么战国策、清史稿之类的，很少跟人搭理，心思好像很重。他到底在想什么呢？他边抽烟边笑的秘密几乎传遍整个梧桐镇，搞得烟民们竞相模仿，只是能坚持下来似乎太难了——抽一支烟少活3秒，笑一笑多活5秒，这明显是一桩赚命的买卖。可惜没有几个烟民能坚持下来。

“四眼仔”继续抽烟、笑和看书。即便放风，他也懒得动弹，晒太阳看书。夜深人静时，他点燃的香烟忽明忽暗，就像山冈上的坟茔上空跳跃的“鬼火”。他想起自己的婚礼。啧，那场婚礼办得，在梧桐镇可以说盖了帽了，那都是龙哥亲自策划并一手操办的。单说仪仗车队，龙哥当年在香港领导“飞龙帮”时的一个弟兄，现在改行玩儿车，成立了香港保时捷车友会。那天，20辆一水的红色保时捷跑车前面开道，让多少围观的人眼红啊！还有婚宴，刚开业的四季酒店，80多桌，酒水是茅台加轩尼诗XO，菜品有燕、鲍、翅和龙虾。更让人惊艳的是，龙哥为我的新娘封利是，100万！真是让人感动啊，龙哥对弟兄们的好，那可是几辈子都忘不掉的呀。

龙哥为什么会选择自杀？几乎所有人都在寻求答案。设身处地地想想看，当他拿起枪对准自己的咽喉时，那是何等的悲壮和痛苦啊！我们活着的人，在时间之中填满了思想、行动、娱乐、兴奋、饮酒、泡妞、上帝、佛陀、知识、财富……总之是忙啊忙啊，时间和生命一同得到延续，我们也就永远不知道死亡的滋味。死亡就是结束。我们所恐惧的，就是结束——你工作的结束，投资项目的结束。你的家庭，你的爱人，你思考了多年、已经付诸实施的一个愿望，你的爱好——吸烟、拜佛、渴望权力，一切的一切，彻底地结束，就在一瞬间，像外科医生的手术刀切除癌症一样，一刀下去，斩钉截铁。放弃你所拥有的一切，并决意割舍你所拥有的一切，这就是死亡。在心理上，我们总被时间奴役，时间是昨天以及过去的记忆，带着它积累起来的一切经验；不只是你个人的记忆，还有集体、种族和不同年龄的人的记忆。

龙哥真的明白了死亡的真义吗？应该说，他只是接近了死亡，从他的遗嘱来看，他死后葬在凤凰山高尔夫球场，他似乎还在关注着什么，似乎还期望延续着什么。这也许是受到印度教的影响，他相信生死轮回，他相信那个曾经经历过、奋斗过、拥有过、辉煌过、遭遇过、快乐过的陈飞龙，有一个灵魂是不灭的，是永生的。他甚至希望自己已经被查封的资产能够奇迹般复活，他渴望有一位英雄能揭竿而起，重振他的飞龙集团。我们常人怎能品尝到死亡的滋味？我们总是有所依赖，依恋这个物欲的世界。我们害怕一旦失去依赖，就什么也不是。因此，你就是你的房子，甚至是还在按揭供款的房子，你就是你的妻子，你就是你的银行账户，你就是你的工作，你就是你的闺蜜……你就是这一切。如果结束了依赖的这种延续的意义，彻底地结束，那么你就会知道死亡是什么了。

龙哥的自杀，在专案组的人看来，无疑是作恶多端，畏罪自杀，死有余辜。而在我看来，也许他另有隐情。想想看，龙哥能成就辉煌的事业，全靠我们这帮弟兄为他打拼。我们投奔龙哥，丝毫没有集团犯罪的念头，我们只是因为他的传奇和人格魅力，跟着明主，找碗饭吃。所谓“择良木而栖”。可一旦龙哥被定性为“黑社会犯罪集团”的罪名后，我们这帮弟兄便全部沦为无辜的受害者。我们成就了龙哥的霸业和一世英名，结果却是锒铛入狱。这种结果，他如何能接受？他是那种视江湖义气如生命的人，他眼看着自己的弟兄因他被捕入狱、而自己根本无力改变、甚至自身难保时，也许死亡就是他唯一的选项。士可杀而不可辱，他宁可结束生命，也不愿服刑受辱。再者，也许他选择自杀的本意是：弟兄们，都是我连累了你们，我无脸苟活，你们就将所有的控罪都推在我身上吧，这样也许多少能减轻你们的罪行，我在九泉之下也稍微安心一些。

没有人能够知道龙哥临死时究竟是怎么想的。人言可畏，众口铄金啊，几乎所有人都认为龙哥身负命案，难逃死刑，所以才畏罪自杀。但我是无论如何也不相信的，我不相信龙哥会为了利益去杀人。龙哥在我心目中，是“善莫大焉”之人，怎么可能与十恶不赦连在一起呢？难不成他本身就是一个矛盾体，大善和大恶一体两面？就像他供奉的湿婆神，一半是天使，一半是魔鬼？而我们平时只看到他大善的一面，他巧妙地隐藏了自己身上的大恶？“文身虎案”我事后也听“东方红”讲过，其实当时“文身虎”根本没想搞死新义安的阿强，他反复叮嘱参加行动的手下不要砍动脉和脖子这些致命的部位，就砍大腿屁股这些部位。谁知驾车的弟兄根本没有动刀，就直接撞死了阿强。“文身虎”一看事情闹大了，就自己挺身而出，扛下所有的事情，并承认是自己亲自开车撞死了阿强，动机是报复阿强用破酒瓶刮花了自己的脸，让自己羞辱难耐，还破了相。“东方红”发誓说，龙哥只是说要教训教训阿强，防止他们以后搞事，根本没有搞死阿强的意思。

至于阿财绑架杀人案，至今仍然扑朔迷离。因为杀人现场只有龙哥和阿财，当时看场的彭三、彭四被打发走了。按说，龙哥不会亲自动手杀死阿展，可阿财尽管心狠手辣，却又天生胆小，我们是发小，从小一起偷鸡摸狗，他总是畏畏缩缩，落在后面。这个连鸡都不敢杀的阿财，真是难以想象他举枪瞄准阿展的太阳穴，然后扣动了扳机这种场面。既然他们两人都没有可能的话，那一定还隐藏了第三人，而这个第三人才是真正的凶手。可阿财跑什么跑呢？你这一跑就是 10 年，你有 1000 张嘴也说不清楚喽，黄泥巴掉进裤裆里，不是屎也是屎呀。

真是做梦也想不到，自己这一生还要坐牢服刑。也许当初不该听父母的，为了村上每年20万块钱分红的眼前小利，放弃了毕业分配的那所大学的历史讲师职位。不回村上的话，也就不会搵工跳槽，当然更不会认识龙哥。看来，我的人生轨迹的拐点就在这里发生偏移，轨道从此改变，劫数如期驾到。也许，人的一生就是不断犯错、不断纠错、不断后悔的过程，直到弥留之际，你才不再犯错，不再后悔，放下所有依赖，充满智慧，回归澄明的空寂。这一刻，你见到光，那种让自己醍醐灌顶、全身晶莹透彻的光，那种让自己前所未有的快乐的光……

11. 赌船

（一）

赖昌厦的额头总是油光发亮，一张屁股脸红润而肥硕，一副大肚腩足以跟大唐的安禄山 PK，真是坐下来就要放一部分在桌子上才行。据说他的外号“濑尿虾”是“四眼仔”给取的，因为他讲话时，嘴角总是漏口水，有时着急时说话也溢出白沫。干爹说，就数这个外号最传神。濑尿虾给人的感觉踏实、宽容，就像他的形体，初次见面极易产生亲和力。就好比你去寺庙烧香，在头道门遇到的那尊笑面和尚——弥勒佛。

濑尿虾对赌博很有研究，或者确切地说，对开赌场的道道儿门儿清，也满腔热血跃跃欲试。有道是物以类聚，他的朋友中大都嗜赌如命。而干爹打从 10 岁就在香港 14K 的赌档收数，也可谓骨灰级赌徒。所以两人见面都有相见恨晚的感觉，谈起赌场，两人都不约而同地兴奋起来，鼻孔放大，眼光发亮，浑身就像打了鸡血。一谈就是一个通宵，只等机会出现。干爹记得当初任命赖昌厦为飞龙公司属下的海沙运销公司经理时，他十二分不乐意。而当干爹一语点破其中的奥妙时，他又笑得春风得意。干爹说，整个 8 号码头都是你的，岸边、海上能干什么，难道还要我往下说吗？这么好的地盘，开设赌场得天独厚，就等时机！

就在我的生母樱子死后第二年，机会悄然而至。李得全在干爹的赞助和暗中扶持下，当上梧桐镇派出所所长，高振南也在干爹眼花缭乱的运作中如愿当上梧桐镇镇长。濑尿虾建议：先试探性地搞100台老虎机，玩法当然首选德州扑克。地点就设在咱们承包的8号码头仓库，上千平米空间足够。加上这里远离居民区，不至于扰民。干爹听得心花怒放。他用欣赏的眼光打量着濑尿虾，急切地问道：那技术方面能解决吗？听说这玩意儿关键是调机子的技师，他们能控制大牌出牌的几率。再有就是博大小，要让大、小、和的出现毫无规律可言。德州扑克同花大顺60倍封顶，如果一块钱一分的话，一次押注不超过200分，那一个同花大顺，就是1万2。赌棍级的还会拍大、小来加倍。我在14K收数时听说过，将牌机调到恰到好处时，就会赚得盆满钵满；不会调机子的话就会落得亏本赚吆喝的下场。濑尿虾点头称是，他回答道：技师是现成的，正好我有一个朋友从澳门葡京辞工，把他叫来就一切搞掂。保安方面你给“东方红”打个招呼，从保安部派10个弟兄过来就行了。上分员招20名年轻女性，文化程度初中就行，稍加培训就能上岗。她们主要负责收钱上分。总公司只需派财务两名，一个记账，一个回收现金并兑奖。最后一关就是你要出面，跟派出所李所长协商一下，跟他按每台机子每天抽水多少商量一个数，还有镇上的地税，恐怕得高镇长出面打招呼。干爹听完濑尿虾如数家珍般的细述，心里更有底了。他拍拍濑尿虾的肩膀，笑着说：没问题啦，就按你说的办，明天你就等着听好儿吧。

干爹的运作并非想象中那么顺利。先是李得全有些犹豫。他对干爹说：这玩意儿只能暗中搞，我们最恰当的态度是睁一只眼闭一只眼。上面追究下来，最多就是个失职的罪责；如果参与抽水并分红的话，那性质可就变了，搞不好会掉乌纱帽的。干爹愠怒，心想你他妈的不会忘记自己是怎么当上这个派出所所长的吧。到用你的时候，你却打退堂鼓，有你这么玩儿的吗？李得全似乎读懂了干爹的面部表情。他话锋一转：龙哥，你别误会，我这是为你着想呢。你等我几天，我要试探一下分局黄丽君局长的口风，咱们再定夺。

高镇长听完干爹的想法，一直沉默不语。他面临着同样的难题：如果地税出面收税的话，就等于默认了你龙哥开赌场的合法性。那岂不是公安还得为你保驾护航？高镇长开口道：龙哥，要不这样：你在承包的8号码头仓库搞老虎机，半夜转钟时开工，天亮就收手。不都有手机吗，发短信搞成会员制。这样的话，你就犯不着给税务和公安交钱。营业时间看起来是短了些，可是你的负面影响也就降得最低，确保能开得久一些呀。万一我这里收到群众举报之类的，或者说上面追问下来，我负责及时跟你通气。干爹转念一想，也对呀，先给高振南和李得全打好招呼，回头就他娘的立马开机，边干边看，这可是赚快钱的玩意儿，完全符合“四眼仔”的赚钱理论——投资容易上瘾的生意。

李得全从黄局长那里探得口风：抽水、分红那是万万使不得的，但可以变通处理嘛，比如说逢年过节，你飞龙公司可以给派出所送慰问金嘛，数目当然是可以算清的。就按每台机子每天多少钱核算。钱嘛，算你们梧桐镇所里的创收成绩。7成上交分局，3成归你们所里支配。李得全领命，就径直奔飞龙公司找龙哥回话。

干爹在自己的办公室正和濑尿虾研究老虎机开业的事。李得全风风火火闯了进来，一看就是有好消息。干爹听完李得全转述分局里的意见，对濑尿虾说：还是人家黄局长干脆。人家可是个娘们儿！这人值得交。干爹的话弄得李得全一头雾水，他以为干爹埋汰自己优柔寡断，不像个爷们儿。他正要申辩，干爹打断了他。因为干爹觉得毕竟李得全是高镇长的下级，自己不可以当着李得全的面说高镇长的不是。内地官场的潜规则深似大海，不学怎么做生意？干爹说，高镇长的意思是半夜转钟后开工，天亮收手，李所长，你怎么看？李得全脱口而出：好主意！这样的话，负面影响就会降得最低嘛。我们承担的压力就会小很多，你龙哥的老虎机就自然开得长久一些。干爹问道：你们黄局长打算怎么收钱？李得全答道：让我跟你谈，过得去就行。干爹皱眉：过得去是多少？李得全神秘地笑道：龙哥说了算。干爹也笑了，他边笑边用手指头指点李得全：算你小子懂事！

干爹就利益分配问题最后拍板：飞龙公司分利7成，派出所分利一成，其中一半明的，一半暗的。明的以逢年过节送慰问金的形式兑现，暗的直接分给李得全个人现金。镇上的高镇长那里留一成，这笔钱不能直接给他，要转个弯，洗白一下，体现在他在垃圾回收公司的股份分红。濑尿虾和其他管理人员共同分得一成利润，全由濑尿虾支配。

这种利益格局可谓公平公正，中规中矩，多赢局面就此形成。濑尿虾深谙赌博之三昧，开业三天大肆放水，牌机频频爆出同花大顺和四条，让所有来玩的赌客都有利是拿。3天就赔了200万。干爹狐疑地问濑尿虾：你真的有把握吗？濑尿虾喜滋滋地说：龙哥你可是这一行的前辈。自古以来，赌场就流行一句话：不怕你赢，就怕你不来。这3天我是通过“放水”在测试营业额呢，不瞒你说，这样下去的话，经营满一年，我保证你净赚一个亿。

濑尿虾一点也没有吹牛。梧桐镇人得改革开放之先，家家户户都做生意，属于中国先富起来的人群。他们文化素质普遍较低，小富即安，生意难以做大。加上他们大都贪图享乐，追求感官刺激，一嫖二赌，那是大多数有点钱的男人的恶习。你想想看，赌场开在了家门口，虽说没有百家乐、21点那些大赌桌，没有那种动辄上千万甚至上亿的大赌局，玩玩老虎机，也照样能过过赌瘾，试试运气呀。手气好的时候，一晚也能赢上个10万8万的。关键是省掉去澳门的时间和在“大飞”船上的颠簸呀。你无论从蛇口上船，还是从深圳机场旁边的福永码头上船，一个来回，加上路上的时间，再快你也得4粒钟。再说了，这边龙哥没有澳门葡京那边黑，老虎机出大牌的机会大很多呢。晚上玩玩，还不耽误白天的事，何乐而不为呢？

濑尿虾无师自通，他根本不懂“饥饿销售法”这个术语，但他将这种营销手法用得淋漓尽致。干爹在开业的头几天来过赌场，几乎每台机子后面都有人排队。干爹催促濑尿虾赶紧增加牌机，濑尿虾总是摇头说，没到时机。濑尿虾的理论是，赌场的合格赌徒是：赢了不会走，反而加大筹码押注，直到输干才会走人。这样，排队的人就心急火燎地押注，把因等待而耽误的时间捞回来。这样就会形成输钱的接力赛。当然，也有见好就收的理智型的玩家，他们的比例不到一成。所以，3个月后，我就把牌机增加到300台。那时候，这些已经养成输钱习惯的赌徒们自然就调低了期望值，直至心中默认了这种输钱找乐的玩法。干爹敲击着濑尿虾的大肚腩说，你真他妈的是赌神一个！

（二）

濑尿虾没有想到，8号码头的老虎机居然连续经营了两年，他打心眼儿里佩服龙哥玩转关系的手腕，龙哥挣了大钱，直接买了凤凰山几千亩地，来搞高尔夫球会。当然，自己也没少赚，一下子成了龙哥马仔中最有钱的人。当然，老婆的功劳也不能埋没。自从自己专注于赌场生意以来，沙场的生意就交给老婆打理，没想到这个娘们儿也是个人才，比我自己搞得还要好。她居然还组织下属跟竞争对手打了一场群架，而且手拿板刀冲在最前面，要不是“东方红”派弟兄们增援，用“东方红”的话说，其下场肯定是被活捉，先奸后杀，奸是轮奸。因为两口子都忙于事业，忙于挣钱，儿子却给废了。送他去美国留学，他却染上赌瘾，在拉斯维加斯混了几年，买了个假文凭回来。这大概就是传说中的报应：爹开赌场，儿子堕落成赌徒。无奈之下，让他早点结婚成家，找个厉害的儿媳好好管住他。结果是，这种职业赌徒，根本管不住，整天不落屋。一年不到，人家女方执意要离婚，赔了一套房子算完事。儿子这一辈子算是毁啦。

关在监所中的濑尿虾陷入深深的回忆中，赌场出事的细节至今还历历在目。

8号码头仓库的老虎机的关闭来得十分突然，而且颇有戏剧性。可能是群众举报到市局，或者是输家泄愤联名举报。总之，有一天半夜，赌场刚刚开门，分局的黄局长亲自带队，后面跟着李得全所里的全部干警，还有几辆囚车，几辆卡车。打头的警车没有鸣笛，悄悄地包围了赌场，连人带老虎机全部拉走。我当然也被铐上了，还单独乘坐一辆专门的囚车。我被放出来后才知道，龙哥事前也没收到任何消息。根据李德全的描述，因为市里主要领导过问此事，清剿行动由市局亲自制定，严格保密。所有参与清剿行动的干警都得交出手机，严防走漏风声。就这样，我们被一网打尽。

赌场的台账明显是假的，当初我就有所防备。因为赌场都是现金交易，拒绝刷卡，以免留下证据。所以后来的处罚便是以台账为依据，还算可以接受。罚款 500 万，当众销毁所有赌具。我因触犯了开设赌场罪被检方逮捕，其他赌徒因触犯治安处罚条例，每人罚款 5000 元放人，赌徒的罚款由龙哥统一垫付。后来龙哥也没有找赌徒们追债，赌徒们觉得龙哥仗义。我在看守所熬过艰难的半年。后来在龙哥的运作下，被免予起诉。据律师说，属于有罪不起诉，并写下保证书，保证今生今世不再开赌场，触犯开设赌场罪。

沙场的生意被老婆打理得井井有条，我根本插不上手。整天无所事事，昏睡度日。偶尔出门打打麻将，明显意志消沉。龙哥似乎看透了我的心事，有一天，他突然通知我，把护照给他，要我跟他出一趟远门，而且还是出国。我一头雾水，龙哥从来没有让我跟他一起出差呀，尤其是出国。不知他在搞什么名堂。出差地点是韩国的釜山，10 天左右，让我多带几件衣服，必须有一套正装。我们这些土包子弟兄，这些年在龙哥的调教下，多少有些长进。所谓正装，就是西服领带坎肩 3 件套。我平生最怕穿西装，因为肚子太大太凸，穿起来别扭难堪。

老大就是老大，他有老大范儿。龙哥和我被“大宇重工”公司安排在一间五星级酒店下榻，英文名，不知道咋翻译。放下行李后，我们就直接去了釜山港。龙哥口风紧，就是不告诉我到底要干吗。他用英语跟韩方大宇重工的人聊天，我一点也听不懂。来到一个造船码头，我似乎能猜到一点什么了，难道龙哥要买船？买船干什么呢？不会是要在海上开赌场吧？我的心脏怦怦直跳像在打鼓。

我们登上一艘在建的船。看来快要收尾了，判断的依据是韩国工人们戴着红色安全帽正忙于在船身喷字，而且是中文——“樱子”。我豁然开朗了，没错，龙哥这是定做了一艘船，用他最爱的女人杨红缨的名字命名的。这艘船用来干吗，显然是开赌场！记得当初龙哥让我负责沙场生意时曾说过，承包 8 号码头，并不是纯粹为了做海沙的生意，而是为了……

“樱子号”邮轮不算大。船上驾驶舱已经钉上中文标牌的参数：吨位为 5000 吨，船身长 108 公尺，宽 20 公尺，平均航速 20 海里，最高航速 30 海里；平衡装置：一对；全卫星导航系统：2 个；客房 100 间；载客人数：150 人；层数：5 层。

我们站在甲板上，远望着繁忙的釜山港，大大小小的船只进进出出，似乎像马路上爬行的塞车长龙。龙哥拍打着船舷，满面笑容地对我说：怎么样？濑尿虾，还满意吗？我当然满意，岂止满意，简直就是惊喜。我对龙哥说：真是鬼马大哥，太让人吃惊了，你可知道我心脏不好，差点被你惊出毛病来了。龙哥接着说：自从老虎机关了后，你就整天萎靡不振，意志消沉。我知道你心里的小九九。这回好了，咱们玩一票大的，海阔天空任鸟飞！你不会因为被关过半年，害怕了吧。我信心满满，赶紧表态：怎么会呢？不瞒龙哥你说，我这一辈子最大的愿望就是开一家像模像样的赌场，哪怕就一天，也心满意足了。你这是在成全我呢。真有你的，两年前你就下了订单，而且弟兄们也没有任何人听说过。这就是为什么你能当大哥，而我们只能做小弟的原因。远见、胆识，还有城府，没有人能比过你，小弟我只有佩服的份。龙哥说，你也看到了，下个月交货。我们不要急于开张，这一回跟上一次不一样，船上需要招聘很多专业人员，而且开百家乐的话，你还得招聘专业的荷官。还要专门搞一层 VIP 房。你上一次搞老虎机，没有官员过来玩，他们看不上，而且还招眼。这一回在“樱子”号开百家乐，主要是招揽豪客，当然包括他们这些官员。VIP 房足够隐蔽，他们才会光临。我在香港还订了两艘

“大飞”（注：走私分子专用的快艇），专门用来接驳岸上的重要客人上“樱子号”邮轮玩。总之，找人、培训的任务好重，慢慢来，反正也得等待时机。

在回程的韩亚航空的飞机上，我们坐在头等舱里。专门服务的韩国空姐的长相和樱子好像，这就不由得让龙哥想起了已死去多年的樱子。龙哥沉浸在往事的回忆中，对樱子充满了思恋之情。他谈兴好浓，我不忍心打断他，就专心倾听，就连空姐的服务和嘘寒问暖也一律挡驾了。龙哥说——

其实我买这条邮轮不光是为了给你开赌场用。记得当初我和樱子在一起的时候，问过她最想过的生活是怎样的，她回答说，拥有一条游轮，像老外那样，想去哪儿就去哪儿。一年四季都是春天，就这样在海上漂呀漂的。我答应她，等我有了足够的钱，一定满足你的愿望，带着你周游世界，坐着自己家里的邮轮。所以，我这样做也是在兑现自己的承诺。可惜樱子命苦啊，这么短命，只活了24年。对于樱子的死，我一直都很自责。你说当初我为什么鬼使神差地吸粉，我吸不说，还鼓动樱子试试。哪知道，这女人呀，一旦迷上某一样东西，那可比男人要执著好多倍。我说戒就戒，还挨了一鞭，并自断小指。其实，我这是做给她看的呀，希望她能受到感染，受到警醒，跟我一起戒掉毒瘾。她也不是没努力过，自杀了好几回呀，真是生不如死。最终她就是战胜不了心魔，丢掉了性命。我为什么对阿春这么好，你们弟兄们也都知道，她不是我的亲生，我却对她好过我的亲生儿女。但也只有这样做，我心里才会好受一些。“四眼仔”是个明白人，他曾经亲自告诉我，我这样做只是在寻求心理平衡，通过加倍的爱施加给阿春，以弥补自己对樱子之死的过失……

再过些年，我们也都老了，岁月是不饶人的。真希望阿春能够学有所成，来飞龙公司接棒。只可惜她是女孩。现在内地的开放政策不会轻易改变，但生意确实越来越难做了。因为你看到的机会，别人也看到了；你只要开始赚钱，马上就有成堆的人跟进。你卖10块，他卖5块。官员也水涨船高了，胃口越来越大。过去几十万就是大钱，现在动不动就上百万，甚至上千万。社会环境也在慢慢变。过去有一种说法，说是香港是法制社会，台湾是民主社会，大陆是人治社会。现在完全不一样了，大陆也在讲民主和法治了。所以，我一直在想啊，我们该做减法了，只干我们擅长的，关掉没有竞争力的生意。像垃圾回收呀，海沙运销呀，甚至凤凰食街的生意。也不再招募弟兄了，现有的弟兄妥善安置，让他们有工作，有饭吃，尽量争取让他们过上体面的生活，我也对跟我打打杀杀的弟兄有一个交代……

这回在“樱子号”上开赌，你要认真审查赌客的资格。玩老虎机的那帮小混混基本PASS掉，上船的人一要有钱，二要有权有地位，赶走乌蝇（粤语苍蝇），只留老虎。官员上船，你听我的安排，送多少筹码我俩按他们的级别大小定一个规矩。还有就是要搞掂海上的执法机关，公安、派出所应该管不上了，你打听打听，海上归谁管。总之，这一回一定要筹划周密，滴水不漏。你已经有了案底，还给人家写了保证书，法人代表就另找一个人挂名，你在幕后操盘，这样就多一层防火墙。你算过没有，不要说开一年，就是开半年，甚至3个月，买船的钱至少就赚回来了。我没打算这回能赚多少钱，把买船的钱挣回来，就是我的底线。当然，凭借你的天才发挥，对结果我还是很期待的。我一直在想啊，这世上除了抢银行，还有比开赌场更赚钱的买卖吗？

（三）

回顾自己的这一生，让濑尿虾最后悔的事情还不单是送儿子留美，让他沾染了赌瘾，而是让老婆参与海沙运销公司的经营。结果呢，自己和老婆同时被捕。也不知老婆犯了什么罪，到现在也没放出来。她要是不掺和公司经营，啥事也没有啊。直到儿子前来探监，才从儿子口中知道，检方控罪是强迫交易罪和故意伤害罪。世上的事真是说不清楚，没想到我们两公婆被抓，反而促成了一桩好事——儿子戒掉赌瘾了，发誓今生永不赌博，就连网络上的游戏也不沾了。要不是儿子亲口告诉我，我真是不敢相信自己的耳朵。看来儿子是受到家庭的变故、父母双双身陷囹圄的刺激突然警醒了，儿子终于懂事了，他开窍了。

儿子还给我和老婆找来金沙市最好的律师，希望多少减轻一下我们的罪责。儿子告诉我，妈妈承担了强迫交易罪和故意伤害罪，我的主罪就是开设赌场罪和行贿罪。开设赌场罪本来也不是什么重罪，但我因为有案底，还写有悔过书，属惯犯，被认定为情节特别严重一类，量刑便提升了，属于3年以上至10年以下范围，还要处罚金。律师正在争取走下限，因为上一次开老虎机属于公司犯罪，而且处以500万的罚金，不应该算在你的头上。这一次开赌场幕后老板是陈飞龙，你最多是个看场子的，不是主犯。老妈的控罪因为情节不严重，加上你也犯罪被抓，正在争取判缓刑，当然最好的结果是免予起诉。至于行贿罪，律师说根本不能成立，当时你在船上给上船的官员们送筹码，是执行龙哥的命令，他才是主犯，他才应该承担法律责任。不能因为他死了，就找你顶罪。看着儿子用法律术语开导我，我顿感莫大的欣慰：儿子的确变了，他突然懂事了，长大了，有担当了，是个爷们儿啦！

回想自己这一生，濑尿虾并不认为自己跟错了人。是龙哥发现了我的天分，并满足了我的愿望，实现了我梦寐以求的理想，尽管这个理想被他人视作狗屁不如。没有龙哥，我怎么可能两次出任赌场“老板”，日进斗金，风风光光，认识那么多达官贵人，还跟他们称兄道弟。一次陆上，一次海上，两次开设赌场，都成功了，都挣大钱了。相对于区区罚金，连九牛之一毛都不如。尽管邮轮被公安边防部队海警支队和金沙市海上治安管理分局扣押了，但他们哪里知道，我们赚了多少艘船钱？罪是什么？那要看你怎么界定，吸烟无罪，吸毒就有罪，贩毒还有死罪；打麻将无罪，斗地主无罪，玩德州扑克也无罪，可你开老虎机就有罪，玩百家乐就有罪。那么多茶艺馆真的靠卖茶赚钱，真的靠卖简餐卖盒饭赚钱？笑话，哪一家不是靠麻将客24小时打牌收取钟费赚钱？刚开始你警察还管，到后来呢，满街都是，你管得过来吗？开茶艺馆和开赌场又有什么区别呢？尤其是成都那种地方，不光茶馆，麻将桌也满大街都是，马路边，小巷里，全民皆赌，不分男女老幼，你抓谁去？

可惜龙哥死了。他这一死，让我活着也失去了意义。他那么有胆识有担当的人，怎么就寻了短见，悲壮地吞枪自杀？他是要用死来扛下所有的罪责，让弟兄们获得解脱吗？可事实却是相反的，他的死丝毫没有减轻弟兄们的罪责，反而还加重了。按说，龙哥不会干这种亏本的买卖的。那究竟是什么原因让他自杀呢？他是活腻了？好像也不是。他还跟我挺认真地说过，这个赌档做一阵后一定要见好就收，然后咱俩驾着邮轮环游世界去。为什么呢？不甘受辱？从他的个性看，似乎可能性更大一些。龙哥是个心气极高的人，平常受利益驱使，他见人总带三分笑，对所有官员都毕恭毕敬，客气有加。但他的内心却是极其强大的，是极其孤傲的。他尽管早已脱离了香港黑社会，但他的骨子里还是藐视现存的社会制度和法律体系的。表面上他为人和气，讲义气，大方，敞亮，内心里却潜藏着杀气。“文身虎”、阿财的案子充分说明了一个强势的人的强权逻辑：我可以和你和平相处，甚至称兄道弟，甚至做生意，乃至交朋友，但你千万别挡了我的财路。也许当初他得知自己被冠上黑社会犯罪集团的帽子意味着什么，已经万念俱灰，自己必将会被剥夺得一干二净，还要服刑受辱，要想活命还得戴罪立功，直至老死大牢中。与其苟活，不如悲壮地赴死，给弟兄们留下点念想。

濑尿虾已经算不清楚自己被提审过多少次了。警方和检方总是纠缠在开赌场行贿这件事上。刚开始他本能地守口如瓶，并未交代任何官员的事情。直到最近的一次询问，有点让他措手不及。在查阅那次审讯笔录时，我做了上述推测。

问：根据我们已经掌握的证据，赖昌厦你并没有坦白交代自己的全部罪行。你现在听清楚了，这是我最后一次问你，也是你最后一次坦白交代的机会。你要是顽抗到底，就会罪加一等。“樱子号”邮轮的赌场何时开业的，何时被查扣的？

答：我回答过好多次了，1996年4月1日开业，12月10日被海警支队和海上治安管理分局联合执法查扣。

问：赌场经营期间总共盈利多少？每天的流水有多少？自备筹码有多少？

答：不知道。公司财务应该有账，公司只有龙哥一人知道究竟赚了多少。流水嘛应该有几百万，筹码那就多了，船上金库里至少有10个亿的筹码备用。

问：经常来船上参赌的人都有哪些？有哪些官员上船参赌？

答：这个嘛，你们也知道，我是外地人，认识的本地人不多，更不认识本地的官员。所以我真的说不上来。

问：你狡辩！还要我们给你点透吗？你真是搞笑，连他们本人都交代了，你还继续隐瞒就毫无价值，滑稽至极。我问你，高振南，梧桐镇镇长，你不认识？鬼才相信！高振南来过几次？每次你给了他多少筹码？是输是赢，数目多少？你老实交代。

答：我都记不清了。好像有两次，每次5万筹码，他好像不太会玩儿，每次都输光了。

问：嗯，你继续交代，还有谁来过？每次你都给了多少筹码？输赢数目？

答：李得全所长来过一次。给了他3万筹码。他转了一圈，没有下注，把筹码兑成现金拿走了。

问：很好。你接着交代。

答：村上的领导算吗？

问：当然算。说说看，村上的领导都有谁？

答：周永强主任来过多次。印象中前3次送了筹码，第一次是5万，第二次是3万，第三次是两万。后来就不送了。周主任是赌博高手，他第一次赌就赢了10万，后两次虽说都输了，但他没动本。再后来他几乎每周来一次，3万、5万不等，输完走人。记得他曾对我说过，前前后后输了上百万。他是凤凰街道最有钱的人，根本不太在乎。我不太相信他输了上百万，算总账的话他应该是赢家，数目嘛，几十万应该是有的。

问：嗯。很好。你再仔细想想看，还有哪些领导来过？市里领导呢？

答：市里领导我真的一个都不认识。我印象中镇上、村上的领导就这些了。

问：你知道这是变相行贿吗？你知道这是犯罪吗？给领导送筹码，是你自己决定的吗，还是另有别人？你送筹码的依据是什么？

答：我是打工的，一切都由龙哥决定。他打电话给我，我就照办。

问：好，今天就到这里。你不要心存侥幸，好好想想，还有什么没有交代的，想起来后就直接向管教报告……

濑尿虾顾不了那么多了，龙哥已死，树倒猢狲散，自己再扛下去也没有多大意义，眼下保自己要紧。看看儿子为自己奔波的那股劲儿，浑身充满了朝气。就是配合儿子的营救也应该坦白交代才是。儿子不是说过嘛，行贿罪根本不成立。也许警方从我们这里套话，是为了落实高振南、李得全和周永强他们交代的罪行，给他们的供罪起一个旁证的作用。开设赌场罪也不是没有余地呀，我其实只是龙哥一个看场子的角色，一个马仔而已。当然，没有人知道我分了赌场一成的红利。儿子在这方面天生比我精，他早已将这些钱漂白了，存在了瑞士的银行。就凭跟着龙哥这几年开赌场挣的钱，我在牢里待几年还是值得的。出狱后，我可以理直气壮面对众多输红了眼的赌徒，因为我也付出了代价。从这一点来说，我们都是输家，这场人生的赌局根本没有什么赢家。唯一让自己欣慰的是，儿子真的变了，他戒断了赌瘾，找回了自己。自己坐牢太值了，儿子学好太金贵了，这可是坐一辈子牢也换不来的呀。

12. 咸湿

咸湿释义：粤语猥琐、好色（多指男性），系英文转意。鸦片战争后，东南沿海一些地方开设风月场所，常有洋人顾客光顾，英人称这类地方叫“hamshop”，字面意思就是咸肉铺。这类场所多设在海边，如香港的石塘咀、广州的长堤、上海的外滩等，以方便水手、码头工人光顾。因这些人满身臭汗，身上还沾满海水，所以广东人就造了一个新词：咸湿。笔者认为，近代能与这个新词堪比的只有“可口可乐”一个而已，音义绝配。想想看，粤语对咸湿的发音跟英文几乎完全相同：hamshop，而且以咸湿表达猥琐、好色之意简直是绝妙，触觉、味觉俱到。咸湿，南粤的湿热空气，裤裆里的味道。

（一）

我真的不明白自己有罪，当然更不明白你们为什么抓我。当初，我只是金龙玉凤夜总会的驻唱歌手，一个艺术流浪者。后来是龙哥听到我的歌声，让他想起一个女人，听说这个女人跟我声音好像。经过打听，才知道这个女人也是我们四川的，是龙哥包养的情人，也就是“二奶”，还生娃儿啦。龙哥简单问了我一些个人信息，包括姓名籍贯年龄所学专业出道几年婚否之类的，就提议我来做娱乐总监。记得当时他的大马仔“东方红”也在场。龙哥好像有点可惜地说，人是讲缘分的，可惜你是女儿身。我当时没听明白龙哥是啥意思，“东方红”赶紧接上话茬对我说：还不快谢谢龙哥，龙哥有意收你为弟子呢。你可是我们弟兄中唯一的女性呀！我受宠若惊，稀里糊涂赶紧鞠躬多谢龙哥。龙哥心情很好，半推半就地接受了“东方红”的动议。随后，“东方红”告诉我履行一下简单的仪式：给龙哥包利是，数目随意，封套里写上自己的家人的姓名和住址奉上即可。我只身一人在外打拼，当然希望找一个靠山。而龙哥在金沙市声名赫赫，有钱有势，何况还有黑社会背景。所以，我就按“东方红”说的照办了。事后我才知道，我非常荣幸地创造了两个第一：龙哥换帖弟兄中第一个女性，也是唯一的女性；龙哥换帖弟兄中最后进门的封山弟子。从此，龙哥再也没有招募过换帖弟兄。记得那是一九九七香港回归的那一年。

如果因为我是龙哥的弟兄，你们抓我，我无话可说。可你们对我的控罪我实在无法接受。组织卖淫罪，我真的难以接受。多么恶心而又下贱的罪名，一个女孩儿家！我倒宁愿是杀人放火或是抢劫罪什么的。按说，构成一个犯罪要有主观故意，我可从来没有啊。不管我是驻唱还是娱乐总监，也就是你们所谓的“鸡头”“老鸨”，我来之前，金龙玉凤的生意一直火爆着。对我而言，无非是被龙哥赏识，找到一份高管的工作而已。后来的事情嘛，我搞的服务创新和管理创新，也是为了报答龙哥的知遇之恩，当然也是为了对得起这份工资。我完全明白，其实呢，你们很多人对玩在夜店的男女有偏见，对夜总会的小姐和桑拿的技师（JS）更是冠以“鸡”的名头，他们表面光鲜亮丽，可生存状态及内心感受你们知道有多苦吗？看守所的女管教多次找我交谈，我们几乎成了朋友。她鼓励我好好交代自己的犯罪事实，争取宽大处理。我不认可自己有什么犯罪事实，跟她争辩说：我不认为自己有什么犯罪事实，我可以交代自己的工作状况，让你们对小姐、嫖客有一个深入的了解，也许多多少少会让你们对我无罪多一些客观细致的了解。我上任以后，经过认真的调研，所做的第一件事，她们叫做“改革”，就是开设“龙凤呈祥QQ群”，让公司小姐们和所有工作人员有一个聊天、倾诉和发泄的平台。而我常常“潜水”，掌握她们的思想动态，从不在群里现身。下面就将我在1998年8月至10月在《工作日记》中摘抄的聊天记录公布出来，考虑到个人隐私问题，我将网名一律改用数字代替。

（二）

翻看叶丽香的卷宗，我的心弦又一次被拨动了，我甚至听到了崩裂的声音。从金龙玉凤的小姐们的网聊，我看见这群人的生存和挣扎，沉沦和堕落，悲哀和无耻。而让人无地自容而又羞愤难耐的是，我的生母也是她们中的一员，一样地出卖色相，一样地寡廉鲜耻。我从呱呱坠地那一刻起，额头上就被烙上了印记，那是清洗不掉的，即便现代激光技术也无能为力。它就像胎记一样伴我终生，直到死后烧成了灰。

雅号“夜来香”的叶丽香可以说是个法盲，她居然将自己的无罪辩护搞成了工作总结。她的绿皮本子记载了金龙玉凤的小姐每次接客的钟数和收入，这便直接成为她组织卖淫的铁证。更为搞笑的是，她还提供了自己如何管理小姐、如何规范服务流程的改革措施。她还供述自己是如何请“四眼仔”创作金龙玉凤夜总会的会歌；如何请国学大师给小姐们开讲《中国古代房中术暨性爱工艺学概述》的专题报告；如何请东莞的高级培训师进行技能培训，并将服务流程程式化、规范化和标准化，并最终制定金龙玉凤夜总会《桑拿ISO标准》。在她看来，她只是打一份工，为工作尽职尽责，发挥主观能动性，创造性地让管理不断规范，更上新台阶。有一段审讯笔录是这样的——

问：你否认自己有罪。我问你，桑拿里的小姐提供了卖淫服务吗?

答: 是。

问: 你的工作主要是做什么?

答: 招募小姐,组织上岗培训,规范服务流程,提升竞争力,提高服务水平。

问: 这不结了。这还不是组织卖淫罪?你还有什么好狡辩的?

答: 我……

以下是夜来香找来“四眼仔”创作的金龙玉凤夜总会会歌的歌词,谱曲当然是她自己,用她的话说,她本来是搞音乐的。

令人匪夷所思的是,夜来香干吗请国学大师盘古来给小姐们上课,看了盘古的讲义,我才释然,甚至有点忍俊不禁。原来,请盘古大师前来开示,为的是更深刻地了解男人的本性,尤其是兽性,并普及中国古代的房中术,古为今用,化腐朽为神奇,以便让小姐们更加有的放矢提升服务质量。中国古代的房中术可以说是性爱的临床工艺学,可谓博大精深,五花八门,真是让人见所未见,闻所未闻!我们不得不敬佩先人们在性爱的征途中披荆斩棘筚路蓝缕的那份心思和劲头。

(三)

夜来香清楚地记得,国学大师盘古先生演讲完毕后,在干爹亲自参加的午宴上有一场精彩的对话,当时在座的还有“东方红”和“四眼仔”。干爹亲自操刀点菜,除燕鲍翅外,还特意点了一只澳洲龙虾,吩咐大厨一虾两吃:龙虾肉刺生,边角熬粥。在干爹的暗示下,夜来香将金龙玉凤的《ISO 服务流程图》拿过来请盘古先生过过目,提提意见。盘古先生接过夜来香递过来的流程图,认真地阅读着——

盘古先生看得面红耳赤，血脉贲张，呼吸急促。他运气定神，稍稍平息了内心小鹿的狂乱和冲动。“四眼仔”给他点上一支香烟。盘古深深吸了一口，缓过劲来了。他抬起头来问夜来香：真是太有才了，这文字是谁拟的？夜来香指着“四眼仔”说：是他，文总的杰作。盘古对着干爹说：龙哥手下真是藏龙卧虎啊，这个服务流程不仅文采飞扬，生动传神，而且国学功底深厚。借问文先生就读于哪座学府？干爹笑着说：中大历史系，他可是我们公司的“国学大师”。盘古啧啧称奇，说道：难怪龙哥这些年风生水起，做成了梧桐镇首富，你这是得益于人才济济嘛。这个时代，得人得天下呀！我也是中大历史系的，咱们是师兄弟啊，真是幸会。盘古对着“四眼仔”说。“四眼仔”拱手说：荣幸荣幸，久仰久仰。

干爹明显感觉盘古有点“王顾左右而言他”的味道，端着架子装逼，似乎不愿谈及服务流程本身的话题。他示意夜来香发难，引入正题。夜来香心领神会，对盘古先生说：

“请教大师，你对我们的服务流程有什么高见？”

盘古先生盯着夜来香的脸蛋看着，仿佛夜来香的脸上有钱似的。他沉吟了片刻，说道：

“高见说不上啊，我纯粹是空洞的理论研究，隔山打牛而已。实战还是你们厉害。虽说我本人因为预设了底线，没能亲自体验你们搞的ISO服务流程，但从字面上猜，你们真是厉害，了不起！你们不仅吸纳了中国古代房中术的精华，而且还吸收了日本的AV视频，泰国的BODY MASSAGE，欧美等西方发达国家的A片里的成熟的性爱技术，120分钟的服务，花样应有尽有，可谓中西合璧，客人还不欲仙欲死？自然成瘾就不在话下喽。这就是做生意的最高境界：客户的黏性。说白了，就是上瘾的回头客。请问叶总监，你们这一个全套做下来收多少钱？客人每个项目都要做吗？”

夜来香说道：“全套1000元。不是每个客人都做全套，我们的服务宗旨是主随客便，丰俭由人。我们搞的这个流程真是你说的那样完美吗？你还是给我们多提提宝贵意见吧。”

盘古尴尬地答道：“靓女，你就不要为难我啦，找我提意见，你还不如随便找一个熟客，没准儿他能给你提出宝贵的意见。我完全没有实战经验，连评论的资格都没有呢，更何况提什么意见。你说是吧，龙哥？”干爹摆摆手，说道：“盘古先生太谦虚了，来，咱们喝酒，我先敬你一杯，感谢你的精彩演讲。”大家起身，干了杯中酒。

接下来是“东方红”、“四眼仔”和夜来香跟进敬酒。四杯酒下肚，盘古也没必要装逼了，话匣子慢慢也就打开了。盘古眯起眼睛故作神秘地对干爹说：“你们知道吗，咱们金沙市的桑拿产业为什么如此兴旺发达，以至于招来全世界的嫖客来寻花问柳，甚至世界五百强的跨国公司都要在这里开年会？当然还有国内的大型央企。”干爹摇摇头，说不知道。盘古又一一问“东方红”、“四眼仔”和夜来香，大家都摇头。盘古似乎在意料之中，脸上透出一丝得意的神情：“咱们金沙的桑拿之所以繁荣昌盛，首先要归功于两个姓莫的老板。他俩都是本地人，洗脚上田的农民来的。一个在廖布镇，一个在棠下镇。一南一北，遥相呼应。他们率先投资星级酒店，带动了其他本地的有钱人跟风，10 年过后，咱们这里光五星级酒店就达 30 多家了，四星级酒店就更多了。总投资据说达 300 亿以上。你们想想看，民间资本一窝蜂上酒店项目，竞争就激烈了啊。大家都变着法子招揽客人赚钱，于是乎，娱乐就成了首选。而娱乐项目里的第一选项就是桑拿。桑拿在咱们这一带的酒店被无限地放大，成为酒店的摇钱树。餐饮和客房反而在其次……”干爹端起酒杯对盘古说：“讲得精彩。来，咱们再走一个。”说完一饮而尽。盘古干了杯中酒，习惯性地摸了摸嘴唇，接着说道——

“酒店是硬件。光硬件条件还不行，软件得跟上。软件就是服务水准，也就是刚才你们给我看到的服务流程 ISO 标准。这个创意不得了啊，这是跟国际接轨的服务流程标准化、程式化、精细化啊。接下来是市场需求。咱们这里上万家外资企业，欧美、日、韩、港澳台的老板和高管大都是远离家乡、抛妻别子的“单身”，对正常性生活的渴求使得他们成为最早的消费大军；随后，商务接待、官场应酬蔚然成风，狼友们趋之若鹜。只要来到咱们的地儿，就要安排桑拿。从业人员也不缺呀，正好赶上咱们金沙的“腾笼换鸟”的产业升级，大量的三来一补的低附加值企业关闭，大量的失业女工寻找再就业机会。这样一来，失业女工摇身一变，成为桑拿技师，俗称JS，月入数万。尽管卖身屈辱，但来钱快，这种诱惑势不可挡。中国古代历来都有笑贫不笑娼之说，何况开放的中国，何况金钱至上的中国……”“四眼仔”起身，端着一杯酒过来敬师兄。

“四眼仔”打趣道：“师兄，我敬你一杯酒。有道是临渊羡鱼不如退而结网。还有就是老毛的思想精髓：马克思主义的理论必须与中国革命的具体实践相结合。老毛还说过，你要知道梨子的滋味，必须亲自尝一尝啊。所以，酒后我提议你老兄在我们的金龙玉凤体验一下我们的ISO服务流程。”盘古也站起来与“四眼仔”干杯，说：“老弟不厚道，你可别拉我下水，这可是我固守多年的马其诺防线。这也是我做人的最——最后一点点尊严啊。”盘古的舌头有点捋不直了。似乎有几分醉意，但头脑仍然清醒。他接着刚才的话题说——

“资讯的发达，桑拿的营销也是十分成功的。手机群发短信、网络预约服务都派上了用场。公安的每一轮扫黄结束后，马上就有短信发过来：台风已过，新到90版女儿红独领风骚，皇帝的新衣，全天恭候你的光临。还有——新进俄罗斯、北欧新鲜鲍鱼，价格不变，敬请品尝之类的。听说最近酒店业又有了新变化，因为竞争的原因，跨国酒店管理集团也闯入咱们金沙这块市场，与本地的酒店老板结盟或联营。政府也忙于摘掉‘黄色产业’的帽子，引导本地野蛮生长的酒店业健康成长。”干爹接上话头说：“话虽这么说，但你酒店如果没有特色，谁来消费？”盘古嗯了一声，点头赞同。夜来香说：“现在的生意越来越难做了，主要是扫黄太频繁了。原来每月一次，只是抽查；现在每月好几次，全是普查，他们叫做不留死角。我真担心这一行做不下去了，如果不改变经营方式的话。”

午宴结束了，盘古走路有点趔趄。干爹悄悄交代夜来香说，安排盘古大师做个全套，找 78 号做，记在我的账上。什么狗屁尊严，是男人，就得干男人的那点毬事。夜来香叫来“四眼仔”搀扶着师兄进了电梯，直奔桑拿楼层的更衣间。

13. 一审

（一）

金沙市中级人民法院在审理干爹飞龙集团黑社会性质的犯罪集团的案子中创造了多个历史之最：审理时间最长：4 周；判决书字数最多：1200 页，超过 100 万字；审理人数最多：达 50 人；罚金最高：总额达 3 亿元人民币。而且，按照新修订的《刑事诉讼法》，该案在全国率先启动非法证据排除程序，被连续采纳了 5 次，赢得法律界人士普遍认可，完全可以载入法律案例史册。其中就有方东红的指控，称遭到警方的刑讯逼供，被专案组吊起来“烤全羊”，即用白蜡杆从反铐的手脚中间穿过，再将他抬起来架在两张桌子间，电击他的生殖器和肛门，还骂他是变态佬和基佬，逼着他在询问笔录上签字。方东红的这份笔录未被法院采信。阿财也控告自己被押解回国后即遭到专案组的殴打。专案组的人将他前后背垫上一叠厚报纸，然后用铁锤猛击他的后背，他顿时感觉五脏俱焚，被迫在笔录上签字；赖昌厦也控告，曾遭到警方的拷打。两名询问人员给自己戴上安全帽后，被吊起来，他们抓住他的双腿，让他的头反复撞墙；自己被撞昏后，他们又给自己嘴里和鼻孔里灌药水。这一次又被戴安全帽，脸贴着地面撞墙，门牙被磕掉一颗……

公开宣判大会依然在当初开庭审理的中院第一审判庭，主审法官包天笑宣读了长达两万多字的宣判词。而这还只是原版判决书的浓缩版。原判决书就像一本辞海那么厚：1200 页，超过百万字。

判决书首先认定了陈飞龙领导的黑社会性质组织的存在、组织结构及其运行模式等。但起诉书中曾出现的“金沙 14K”字样消失，也未见检方曾指控的“境外黑社会组织向境内渗透发展的犯罪团伙”字样。法院认为，陈飞龙领导的飞龙集团被指控为“金沙 14K”，依据其部分采纳了香港 14K 的部分组织规则如入会仪式等，证据不足，不予采信；但名称并非黑社会性质的组织犯罪的法定要件，不影响本案黑社会性质的组织犯罪的认定。

法院认为，以陈飞龙为首的飞龙集团犯罪组织具备了黑社会性质组织的组织特征、经济特征、行为特征和危害性特征等四大特征，依法应当认定为黑社会性质的组织，依法认定陈飞龙为黑社会性质组织的组织者、领导者，陈飞龙案发前已畏罪自杀；被告人方东红等 10 人为积极参加者；被告人陈旺财等 40 人为一般参加者。对组织、领导、参加黑社会性质的组织又有其他犯罪行为的，依法予以数罪并罚；对黑社会性质组织里的组织者、领导者，依法按照其所组织、领导的黑社会性质的组织所犯的全部罪行处罚；对黑社会性质组织的参加者，依法按照其所参与的犯罪行为处罚。

该案起诉书所涉及的犯罪事实共 102 宗，此次判决认定了 89 宗，剩余 13 宗被认为证据不足不予认定。

黑社会性质的组织认定必然有保护伞，该组织的保护伞原梧桐镇镇长高振南被认定为受贿罪、纵容黑社会性质组织罪，查明其接受陈飞龙贿赂港币 500 万元、人民币 1000 万元，数罪并罚，判处死刑，缓期两年执行，剥夺政治权利终身，并处没收个人全部财产，罚金人民币 200 万元；原梧桐镇派出所所长李得全犯有纵容黑社会性质组织罪，判处有期徒刑 7 年；被告人周永强，原梧桐镇凤凰街道工委书记兼办事处主任，被认定犯有受贿罪和纵容黑社会性质组织罪，查明其收受陈飞龙贿赂港币 3000 万元、人民币 1200 万元，数罪并罚，判处死刑，缓期两年执行，剥夺政治权利终身，并处没收个人全部财产，罚金人民币 500 万元。

方东红在起诉书中被认定为陈飞龙头号大马仔，法院认定方东红犯有参加黑社会性质组织罪、故意伤害罪、绑架罪、容留卖淫罪、容留他人吸毒罪等 5 项罪名，数罪并罚，被判处无期徒刑，并处没收个人全部财产，罚金人民币 200 万元；文天佑被认定犯有强迫交易罪、故意伤害罪等两项罪名，数罪并罚，判处有期徒刑 7 年，罚金人民币 120 万元；赖昌厦被认定犯有强迫交易罪、故意伤害罪、开设赌场罪等三项罪名，数罪并罚，判处有期徒刑 8 年，罚金人民币 300 万元；他老婆在代他打理公司的一年间，因为认罪态度较好，犯罪情节轻微被免予起诉。叶丽香被认定犯有容留卖淫罪、容留他人吸毒罪等两项罪名，数罪并罚，判处有期徒刑 7 年，罚金人民币 50 万元。

陈旺财虽与陈飞龙合作开发小产权房，且私交颇好，但法院认为，无证据证明陈旺财参与发起、创建以陈飞龙为首的飞龙集团黑社会性质的组织，无证据证明陈旺财参加领导该组织并发展下线。但法院认定，陈旺财犯有故意杀人罪，并畏罪潜逃国外达 10 年之久。虽然证据显示，杀害阿展并非陈旺财所为，自己受到陈飞龙胁持、教唆和恐吓，而且是陈飞龙开的枪。事后他被迫并听从陈飞龙的安排，潜逃国外，干扰公安机关的侦查视线。法院认定，陈旺财构成故意杀人的胁从犯罪，难脱其咎。陈旺财犯寻衅滋事罪、绑架罪和故意杀人罪，数罪并罚，判处无期徒刑，罚金人民币 500 万元。

此案共计被告 50 名，除上述被告外，还有 41 名被告人分别被判 1 年零 3 个月到 18 年不等的有期徒刑，两名被告被判有期徒刑缓期执行，一名被告被认定为参加黑社会性质的组织，但未实施犯罪行为且认罪态度较好，被免予刑事处罚。

飞龙集团及其下属所有子公司被认定为黑社会性质的组织的犯罪工具，没收飞龙集团公司的所有财产，判处罚金人民币 2 亿 8000 万元。

（二）

一审宣判后，高振南、周永强、李得全的代理律师对判决不服，均表示上诉。方东红更是当庭喊冤，要求上诉。文天佑、赖昌厦、叶丽香的代理律师也相继提出判决过重，表示上诉意愿。唯有陈旺财的代理人訾律师对判决表示满意，陈的妻子阿蓉甚至对判决结果表示欣喜，因为1000万打包的律师费运作的结果，超出了预期。訾律师不愧为"大壮"，他在收受阿蓉拿来的1000万人民币的现金时，心里也打鼓，没有十足的把握啊，只是抱着试试看的心态去运作关系。因为作为律师，他是深知个中的风险的。搞不好不仅要丢饭碗，而且还得坐牢服刑。有道是富贵险中求，这一回铤而走险，出奇得成功，不仅救了阿财的命，而且还通过和看守所所长"过手"，交成了朋友，等于买到了一块"资源"，日后大有可为呀。

阿蓉看到老公从死亡线上活下来了，欣喜之余，更是折服了金钱的魔力，对于訾律师的活动能量则更是崇拜得五体投地。她向訾律师流露：如果能赶在二审宣判前把那个无期徒刑搞成有期徒刑，那就更让人踏实了。毕竟无期给人的感觉是无望嘛，有期意味着希望，意味着只要你耐心等待，一切都会来的，一切都会好的啊。阿蓉表示愿意花钱，甚至再花笔大钱也在所不辞。訾律师欣然应诺，表示需要和看守所的朋友们论证一下，看看有无可能性再说。另外还得看人家开出的价码呀，现在的人是越来越贪，都想一步登天，一夜暴富，都想蛇吞大象呢。

一周后，訾律师约表姐阿蓉喝茶。阿蓉一见到訾律师满面春风的样子，心里就已经有谱了。訾律师压低声音神秘兮兮地说："表姐，真是老天保佑你和表哥，要不就是你们上一辈子做了什么大善事，怎么就这么顺利呢？搞掂，一切OK。我跟所长密谋了好久，所有细节天衣无缝——

大致的运作方式是这样的：要想获得减刑，必须为表哥制造一个重大的立功表现。昨天看守所刚刚关了一个犯罪嫌疑人，因偷盗被抓。但所长还掌握了这个嫌犯有抢劫的犯罪线索。所长说，他可以把这个嫌犯调进表哥关押的监仓，由表哥想办法跟他套近乎，然后再由表哥来检举嫌犯的抢劫犯罪。这样的话，表哥因重大立功表现，可以获得减刑，二审可能改判，初步评估会改判有期徒刑20年，甚至更少。”訾律师几乎一口气说出了自己的谋略。阿蓉听完已是心花怒放。她毕竟是生意人，还是有些城府的。她掩饰住自己的冲动，减慢语速问道："说说看，对方怎么开价的？”表姐盯着訾律师的眼睛询问，火辣辣的眼神多少让訾律师感到有些意外，他在掂量是否按自己的原计划开出1000万的天价。斟酌片刻，訾律师还是有一点心虚，毕竟上一单千万的律师费自己净赚了500万。而这一回人家开价100万，我喊1000万是否有些太离谱？人在做，天在看。訾律师没敢直视表姐锋芒毕露的眼光，他用不经意的口气说：人家看在跟我是朋友的份上，开出500万的一口价。你是知道的，这事风险极大，一旦败露，那就不仅仅是丢饭碗的事，那是犯罪，是要坐牢的，连我也不能幸免。”阿蓉感激地说："是啊，这事多亏了表弟你呀，谁让咱们是亲戚呢。这么定了，500万成交。那你那一块儿律师费你也开个价吧，担这么大的风险，不能让你白干嘛。”阿蓉说完，等待表弟开价。訾律师急眼了，佯装愠怒的样子说："表姐，你这就太见外啦！我哪能赚你的钱？咱们一家人不说两家话，能把表哥提前捞出来，你们好好过日子，多多挣钱，万一哪一天表弟我有难，自然会找你们帮忙的……”阿蓉微笑着，心满意足地说："这样也好，算我欠你一个人情。走，咱这就银行提钱去。”

阿蓉开着自己的红色玛莎拉蒂前面走，訾律师开着崭新的白色奔驰S300尾随其后。阿蓉从后视镜看见表弟的亮飒飒的新车，无不自嘲地说，丢你，这个世道，赚了我的钱，买了新车，我还要欠人家人情。我顶你个肺！没办法，交易就是这么回事，各取所需呗。

（三）

坤叔被专案组第二次找去谈话，跟上一次讯问并做笔录的氛围完全不同。这一次专案组的同志十分客气，似乎是随意座谈，茶几上还摆有生果盘，有芒果、香蕉和桂圆。在座的还有梧桐镇的政协主席。本次约谈的主要内容是：鉴于陈飞龙黑社会性质的犯罪集团主要犯罪分子业经一审宣判，均已伏法，现在要“宜将胜勇追穷寇”，追查陈飞龙藏匿在海外的资产。国内查封的飞龙集团的所有财产均已登记造册，评估完毕，即将公开拍卖。张坤一先生你作为陈飞龙的司机兼保镖，贴身伺候陈飞龙这么些年，肯定知道一些线索。作为镇上的政协委员，你也有责任和义务为“屠龙行动”专案组提供一些有价值的情报和线索。坤叔其实早已料到会有今天，他也为这个必然而来的今天打下了腹稿。你说不知道或者是没有，谁信呢？所以为了给专案组面子，坤叔拿定主意：隔靴搔痒地提供一些线索，而这些线索一旦追查起来，均属于陈飞龙留给妻子、儿女的生活必需品，而且无论住宅还是商铺，产权都在家人的名下。加上香港的法律体系和内地不同，即便藏匿了财产，你无法追查，更无法执行。

坤叔做沉思状，用右手捻着一串佛珠，似乎内心充满了矛盾和挣扎。场面安静得出奇。在座的人都能听到对方的呼吸声。坤叔想，这古人真是厉害，很早就写下了“蝉噪林愈静，鸟鸣山更幽”的神仙诗句。什么是安静、幽静？它并不是一点声音没有，而是总有一种单调乏味的声音一直响彻在你的耳边，让你在麻木之中根本听不见什么，换言之，你无视声音的存在。喧嚣中的静才堪称真正的静。约莫一刻钟，坤叔开口了——

“龙哥让我亲自置办的资产主要有如下几块：一是他老婆现在住的豪

宅香江广场A座的H单位，2500呎左右，我记得当时的进价是3000万港币；还有留给阿花养命的物业，就在铜锣湾商圈的一间商铺，面积有1500呎，5000万港币左右。再就是留给儿子、女儿每人一间公寓，在湾仔附近，面积1000呎，当时的进价是1500万港币……”专案组的刘同志打断了坤叔的谈话，说：“这些都是留给家人的生活必需品，不在我们追查的范围。你好好想想，陈飞龙是否拥有海外的公司，是否在海外开展业务？据群众举报，他在海外的资产不会比内地的资产少。如果有的话，目前都是谁在打理？公司叫什么名字？在什么地方注册，尤其是那个什么免税天堂英属维尔京和开曼群岛之类的。”坤叔听完刘同志的连续追问，心里泛起不小的波澜。看来他们做足了功课，连蒙带诈，表面的和谐氛围原来是在让我放松警惕，进入他们期待的麻痹状态。他用自身的功力平息了心中的悸动，十分平静地回答：“没有的事，太搞笑了吧，真像群众举报的那样，我肯定知道一些。但我确实从没听说龙哥在海外开设公司的事，更没听说他还有海外生意。”

刘同志不依不饶：“那我问你，据陈旺财在监所交代，陈飞龙将他藏匿在老挝万象的红翻天红木家具控股公司的事，你难道不知道？那个公司不是陈飞龙的公司，又是谁的公司呢？陈旺财还交代，那间公司的老板姓毛，外号叫“山猫”，他只听陈飞龙的指令。这一连串的疑问你如何解释呢，张委员？”坤叔心里咯噔一下，似乎发出了断裂的声音。糟糕，真没想到阿财那里出了问题，交代了足以致命的情报。这个情报无疑会摧毁龙哥苦心孤诣、用性命换来的存续龙脉的遗愿。而作为龙哥遗愿的继承人，我和阿春则无疑等来的是一场空！

坤叔哈哈哈哈大笑起来，以掩饰自己的心虚。他提高嗓门道：“这个陈旺财真有想象力呀，山猫毛家山我也认识，他是14K在寮国分部的头头儿。龙哥原来在14K时还是他的上线呢，关照过他。所以，龙哥让阿财躲在他那边避风头，山猫是没法拒绝的。阿财真能瞎掰……”坤叔的话被刘同志打断：“好了，这个事我们会调查清楚的。”刘同志说完，环顾了在座的其他人，起身示意可以撤了。约谈到此结束。

专案组最终没能在坤叔嘴里诈得有用的东西，但专案组的这场约谈本身却让坤叔和我吃惊不小。坤叔对我说，从现在开始，我俩的行动要小心小心再小心！我们的一举一动可能都在专案组的监视之下。我忧心忡忡地问坤叔：万一专案组真去寮国万象调查山猫和红翻天公司咋办？坤叔大笑起来，指点着我的鼻子说：你还是见的世面太少。在万象，山猫的身份几乎是半公开的，官方谁都知道他是 14K 的背景，14K 的人。何况他与那边的警方穿着一条裤子，谁调查都没用。凤凰山球会的拍卖就快要开始了，眼下我俩得准备资金参与竞拍。从目前的局面看，我俩都不得露面，得找一个局外人竞买，我俩暗中控制就行。另外，我们最近还必须去一趟寮国，跟山猫见面，开个董事会，你、我准备正式就职。我跟山猫商量过了，由你出任董事长，法定代表人，我出任副董事长，山猫任总裁。另外还要请香港的毕马威公司去寮国那边对公司进行审计，我已经联系好了，最终要出一份审计报告；此外，还要完善红翻天公司董事会的几个法律文件的签署。更重要的是筹集竞买首期资金。我托人在市财政局打听过，凤凰山球场的评估可能在 12 个亿左右，首付至少要备足 20% 现金，两个多亿呢。其余款项我已经找了香港的银行和信托机构，通过过桥融资的方式解决。还有一种可能性是找一家战略合作伙伴，正在接触，等有眉目了，我会跟你一起去谈。最大的变数是我们根本不知道究竟有多少竞买人，而这些竞买人究竟会出到什么价位？一切只能等到了资产拍卖的现场，到时再随机应变了。

你呢，该收拾收拾心情了，从追寻你干爹自杀之谜的徒劳中解脱出来，从寻找你的亲生父亲是谁中走出来。不要在这上面浪费精力和时间了，直感告诉我不会有答案的。你要尽快进入角色，尽快进入临战状态才好。其实，我们现在的处境不是很好，风声太紧，风险极大，我俩暂时诸事莫为，静待时机，伺机而动。我边“嗯嗯”边点头，感觉似乎正在参与一场惊天大阴谋，甚至有一种正在准备犯罪的幻觉。

我对自己的身世之谜至今仍然不能释怀。记得那天在中院第一审判庭时，也不晓得是中了什么邪，当主审法官宣读高振南和李得全的判词时，我躲在最后一排专心地聆听着，生怕遗漏了一个字。我的脸一阵阵发烧，心脏也加快了跳动。难道我跟他俩真有什么血缘关系，有心灵感应？随后，我的身体又一阵阵发冷，浑身抽得厉害，那是每每念到干爹名字时的反应。我就这样忽冷忽热地在那个角落里煎熬着。最有可能成为我生父的3个男人，干爹死了，高振南判死缓，这辈子要把牢底坐穿了。只有李得全，判了7年，似乎还有指望。问题是，他们当中，谁才是我的真正生父呢？难道我穷其一生也找不到准确的答案吗？

身世的谜团正如一粒种子，它播种在我的心田里。这些种子在不断膨胀，开始发芽了，我甚至听到了嫩芽拱出土的声音。我真担心我的身体会不堪重负，甚至被身世谜团的大树崩裂。就像人肉炸弹引爆的一瞬间，天昏地暗，魂飞魄散，一切归于阴霾和尘土……

（四）

一审的结果见报后，胡秋炊、占世邦称得上是弹冠相庆，欢呼雀跃了。似乎一切都在他们的掌控之中，一切都在按照他们的预判发生着。最让胡秋炊惬意的是，“东方红”被判了无期。他在内心里暗暗发誓：一旦等到“东方红”送到劳改农场服刑时，一定要花钱雇人把他阉了，以报鸡奸之仇。他们的铁哥们儿，如今已坐上梧桐镇镇长宝座的麦癸自然也打心眼儿里高兴。因为当初如果不是占总他们通过实名举报扳倒高振南，自己恐怕还要等好多年才能扶正，要不就是托人帮忙调走。可梧桐镇是多么好的地儿啊，看看人家高振南，光陈飞龙一个老板，就送给他几千万的贿赂，这可是内地的省长都没法想象的。当然，算你高振南点儿背，谁知你背后究竟黑了多少数目，鬼知道还有多少贿赂没有被揭穿。不过话说回来，他也是活该。人不能太贪心啊，这下好了，死缓，他这辈子怕是要死在牢里啦。

一个阳光明媚的早晨，胡秋炊请麦镇长喝茶说事，说占总也参加。

梧桐镇凤凰街道凤凰楼的一个包房。茶点都上齐了：一壶菊花茶，要杭菊；三份粥——麦镇长的白粥配榄菜，占总的皮蛋瘦肉粥，胡秋炊的鱼片粥；另外点了顺德肠粉、烧麦、凤爪、金钱肚、大肠、猪润和上海小笼包。麦镇长还单点了一份白水烫菜心。

占世邦跟麦镇长互相点烟谦让。胡秋炊悄悄走近窗台，将窗户打开一条缝以便透气。他示意站在旁边的服务小姐回避一下，顺手关门。

胡秋炊笑着说："镇长，我先替手下问你个事，你的名字中那个奀字到底怎么读音？是念恩呢还是念迪？"正在喝粥的麦镇长抬起头说："当然念恩。我生下来黑瘦黑瘦的，为了好养，爹妈干脆直言不讳，取个贱名。奀是我们这一代的方言，就是又黑又瘦又小的意思。"占世邦接着说，看来你爹妈也不懂起名，要尽量避开多音字嘛。麦镇长说，没所谓，从小就习惯了。喊麦迪麦恩我都答应。你俩今天这么隆重请我喝茶，不光是探讨我的名字的发音吧？占世邦和胡秋炊相视一笑。

占世邦说："麦哥不愧是咱梧桐镇的镇长啦。眼下陈飞龙黑社会性质的犯罪集团不是一审宣判了吗？接下来就是要拍卖查封飞龙集团的财产，而我们大老板相中了你的地盘里的一块优质资产。"麦镇长接过话头："你是说凤凰山高尔夫球会？"占世邦说："猜对了，就是这个球会。"麦镇长狐疑地说："东西是好，不过那可是要花大价钱的，听我弟弟说评估了十几亿呢。"胡秋炊赶紧插话："我打听过，你弟弟说了算。评估价的高低是可以操作的，包括委托的拍卖机构。"麦镇长抬头看着胡秋炊的脸，笑着说："我说胡总呀，你是真不懂呢，还是装傻，官场的这点破事谁还不明白？我弟弟只是市里财政局的一个处长，定调子的是分管的副局长，而他也只不过是个传声筒，真正定调子的还不是一把手局长大人？"占世邦紧接着说："麦哥，话虽这么说，难不成今儿找你就谈不成事？再怎么说，你弟弟那边还是有运作空间的嘛。"麦奀说："那倒是，只是空间不大。咱们说白了吧，资产评估的价格会有一个区间，会有上下限。我弟弟能做的是取上限、下限还是居中的技术层面或专业层面的认定。就好比评估价是8到10块，我弟弟有3个选项：8块9块10块。做出什么选项他都要向上面领导汇报，陈述理由和依据。”占世邦笑道：“这不就对了吗，麻烦你跟弟弟打打招呼，按评估价的下限制定拍卖底价不就结了嘛。”麦癸说：“我尽量吧。不过，你们有把握吗？这可是拍卖，竞价人那么多，万一被别人买走了，那不是为别人做了嫁衣吗？我和你们都白忙活了。还有啊，这么短的时间内，你们上哪儿搞这么多钱？首付10%的话，也得拿出上亿的现金啊。”

胡秋炊答道：“镇长厉害，你的问题全部击中要害。竞买人的问题我和占总有一套完整的方案，有很多技术方面的暗箱操作诀窍，会有变数，但也不是不可控制。大致思路有二：一是信息封锁；二是劝退或吓退竞买人。你还是不知道细节比较好。资金问题其实已经解决了，大老板给我们找来珠江旅游集团做后盾，正宗的国企，根红苗正。后续资金嘛也基本落实了，珠江信托愿意为我们搞一个资产包，发信托产品，解决竞买资金问题。总之，我们是志在必得。”麦癸听得似懂非懂，不过心里好像踏实了好多。占世邦接过话题插话道：“记得当初我们密谋扳倒高振南时，大家都有明确的目标。你的目标是扶正，取代高振南，如今已经实现；而我们呢，正在努力靠近目标。今天找你喝茶，主要就是落实两点：一是按会计事务所的最低评估价制定拍卖底价；二是让你弟弟找一个关系最铁的拍卖行，可不能委托法院执行庭的那帮孙子，他们比我们都黑。剩下的事情由我们来搞掂。”麦癸频频点头，表示尽力而为。

麦癸的手机来电，老婆催他赶紧送儿子上英语补习班。麦癸告辞了。

占世邦说：“千头万绪，我俩再捋捋。你的消息封锁方案，我掂量着总觉得有点不靠谱，甚至可以说是下三滥呢。按照你的设想，一旦拍卖公告见报，派人在报亭收购当天的报纸。那人家订阅的人呢，这一块你不是干瞪眼？而且估计不是一个小数目。据我的判断，有兴趣有实力的竞买人，拍卖公告对他是没有意义的，他肯定能从其他渠道获悉拍卖信息；而没兴趣的人，你送钱给他，他也未必阅读拍卖公告之类的文字。读这种文字的人不是无聊，就是有病。”胡秋炊说：“占总经你这一分析，我们还真的要再斟酌斟酌。要不，咱把这个行动暂时PASS掉先？”占世邦“嗯”了一声，继续说道：“还有就是你的另外一个方案，细想起来也有问题。你找黑客攻击政府网站，封锁拍卖公告的消息，现在看来必要性也存疑。你想啊，还是我刚才说过的话，有兴趣的竞买人早就盯上了这块优质资产，他们跟政府相关官员没准儿比我们走得更近。他们根本不用看什么拍卖公告，还愁没人给他们通风报信？所以，这一招儿也没多大实际意义。”胡秋炊点头称是。他说：“还是占总头脑冷静，眼光独到，犀利。要不，我们不搞什么消息封锁了，主要精力投入到收集潜在的竞买人的情报上，并尽可能与所有竞买人接触，或合作或劝退，不行就恐吓。”占世邦起身，将挂在椅背上肩包背上，说：“埋单吧。这才是王道，你我都是线人，搜集情报是我们的核心专长。表哥说了，万一竞买人油盐不进，软硬不吃的话，他就出面摆平。不过，他特意交代，不是万不得已，不要轻易打他这张牌，最好还是潜伏着好。”

占世邦离开了凤凰楼。上车后，他按下车窗玻璃对胡秋炊说，你再好好琢磨琢磨，有事电话联系。我跟人约好去中山长江球会打球去了。

14. 废墟

坤叔和“山猫”敲定了开会地点和行程。鉴于金沙这边的专案组曾找过坤叔谈话，追查干爹藏匿在海外的资产，为安全、隐蔽的考虑，见面地点应尽量回避老挝的万象，以防大陆这边的公安跟踪。最终双方确定在柬埔寨的南方城市暹粒会面。山猫的理由是：这里有红翻天红木家具的卖场和仓库，而且距另一个大卖场，设在越南广宁省高速公路边的“777”大卖场也比较方便。作为红翻天控股公司的大股东，还有从未谋面的董事长，当然应该视察视察公司的经营场所，了解了解公司的经营状况。当然，更重要的是你们此行过来的目的：筹钱；次重要的是开董事会，选举阿春正式就任董事长啊，还有好几份文件等你们过来补签。最后是按照阿坤的提议，请香港的毕马威会计事务所对公司进行审计，出具审计报告，还有公司年报和财务报表。此外，这样做会比较稳妥，阿坤你和阿春从香港经越南河内转机飞暹粒，我呢从万象让司机送到文坎口岸，过境后，柬埔寨暹粒分公司那边的人派车接我。预定了一间华人开的酒店，我早到一天，铺垫铺垫，到时再去机场接你们。还有，这里靠近世界第七大奇迹吴哥窟，阿春应该是头一回来，再忙也得抽空玩一玩嘛。从这里去越南我们的卖场也方便，从暹粒直飞河内，然后驾车3个小时就能到达。有兴致的话，还可以顺便玩一玩“海上桂林”——下龙湾，这里可是好莱坞电影大片“007”的外景地，阿春肯定动心……对了，忘了交代你们啦，在柬埔寨入境时要给海关的阿 Sir 小费呢，一个美金，10 块港纸人民币都行，不然他们会刁难你们的。

无疑，山猫是个挺会来事的人精。

（一）

暹粒的机场规模并不大，3 层的尖顶建筑，白墙红瓦。长长的回廊远看更像是一幢度假别墅。墙面上有好多浮雕图案，大都是佛教、印度教的神仙。灯火阑珊，道路很窄，也就相向能过两台车。看得出来这里的城市道路还处在自然状态，路灯、行道树寥寥，路边能看见污水沟和农田。路旁有好多小店和嘟嘟车，小店大都是卖热带水果的摊档，做游客的生意。山猫说，嘟嘟车才是这里的正宗“的士”。嘟嘟车都是摩托车后面拉上一个四四方方的车斗，两排座椅，车斗上面罩上彩色的篷布。讲究点的“的哥”“的嫂”还装饰些花边、花穗揽客，嘟嘟车横冲直撞地在马路上穿梭着。

我们下榻在木棉花酒店。酒店扯了一个横幅——热烈欢迎香港潜龙国际控股有限公司董事长一行，中文、柬文对照。山猫还真能忽悠。看横幅那架势，似乎有一个庞大的代表团要来下榻，广告效应是很明显的。老板带领客房部经理、大堂副理亲自点头哈腰迎接。酒店占地规模少说也有百亩，像个大花园。酒店 5 层，带尖顶，四面合围，中间是泳池。感觉精致而又清净。酒店最吸引我的还是正门对面的影壁，高 5 米左右，下面是一个袖珍的音乐喷泉小水池，椭圆形的。影壁在射灯的照耀下煞是吸引眼球：“木棉花酒店”用的是少见的汉隶体书写，呈半圆形排列，上书法文，下书柬文。居中的图案应该是酒店的徽标：两尊面对面跳舞的“舞王湿婆”浮雕。我怦然心动！没错，我家里的玄关就供着这么一尊铜像，那是干爹临死前托付坤叔转交给我的。我涉世未深，原本不信这些鬼呀神呀什么的，也不太相信命啊运啊之类的。自从干爹吞枪自杀后，我被命运活生生地抛向前台，眼前出现太多太多不可思议的事情。自从舞王湿婆进入我的生活后，每次看见他我都会心动。他就像我离散多年的亲人，突然有一天在大街上给了我惊鸿一瞥；他又像干爹的影子，总是如影随形地陪伴着我，甚至进入了我的梦乡。如今在异国他乡，当我又一次看见舞王湿婆时，那种激动的心情是无以言表的。

董事会就在“山猫”毛家山的房间开。山猫个子矮小，皮肤黝黑，眼睛小而有神，看起来很像东南亚本地人。头发已是白多黑少，剃着板寸，越发显得精力充沛。左耳根有一道刀疤直到脖颈，足有三十公分长，煞是显眼。说话时语速较快，粤语偶尔夹杂着法语单词。原来，老挝也曾经是法国的殖民地，首都万象的上等人均以讲法语为荣。

议程其实很简单，先是选举我正式出任老挝万象红翻天红木家具国际控股有限公司董事长，坤叔担任副董事长，山猫担任总裁。再就是签署几份董事会决议，山猫已经提前打印出来了，签字就 OK 了。一份是董事会改选的文件，另一份是董事会纪要，第三份是《关于投资竞买金沙市梧桐镇凤凰山高尔夫球会的决议》。用山猫的话说，正事就这么多了。接下来的会议主题悄悄发生了转向，变成对干爹的回忆和追思了。

山猫无限深情地回忆起他跟干爹长达 20 余年的交情——

我和龙哥几乎是同时进 14K 的，前后也就错几天。当时，我们在最底层，常常被派出去收数，打打杀杀那是家常便饭。几乎每天都有，有时一天打几场。龙哥因为有他阿叔陈炳森照应，日子比我过得稍好一些。我们白天吸粉、睡觉，玩“锄大地”，偶尔也泡妞。晚上执行任务，经常是通宵忙乎。记得有一次我们跟新义安的人打架，我左耳根挨了一刀，另外一刀直接向我的颈脖砍来，被龙哥挡住了。龙哥伤了右背。从那以后，我就认定了龙哥。他救了我一命，人嘛，是要讲感情的，重义轻利、知恩图报是我们这一行做人的准则。打那以后，我就发誓，今后发达了，一定要报答龙哥的救命之恩。后来龙哥结帮单干，我当然站出来第一个报名。你们猜龙哥说什么？这也是我最佩服他的地方。人家下棋看一步，上了天能看 3 步，龙哥下棋看 5 步。他说，你是我在 14K 结识的最好弟兄，听我的，你暂时不要动。因为我的这种拉帮单干风险巨大，很有可能一不小心就得罪了黑道大佬，难免会被追杀，甚至被谋杀。你在14K继续待下去，至少生命安全是有保障的。万一我真的失败了，甚至连命都没了，你答应我好好关照你的嫂子和侄子侄女们。一旦我做起来了，我就会亲自召见你入伙。龙哥后来真的做大了，他召见我时，我已被派在万象分部任职。而我能上位，也全靠龙哥的暗中帮助。后来我才听人说，他求阿叔陈炳森帮的忙，陈叔当时已经做到白纸扇，他出面推荐我，并做了我的保人。我们的行话叫“收靓”。龙哥说，这样也好，他也希望我能有自己的地盘，有自己的天地，哪怕再小，有话事权就好。以后大家合作的机会大把。

后来龙哥厌倦了黑道的生活，急流勇退，金盆洗手。现在看来，那是多么英明而又果断的决策呀。随后，港英当局就搞了个廉政公署，成立了扫黑组，香港黑道的日子就越来越难熬了，从此也就江湖日下喽。仅凭这些，还不能说明龙哥的过人之处，他简直就是“李超人”第二！3年后，他邀请我到金沙的梧桐镇，记得那时还是阿坤开车去皇岗口岸接的我。真是让人难以相信，从捡垃圾开始，人弃我取，硬是做得风生水起。那个金龙玉凤夜总会刚刚开张，天天爆满，后来名气越来越大，港人一到周末，就过去消费，有人干脆约好在那里谈生意。夜总会的小姐好靓啊！当时龙哥刚刚包养了一个四川的靓女叫做樱子……

坤叔使劲“吭”了一声，向正在兴头上的山猫使眼色，山猫自知失言。他对我说：“阿春，不，应该是郭董事长，刚才有点抱歉……”我笑一笑，大度地说：“没关系呀，我爱听干爹和生母的故事，你接着说嘛。”

你生母长得那是小巧玲珑，国色天香啊。浑身充满了灵气，矜贵得很！但我也发现了一个问题，那就是你干爹和你妈都吸粉。我十分严肃地劝告龙哥趁早戒断，否则会影响到生意。我还提起我们在14K一起戒毒时发过的誓言：今生今世不再沾毒，违背誓言让雷劈死。这时坤叔插话道：你的话对龙哥触动很大。你走后，龙哥就戒毒了，因为他自己违背了他给兄弟们制定的“约法三章”，主动请求伏法，挨了鞭刑，“东方红”那小子执行的。他也够狠心的，一鞭抽下来，龙哥的屁股当时就开了花，趴在床上整整3个月不能下地。

这事我也听说过，龙哥就是有狠气，有血性，说戒就戒。你妈就不一样了，硬是戒不了，据说后来还是死在了吸毒上面。真是可惜啊！你当时才3岁。听到这里，我的鼻子一阵阵发酸，眼泪在眼眶里打转。坤叔对山猫说：“毛总，咱们不谈这些。说说看，在一个月内，你最快能筹到多少钱？”山猫似乎还沉浸在对干爹的追思和怀念中。他缓了缓神，抬起头看了一眼我和坤叔，回答道：“公司账面上的现金不多，也就两千来万流动资金，主要资金都压在木材上了。存货现在抛出去的话，能回收3个亿左右。我说的数目是折算成港币。”坤叔接着说：“库存的木头好出手吗？”山猫兴奋起来，拍着胸脯说：“分分钟搞掂。买的人排队呢。你们不在这一行，有所不知，现在紫檀和黄花梨一天一个价，黄花梨都涨到六七百人民币一公斤啦。这一次咱们算是押对了，不到3年，翻了3番。”听了他们的对话，我吃惊不小，原来做木头生意，还这么赚钱，简直要赶上缅甸的翡翠了。因为不懂，我也不能冒失地瞎问，当个忠实的听众就行。

山猫问坤叔道：“拿下那个球场总共得花多少钱？”

坤叔道：“少说也得12个亿。据说政府的评估报告已经出来了，只是还没有出拍卖公告。应该快了，我估计就在下个月。”

面对坤叔开出的天文数字，山猫惊呆了，张开嘴老半天没有说话，眼睛里充满疑问的神色。坤叔接着说：“不贵，当时龙哥搞这个球场就花了3个多亿。算算看，有多少年了，光土地这一项，如今升值了多少倍？3000亩地呢，两个平方公里那么大。我们只要备足首期付款就行，其余的通过香港的金融机构融资解决。还有一种选择是找一个有实力的合作伙伴一起联合竞标。”

山猫还是有疑问。他问道：“那这么大一笔投资，多长时间才能收回来呀？究竟又能赚多少？有没有我搞木材赚钱？”坤叔看了我一眼，示意我来回答，因为事先我和坤叔已经议论过此事。我也正在寻找机会在山猫面前小露一手。我对山猫说："毛总，是这样的，竞买这个项目，一来是要实现干爹的遗愿，想必他死前也跟你打好招呼；这二来呢，确实能大赚一把。这么跟你说吧，我跟坤叔曾经算过一笔账，如果在球场周边开发别墅和TOWNHOUSE，一栋都能赚500万。那300栋呢？15个亿，轻轻松松赚一个球场回来。时间嘛，3年足够了。关键是球场本身还在继续升值呀，还有球场的四季酒店，价值也在不断提升。囤木材的确也是个好生意，但比起在中国内地做房地产，那还是要逊色不少呢。关键是如今紫檀呀花梨呀越来越少了，中国大陆几乎绝迹，东南亚方面成树也几乎砍光了，市面上好多紫檀、黄花梨家具都是假冒的，用的是南美洲的巴西、玻利维亚或者是非洲的津巴布韦、莫桑比克、马达加斯加等地的冒牌货。总之是东经75–105度，北纬23.5度的北回归线以南的热带雨林地区树木。再加上这一行主要针对的中国市场，而中国的市场形成，有一个历史渊源：从明朝开始，黄花梨就成了中国皇宫里的御用家具用材；到了清朝，黄花梨资源就已经开始枯竭，所以清廷就改用紫檀作为替代家具用材。因为这个原因，中国就有了所谓明清家具收藏市场，属于文物收藏的分项。有道是"千年的紫檀，百年的花梨"，这些名贵木材的生长怎能赶上人们日益膨胀的欲望和需求呢？改革开放后，中国曾兴起奢靡之风，正像中国的一部电影的台词里所说的那句经典名言：只买最贵的，不买最好的。家里请一大堆外国佣人，什么印度旁遮普的门童，菲律宾的保姆；娶日本的太太，找法国情人……过了这阵风后，随着这批商人、富豪的日趋成熟，中国内地的暴发户的消费也越来越趋于理性，花几百万买一套黄花梨的太师椅，好看不中用不说，大部分人还看不懂。你显摆还有什么劲儿？于是乎，这个市场也就慢慢萎缩了。再加上中国大陆和东南亚的众多炒家囤货居奇，价格波动像过山车，一有风吹草动就稀里哗啦，什么伊拉克呀阿富汗呀拉登呀东突呀次贷危机呀美元贬值呀钓鱼岛呀南海危机呀中国反腐呀……等等等等，难以控制。你这一回是运气好，赶上涨价周期，可你不知道哪一天就突然价格跳水，窝在手里。眼见跌破了你的买价，却丝毫没有止跌的迹象，这时你还沉得住气吗？所以，我有一个小小的建议：公司要慢慢转型，寻找新的、前景好的产业做。红木生意咱们也做，但不能把鸡蛋都放在这一个篮子里，否则风险就太大喽……”

我的一番话起到了意想不到的效果。我说话时，山猫惊奇地盯着我，频频点头。表示对我的认可甚至好感。也许他压根儿就没有看好我，以为就是个准“富二代”，命好生对了人家，一切都是现成的，生下来只会花钱不会挣钱，也无须挣钱。坤叔面带微笑，不动声色地观察着山猫的面部表情的变化。

山猫起身给我和坤叔续茶。他叹服地说：“俗话说龙生龙，凤生凤，看来龙哥的血脉已经在你身上延续了。他给了你一个跟他一样聪明又有远见的大脑。后生可畏啊！”说完，他看了看坤叔，坤叔点头称是。坤叔说：“阿春可是在美国的名校留学的啊，你猜猜她学的是什么专业？工商管理，就是专门研究怎么做生意的学问。她欠缺的是经验和人生阅历。这些东西谁生下来就有？还不是像你我一样摸爬滚打、摸着石头过河，一步步积累而来的。我们三人的组合取长补短，相得益彰，属于NBA那种梦幻组合呢。”山猫大笑起来了：“那是那是，梦幻组合。不过，我还是有个疑问，郭总你怎么就姓郭了呢，而没有随龙哥姓陈？”山猫的疑问又一次触碰到我的伤疤，坤叔想阻止，为时已晚。我淡淡地说：“刚生下来那会儿，生母回老家给我上户口，瞎编了一个姓氏和名字。没姓陈，是因为干妈不准。”坤叔打圆场说：“时候不早了，咱们开饭吧。”山猫也意识到他不经意地又一次戳到我的痛处。他赶紧打电话，让暹粒分公司的经理安排午宴。我掏出这位经理在机场递给我的名片，上面用柬文和英文拼写，他的英文名字为NENGSOKHENG，读做能索兴？我问山猫，你这位经理的中文名字应该怎么拼？山猫说，叫他苏能，我给起的，管他合不合。他是高棉族的，取名很随意的。红色高棉时期受到过波尔布特的党内迫害，差点被冤死在金边的集中营S21。你要有兴趣，让他跟你讲讲，他懂讲中国话，不过带点云南口音。

（二）

高棉人苏能今年已经60岁了，育有5个子女，都已成家生子。他自称是红木系列中香枝木类降香黄檀的识别专家。柬国没有人能超过他。为了提升识别技术，他到过中国海南岛的五指山的黎母山区实地考察“海南黄花梨”的分布，更是潜伏在越南、老挝交界的长山山脉腹地长达半年之久，那里是越南香枝木也称“越南黄花梨”的重要产地。苏能是一个精干的小老头，身高不足1米6。秃顶，只有后脑勺残留数得清的几根白发。健谈，国语虽然带云南腔，但还能勉强听懂。皮肤黑里透红，塌鼻厚唇，大肚腩从中部崛起，走起路来左右晃悠向前挪动。

我们在山猫的安排下，前往吴哥窟参观游览。山猫因为约了买家谈生意，出手木材套现，就不陪同我们游览了。山猫说，郭董事长是头一次来，怕苏能讲不清楚，他特意从旅行社请来一位陈姓的女导游陪同。导游祖籍云南，爷爷辈开始过来谋生，在金边的洞里萨湖边做鱼露生意。属柬籍华人第三代。

丰田7座面包车在暹粒的逼仄的马路上闪展腾挪，避让着嘟嘟车和穿梭的行人。我问导游，暹粒作为柬国的第二大城市，好像没看见一栋高楼啊，最多也就5层，7层就是凤毛麟角了。导游说，不是我们没钱建呀，因为吴哥窟小吴哥最高的塔尖为65米，所有建筑都不许超过这个高度，就连机场纪念碑等公共建筑在内都不行。我说，那也太古板了，你们不是也在推行市场经济嘛。导游说，看了吴哥窟你就会明白的，王权和神权结合而形成的神圣权威，已经渗入了高棉人的血液中了，那是不可侵犯的。我听完导游的话无语。这个导游，年龄和我差不多，讲话却带着几分哲理，显得沧桑。我问坤叔，你来过几次？坤叔说，总共两次：一次陪你干爹，一次陪香港的朋友。我问他：那你的总体印象是什么？坤叔脱口而出：两个字——废墟。

我想起昨天山猫的介绍，说苏能在红色高棉的集中营待过，是个有故事的人。我对苏能客气地说：听公司的毛总说，你是波尔布特红色恐怖的受害者和幸存者，给我们讲讲你的革命斗争史嘛。苏能笑纳，没有推辞，更正道：不是革命斗争史，当时应该叫反革命斗争史。苏能喝了口柬埔寨自产的“ANGKOR WAT”（吴哥）牌矿泉水，把我们带到红色高棉那个血腥而又疯狂的年代——

波尔布特是我们高棉族的败类，比希特勒还希特勒。他崇拜你们中国的毛泽东，自称是他的学生。他执政的3年零9个月，扬言要实现超级社会主义，取消阶级差别，取消城乡差别，取消货币，取消商品经济，取消城市，所有城市居民在一夜间被他们用武力驱赶到农村和偏远的山区。我当时是一名年轻的民柬共产党员，在金边林学院教书。我对波尔布特的做法有异议，在课堂上发表了自己的看法后被学生揭发。清党时，我被定为混进党内的异己分子，关进设在金边近郊的一所高中学校，代号为S21，其实就是集中营。这里关押的都是党内的敌人，是红色高棉内部清洗的审讯中心。唉，那种残暴、血腥的场面至今想起来还直打冷战。

陈导游环顾心情沉重的游客，说道：这段残酷的历史毕竟翻过去了，而我们的生活还得继续。不要让苏总的故事影响了你们的心情啊，马上就到吴哥王城了。同样是高棉人创造的世界奇迹，他们的“真腊王朝”兴盛了1000多年，对应于中国的唐宋元3个朝代。尤其在极盛时期的吴哥王朝时代，他们是全世界经济贸易最发达的地区，是整个亚洲的中心，对应于中国的元朝时代。公元1296年，温州人周达观奉皇命出使“真腊”，在暹粒的吴哥王城区居住了一年多。他将沿途见闻都记载在《真腊风土记》一书中。后来，一个法国旅行家亨利·穆奥无意中看到周达观的《真腊风土记》的法译本，欣喜若狂。1858年，他不惧热带密林的死亡威胁，披荆斩棘，终于发现沉睡的吴哥王朝的废墟。3年后，他死在老、柬的深山密林中，死在探险的路上。也许你们看完，对高棉人的历史会有完全不一样的感受呢。苏能也接过导游的话说：是啊，是啊，郭总、张总你们打起精神呀，高兴点嘛。从死人堆里活过来后，我就变得豁达了。要说这世上什么最重要？健康和快乐最重要，家人、朋友最重要，其他都是烟云。刚才导游讲了，吴哥王朝创造了那么辉煌的文明，如今他们的后人又是怎样呢？你们能看到什么呢？也许是创造和毁灭，兴盛和衰败的轮回；也许就是一片废墟——神庙和石头的废墟。

（三）

巴戎寺始建者是吴哥王朝的苏利耶跋摩二世，130年后，阇耶跋摩七世重建，王朝的宗教信仰也悄然发生了变化——由印度教到小乘佛教。站在巴戎寺的废墟上，面对扑面而来的千年微笑，我全身的每一个毛细血孔都被震撼了。54座四面佛矗立在吴哥王城的正中央，每尊大佛都是那么的安详而又神秘。眼睑下垂，眼睛微闭。稍稍上翘的厚唇，扁平的鼻翼，宽阔平坦的前额……喜怒不形于色，静静地面向四方：天堂和地狱，天上和人间，国王和臣民，印度教和佛教和谐统一在四面佛的静穆的微笑中，仿佛清晨日出时湖塘里悄然升起的莲花，静静地绽放。

而此刻，我更关注一个人的命运。阇耶跋摩七世，他是吴哥王朝的拯救者和最后一位建造者。他经历了帝国从高峰跌入谷底，又从低谷走向新的高峰的历史进程；他目睹了帝国的衰败和羞辱，他毅然将这艘沉船托起，驶向新的繁荣之路。为了王朝的安危，顾全大局，他两次失去继承人的机会，表现出惊人的克制和大度，甚至暂时隐匿起来，与世无争。直到占婆入侵，国都沦陷，国王被杀，繁荣的吴哥城建筑尽毁，财物遭劫，满目疮痍，一片混乱。此时，阇耶跋摩七世果断地站了出来，继承王位，要把国家从灾难之海和水深火热中拯救出来。他击溃了外族占婆的入侵，重振山河，将吴哥王朝带入黄金时代。

巴戎寺的54座四面佛像便是他给世人留下的一座丰碑。据说佛像融合了佛祖释迦牟尼的面容和他本人的面容，王权和神权巧妙地合一。高棉的微笑，静穆而又安详的微笑，千年的微笑，他在笑什么呢？

战争，无论是诸神的战争，还是人类的战争，打到最后，似乎都没有了原因。有的只是人性中最残酷暴虐的本性。

繁荣的年代，战乱的年代，饥荒的年代，血流成河的年代，红色高棉大屠杀的年代……

就在巴戎寺的四周，活跃着成群的乞讨的孩子。他们光着脚板，灰头土脸，衣衫褴褛。他们没钱上学，却操着简单的华语、法语、德语、韩语和日语单词向游客乞讨。从他们的脸上，你看不到任何痛苦的表情，有的只是淳朴和天真。他们快乐地追逐着、嬉戏着，共同分享讨来的糖果、饼干等食物，当然还有五颜六色的美元、欧元、人民币等外币，共同交流乞讨的成功细节。

就在巴戎寺的入口处附近，还有一帮乞讨者，他们是成人。一群战争的受害者。他们是被地雷炸残的，据说至今还有上百万枚地雷没有取出来，埋地雷的侵略者有法国军队、越南军队、泰国军队，甚至还有红色高棉自己的军队。他们不是缺胳臂，就是断腿。有的甚至五官被炸毁，看不清面容。他们八九个人一群，演奏着欢快的乐曲。扬琴、二胡、琵琶，还有架子鼓和响铃。他们席地而坐，或在大树下，或在头顶搭上简易的遮阳篷布，专注而又认真。路边、树下就是他们的舞台，路过的游客就是他们的观众，当然也是他们的衣食父母。他们期待你的施舍。不施舍也行，给点掌声，他们也会露出真诚的微笑，投向你感激的一瞥。

这些都是高棉的微笑吗？

吴哥寺的外形我们似乎并不陌生，柬埔寨的国旗、货币上都有她的图案。而当你怀着期待，慢慢靠近她时，那种摄人心魄的美，还是让你惊艳得不敢呼吸。5座宝塔就像正在盛开的莲花蓓蕾，而中间最高的那座宝塔，高达65米。主殿建于3层石头台基之上，每层台基都有方形的回廊，回廊刻满了浮雕。仅第一层回廊的浮雕长度就有800米，高达两米多。据说超过了1万8千幅，为世界之最。这座寺庙整整花了89年时间才得以建成。全国最好的建筑师、雕刻师、绘画师共计1500万人参与建设。吴哥寺是世界上最大的印度教建筑物，也是世界上最大的宗教建筑物。Angkor Wat 中，Angkor 读音“吴哥”，由梵文演变而来，意思为“圣洁的城”；Wat 源于泰文，读作“窟”，意思为寺庙。所以 Angkor Wat 的意思就是——如圣洁的城市一样的寺庙。

曼荼罗是梵文的音译，本意为“获得本质的地方”，象征宇宙的分解与复合。作为诸神聚会的圣地和宇宙力量的聚集点，曼荼罗最下方为地火水风四大元素，其上有须弥山，众神聚会于顶端的宫殿。须弥山周遭有四岳，日和月在山腰间运行。它又是印度古代建筑学里的一个术语。从实质上看，曼荼罗最主要的元素有二：中心和边界。以中心为主导向外辐射，以边界为约束向中间凝聚，由此构成内聚外屏的神圣场所。吴哥寺的营造法式正是曼荼罗的典型代表。

我站在浮雕回廊中的东廊南翼，印度的创世纪神话“搅拌乳海”的画面栩栩如生。我曾听坤叔讲过这个故事，那是干爹和他在印度旅游时，森老师讲给他们的。在吴哥王城参观其他寺庙时，也大都能在桥栏上、门楣上看到破损不堪的雕塑——搅拌乳海。唯有这里的浮雕，完整而又清晰：左边是88位赋有魔力的阿修罗，右边是92位天神修罗，双方向不同的方向拉动巨蛇，就像拔河的阵势。巨蛇有七只头，蛇身缠住曼陀罗山，山坐落在神龟的背上。毗湿奴大神在中央俯视，湿婆神、大梵天、猴王哈努曼也都现形。众神搅拌乳海，激起的浪花生成了飞天女神。海水翻腾出鱼、蛇、鳄鱼等海中生物，生命就此诞生了……

穿过一片长满参天大树——金银树的树林，我们看见一片坍塌的废墟。这片废墟中的废墟就是崩密列，躺在这里已经有上千年了。原装的，导游说。一是政府没钱开发，二是也想保留这样一个完整的废墟，以呈现它当初的模样。从这儿穿过这片树林，就是地雷阵，所以到处都有警示牌和警戒线。

树木、藤蔓顽强地在石头缝里生长，顽强的生命力让昔日的王宫和神庙崩塌。神龛还在，神像却被抢掠；残垣断壁上的浮雕大部分被抠走了，只留下大量残破的印痕。我手脚并用地翻越一堆堆乱石，爬到一个被树根和藤蔓缠绕的神龛前。神龛空空如也，原本供奉的湿婆神像已被人盗走。神龛的前面是一个长廊，原来上面覆盖着石板屋顶，神庙坍塌，屋顶大量的石板就堆积在廊道。廊的尽头是一道门，我攀爬在石堆上，以树枝和藤蔓做抓手，就像荡秋千一样穿过廊道，走向那道光，走向那道门。我看到柱子，看到倾倒的横梁，看到石头上的雕刻的莲花纹，看到消失的湿婆神像。我穿越漫长的长廊，攀爬到那道门前，就像穿越我自己年轻的生命。我看到了成、住、坏、空，看到了存在，也看到了毁灭。

我不知道自己为何停留在这道门前。这道门如同一道天堑，它界限了宫里和宫外，界限了抵达和告别，界限了今生和来世，界限了生和死，界限了执著和了悟……

我强烈地感觉到时间的力量。我想起干爹，想起他的创造与毁灭，想起了他那诡异的死，他留给我的又何尝不是这么一片废墟？

15. 密函

柬、越之行后，我就算是正式上任了。用坤叔的话来说，就是进入角色。也许，在旁人看来，我简直就是他娘的“含着金钥匙”出生的“富二代”，生活在蜜罐中，属于让众屌丝羡慕嫉妒恨的主儿。一切都是现成的，一切都已安排妥当。这大概就是人们常常念叨的那个命好吧。其实，我的内心深处并不稀罕干爹的这种“安排”，尤其是当这种安排变成“遗嘱”或者“遗愿”时，你简直就无法抗拒。冥冥之中总有一种神力推着你，它又像无形而又强大的热带飓风，将你卷起来，扔在它随便中意的地方。

记得刚上大学那会儿，自己的心情那是多么惬意啊。初来乍到，美国费城的阳光是那么灿烂，空气又是那么的清新。宾州大学的校园绿树成荫，满眼的鲜花争奇斗艳。我常常一个人在学校花园的大橡树下读书，享受着日光浴，欣羡地看着情侣们呢喃亲吻。我那时迷上了波兰诗人米沃什和辛波斯卡。我将米沃什的英文诗句试着翻译成中文贴在宿舍的墙上——

我不想成为上帝或英雄
只想成为一棵树
为岁月而生长
不妨碍任何人

没想到这首诗给我带来莫大的幸运。那是在华尔街的“小摩”（摩根大通）面试见习分析员这个职位时，当面试官——一个从小在美国长大的台湾籍 ABC 彼得·唐问我：你的人生理想和职业生涯是怎样规划的？我脱口而出，背诵了米沃什的诗句。他愣了足足两分钟，对我说：这是我迄今为止听到的最真实、最另类、最罗曼蒂克也是最酷的回答。他连续用了 4 个最高级别的副词，我当时心里就有了点谱，别提多兴奋啦！一周后，彼得·唐致电祝贺我，欢迎我正式加入世界知名的投行——小摩战队。后来我才知道，我战胜了五十几个竞争对手，居然是因为背诵了米沃什的 4 句诗。谁说诗歌无用？后来我也想过，为什么如此迷恋这首诗，因为诗句正好契合了我的所谓理想。我真的不想过轰轰烈烈的人生，只想做一棵树或一朵花，静悄悄地生长或开放。而干爹用自己的死亡和一份遗嘱，彻底改变了我的人生轨迹。祸兮福兮，也许只有湿婆大神知道。

干爹选择我做他的继承人，不是一时的心血来潮，应该是经过深思熟虑的。至于从何时开始，我认为至少可以追溯到送我到美国念书那会儿。记得干爹在机场送别时说过这么一句话：春儿，好好念书，学点真本事。等你学成归来，干爹也该退休享福啦。但让我有疑问的是，干爹有亲生的儿子啊，还有女儿，为什么不是他们呢？干爹能做通他们的工作，认可由我来做他的继承人，该花多大的功夫说服他们呀。干爹明知我并不是他的亲生女儿，为什么执意将藏匿的资产交给我？也许这块资产是他这些年积累的合法利润，他公平地分成了两份，一份留给了他的妻儿，一份留给我的生母和我。他采用蚂蚁搬家的方式，一点点、一笔笔将资金化整为零地转到境外。他的内心究竟是怎么想的不得而知，但有一点却是确凿无疑的，那就是：他要为我的学成归来，打好一个坚实的地基，并构建了一个成型的平台。他期待着我能在这个平台上起飞。尽管这块资产隐藏在境外，也许真的见不了阳光，甚至还带点血腥味；尽管他名下的所有公开资产均都被查封。他难道还有其他隐情？

（一）

周末的早晨，我正赖在床上翻电视，从本港台、翡翠台翻到凤凰卫视，都没劲。我又翻到央视的新闻联播，从新闻得知藏区有晒佛节之说，又叫浴佛节。一般都是藏历2、4或6月中旬举行，各大寺院都将珍藏的锦缎织绣的硕大佛像（因为平常都是卷起来保管的）展示于光天化日之下，供信众观瞻膜拜，当然也顺便消毒、防潮防霉变了。

我突然心血来潮，晒佛节既然又叫浴佛节，我何尝不把湿婆铜像搬到阳台晒晒日光浴呢？屈指算来，湿婆到我家也小半年了。我翻身起床，穿着睡衣，夹着人字拖，小心翼翼地将舞王湿婆铜像从神龛中抱出来，轻轻安放在阳台上的沉香木茶具上。太阳光刚好直射过来，舞王湿婆浑身金光灿烂，煞是刺眼。我说，额的神呀，我生母早死，生父至今没有现身，唯一的亲人干爹又自杀了。从今往后，你就是我唯一的亲人啊。我发誓今生今世与你不弃不离，长相厮守。我每天给你上香，相当于尘世里的送饭吧，还给你供养不同品种的生果，补充维生素之类的。望你这一路保佑我，陪伴我，成全我……

冲了杯牛奶麦片喝下，解决了早餐。我就匆匆走到阳台，挑了块干净的抹布，拿来消毒水喷剂，这就正式给舞王湿婆铜像净身了。想必自从干爹将这尊神圣铜像交给坤叔时起，他从来没有擦拭和清洁过。铜像缝隙处沾满了灰尘，局部已长出带毛的锈斑，可能是南方的空气太过潮湿的原因。我小心翼翼地喷洒消毒水，用抹布轻轻擦拭。先擦他的头部，脖子上缠绕的眼镜蛇真是酷毙了，就像大学校园里戴着眼镜、举止沉稳的资深教授，眼镜蛇还在张口吐着信子呢。在擦拭舞王湿婆的头饰之一，那具骇人的骷髅时，我有了一个惊人的发现：骷髅嘴巴的空洞里，有一个古铜色的橡皮纸包，如同裹着糖纸的水果糖大小。它的颜色因为是古铜色，跟铜像颜色一样，浑然一体，所以如果不仔细查看，是很难发现的。我找来化妆用的镊子，怀着只有考古专家在清理墓室时才有的那种复杂心情——期待、忐忑、惊惧、激动，用镊子将这个古铜色的橡皮纸包夹了出来，特想立马打开，却又不敢打开。这究竟是什么秘密呢？难道是湿婆大神显灵了，眼见我竞买凤凰山球会资金不足，给我寄支票来了？

我怀着忐忑的心情试探着解开橡皮纸包，徐徐展开一张信纸，原来是干爹的笔迹！这显然是一封密函，封存于此，有缘人才能发现。我一口气读完了它，顿时泪流满面，失声痛哭。

春儿：

如果你能有幸见到这封密信，说明是湿婆显灵了。你也许正在被我的自杀原因所困扰，被自己的亲生父亲是谁所惶惑。我不想将秘密带进棺材，说出我的秘密也许对你有些帮助。我的自杀是因为你的生母樱子，她因我而吸毒，反反复复，戒了又复吸，简直生不如死。她自杀过多次，割腕、撞墙、吸煤气都有过。她一再请求我给她做个了断。看着自己心爱的人如此煎熬，我实在于心不忍啊。我找来看护她的保安，让他想办法了结你生母的性命，让你生母早日脱离苦海。我特意交代保安下手干净点，不能太血腥。最终，才有了你生母的午夜车祸……两名保安被我动用了私刑，各打了十大板，被炒了鱿鱼。我私下却给了他们每人50万封口费。你生母脱离了苦海，我的灵魂却日日夜夜不得安宁。20多年来，我只要一闭上眼，就会和你生母在一起嬉、笑、怒、骂，恩爱情仇，无以言表。我走前的一个月，你生母夜夜呼唤我的名字……是的，我就是杀害你母亲的真正凶手，我不打算祈求你的原谅，我在阴间会当面给你生母解释清楚，我会坦然接受阎王爷的审判，我甘愿被打入第十八层地狱。

还有，你亲生父亲是谁，连我也不清楚。我提示你的是，你生母生前在老家有个叔伯姐妹，小学同学，听说在当地派出所工作，好像你上户口时她还帮过忙。也许她能告诉你些有用的线索。孩子，去一趟你老家吧，给你母亲上上坟，立一个碑吧。

春儿，记住一点：无论何时何地，遇到自己难以解决的问题时，你都应该找阿爷帮忙。

我和你生母在阴间保佑你。

愿湿婆大神保佑你。

干爹陈飞龙绝笔

我不知读了多少遍了，密信的信纸全被我的泪水沾湿了，字迹已经模糊不堪。我蜷缩在阳台的躺椅上，任凭太阳光线从东到西、又从西到东地照射我，整整一天，浑身如挑筋抽丝般动弹不得。干爹做得真够干净的了，简直天衣无缝，丝毫没有任何人怀疑过生母遭遇车祸死亡的事故背后的蹊跷。亲自动手杀害自己最心爱的人，那种滋味我实在难以想象得出来。而事后的煎熬想必更是难以承受，就连干爹这种意志力极强的人最终也走向自戕和毁灭。命运就像一张无情的网，谁也逃脱不了它的藩篱。所有的抗争、挣扎都归于徒劳，所有的憧憬、期待都注定是泡影。因果轮正如云霄飞车，高速运转在自己的轨道上。我们每个人都被因果轮挟裹着，绑架着，飞速旋转着……

杨红缨，我可怜的生母啊，你来到人世间，爱上一个龙哥，生下一个我，活了 24 个年头，就这样横死街头。你能接受这样一个人世间最残酷的结局嘛，死于你心爱的人之手。你哪里意识到，是那个心爱的人将你带入了毒窟，从此你就万劫不复，生不如死。你们在阴间的见面会是什么场景？撕扯、扭打还是相拥而泣，相濡以沫？让最心爱的人亲手杀死你，那是你的本意吗？你真的得到解脱了吗？还有，干爹真的下了第十八层地狱吗？还是阎王爷原谅了他，让你们在阴间相会，如胶似漆地生活在一起，山崩地裂，海枯石烂，长相厮守？

（二）

坤叔约我出来见一个客户。我做了个 Facial，贴上自备的面膜，以清除脸上的泪痕。我收拾好心情，尽量装出什么事都没发生，一切照旧的样子。坤叔让我在家里等着，他车到楼下就致电给我下楼。

地点定在紫苑茶馆。选择露台，是因为梁总抽烟的缘故。坤叔征询客人喝点什么，客人没看菜单，也没推辞，直接要了一壶大红袍。我不喝岩茶，单点了一杯雨前龙井。我和香港客人交换了名片。对方是梁宏，香江高尔夫球会的投资总监。我也递上自己新印的名片：

香港潜龙国际控股有限公司

红翻天红木家具（万象）有限公司

郭春海　董事长

梁宏翻来覆去地看着我的名片，一双小眼睛逡巡在我的脸上。似乎像法医一样做着比对。他恐怕是怀疑我的真实性。一个女孩儿家，这种年纪也就谈谈恋爱，玩玩苹果手机，追追名牌包包和服饰，捧捧偶像，做个忠诚的粉丝之类的，而我，名片上赫然印着的居然是董事长职位。看来坤叔并没有向客户交代清楚。据坤叔在路上说过，梁宏是他家“犇记牛杂店”的超级粉丝，几乎天天来。属回民，祖籍宁夏盐池。梁先生看起来四十来岁，方脸大背头显得有点过时，一双小眼睛明亮犀利。白底儿蓝条纹衬衫，没打领带。一身休闲乳白色西服，显得清爽、干净。

梁宏听着坤叔对我的简单介绍，当然重点是“父亲突然病故，仓促辍学接班”的精髓，而他自然成了刘备“白帝托孤”时的诸葛亮了。他言明自己和我生父生前是最要好的朋友，如今面临我的家道变故，当然要挺身而出，辅佐我上路，骑上马，送一程。另外，坤叔还神秘地从手袋中掏出一份文件，他对梁宏说：我刚从朋友那里搞到一份秘密文件，是国务院常务委员会的会议纪要，国务院办公厅出的，中央台的新闻联播有播，是严禁地方政府新批准高尔夫用地的禁令。梁宏接过来看着，边看边笑着质疑道：连新闻联播都播出了，还有什么秘密可言呢？坤叔说，那可不一样。纪要里讲得更具体，而且还有表决过程呢。你看嘛，这文件上明明写着“秘密”二字。总之呢，这就说明高尔夫的未来是稀缺资源，重新批准几乎没有可能。同时也说明这个项目未来有着巨大的升值空间。

梁宏心中疑团消解，马上改口对我大加恭维，什么年轻有为啦美貌与智慧并存啦龙生龙凤生凤啦……你还别说，头一回听到有人当面夸耀你，还真是害羞得很，我的脸一阵阵发烧，应该一直红到了脖子根呢。我打断梁总的夸夸其谈，说咱们谈正事吧。

梁总说：咱们香港批地建球场太难，连我们球会的会员入会，都有人嘲笑是“千年等一回”呢。咱们香江球会章程规定，会员固定名额3000名，任何有意入会的人士必须先排队，除非有会员逝世，空出名额，才可以按排队顺序接纳新会员。新会员还必须拥有5年会龄、10名以上的会员联名推荐。所以，公司董事会决定在金沙附近50公里范围内寻找新的并购标的。正好，坤叔向我推荐了凤凰山球会。这个场子我打过几次，虽说是地势平坦了些，没什么起伏，球场难度也不大，但感觉球道、果岭设计得不错，草坪保养得也不错，管理也行。27个洞，有9个洞的灯光，基本满足我们的要求。加上我们还有一个硬性规定，就是从港岛开车，一个小时车程，这个范围之内才可以考虑。就这样，也算我们有缘，我们就有了今天的见面。

我问道：“既然这样，那你们为何不单独参与竞买呢？”

梁总掐灭了烟蒂，回答道：“我们在内地从来没有投资过项目，所以这第一单投资，当然想找一家合作伙伴一起做啊。当然有背景有关系就更好喽。”

我继续追问道："那你们公司为什么单单看重我们？"

梁总说："当然是冲着你父亲，江湖中的龙哥来的。加上坤叔自始至终参与了球场建设的全过程，没有比他更了解这个球场的了。"

"嗯，"我说，"那你们打算怎么合作？"

梁总说："组成联合竞标团体，共同参与拍卖竞价。股权结构 51 : 49，双方按这个比例出资。"

我又问道："那你们希望占到多少出资比例？ 51 还是 49？还有就是并购资金数额巨大，你们考虑过过桥融资或金融杠杆之类的资金运作吗？"

梁总说："51、49 都没所谓啦，老规矩，51 的一方当董事长，49 的一方当总经理。融资的事当然要考虑咯，李超人那么有钱，他也不愿意一下子拿出十几亿现金呢。我和你们张总也议论过，最好首期款支付后，余额全部通过融资解决。好在球场开业后，每年的盈利支付财务费用那是绰绰有余呀，所以负担并不重。"

我思忖片刻，盯着梁总的眼睛看，他没有和我对射交集，眼神飘忽了一下下，然后低头摆弄着手里的打火机。我说："看来梁总是一个痛快人，你所在的公司也算痛快。这里没有外人，说说看，你本人对这个项目还有什么诉求和期待？"这时坤叔插话道："老规矩嘛，事成之后给梁总喝茶费。"梁总假装谦逊地笑笑，说道："多谢啦。不过，我看郭总年纪轻轻，是个爽快人，我也就不隐藏了，以后开发球场别墅，能否按成本价给我留一栋？我老婆刚从内地来港，一直闹着看不惯香港的天空，说是囚笼。一门心思想着回宁夏，说那里敞亮。我想啊，让她住在金沙的话，从港岛过去，也就一个小时车程。每个周末开车回家，享受天伦之乐，倒也自在。不知郭总、张总能否成全梁某人？"我和坤叔交换了眼色，我假装很大度地哈哈大笑起来，我说："爱港爱家，梁总正是新好男人啦。没问题，我答应你，给你一套不低于 300 平米的别墅，按成本价加你应付的税费计价。你说呢，坤叔？"坤叔也笑了，对我说："这就是做买卖和交朋友的精髓呀！看来你已经无师自通了，不需要我扶上马，送一程了。"梁总也感激不尽，当场表态，尽量促成这桩联姻。

（三）

纵横拍卖行的公告登出来了。

坤叔拿出两份《金沙日报》，我俩各一份，边饮茶，边逐字逐句地认真阅读拍卖公告，揣摩个中字里行间的深意。这是一间新开张的茶楼，叫做“鸡蛋花”，早茶的点心做得精致而又地道，收费也算合理，老板说专做社区熟客生意。这里没有名茶楼那种喧嚣和骚动，却多了份清净和闲适。来这里消费的人，也是慢条斯理，怡然自得。一盅两件，一份报纸，足足待上 4 粒钟呢。也有几个老者在那里吹水，听得出来，声音是被压抑后释放出来的。

公告在我看来无甚新意，该掌握的信息，事前都已知晓。坤叔仗着政协委员的名号，以公开的身份，搜集到不少情报。起拍底价略低于预期，为 11 亿 5 千万，比预期的还降低了 5 千万。还有就是保证金门槛大幅提升。听坤叔说过，可能保证金为 1 千万，这回提高到 5 千万也不赖，提高进入门槛，也就意味着减少了竞争对手了。报价没变：每一口叫价最低为 5 百万或 5 百万的整数倍数。公告期为 15 天，拍卖标的展示期为 7 天。地点为纵横拍卖行的拍卖大厅。参拍资格一栏特别强调自然人和无犯罪记录这两项，并用黑体字加以区分。我的总体判断是，似乎有人为的痕迹。

坤叔开口道：“降低起拍价，提高保证金门槛看起来似乎对我们更有利，你是怎么看的？”

我说：“事情好像比我们想象的复杂。我担心如果这中间有利益集团运作的话，那无疑表明我们有一个强大的潜在的竞争对手。”

坤叔说：“正是。看来你很有悟性。就我手头上掌握的情况来看，政府那边为了确保不流拍，指定了 4 家市属国企参拍：金地、银地两家地产公司，天地、大地两家旅游公司。据说这4家公司不会真正竞买，为的是撑门面和兜底。真正的竞争对手，是占士邦投资公司和珠江旅游集团的投资组合。这也是我最担心的地方。因为原来挨过你干爹的板子、被开除的马仔胡秋炊正是占士邦公司的总经理。这个胡秋炊是个大骗子，如今摇身一变，成为国安局的线人了。这家伙神通广大，不按牌理出牌。更要命的是，据说，你干爹出事，就是引爆于他的实名举报。这是个十分危险的家伙，甚至可以说，他直接威胁着我们的生存和拓展。只是，他的幕后老板是谁不得而知。可能是一个高官，也可能是姓胡的招摇撞骗使的障眼法。总之，我俩不能大意，要把困难估计得足足的。”

我点头赞许坤叔的分析。我说：“要不咱们隐藏起来，让梁总出面举牌，省得节外生枝。”

坤叔摇摇头说：“我也是这么想的，可香江那边不同意呀。他们坚持让我们出面举牌，他们已经做好了授权文件，全权委托我和你代表他们举牌。对他们而言，这里有一个信心问题。如果我们连举牌都推辞的话，对这个项目的前景还有什么好期待的？仔细想想也是，人家是冲着我们来的嘛。”

我接着坤叔的话说：“也是，眼下只能这样了，走一步，看一步。你就以自然人的身份报名，手上持有香江公司和潜龙公司的授权。为了预防万一，是否还需要一个备用的举牌人呢？”

坤叔说：“这倒不必了。香江公司授权的举牌人本身就有你，而你本人又是潜龙公司的法定代表人。不过，你倒给我提了个醒，举牌之前，我给你写一个授权委托书，这样的话，我俩缺了谁都不影响举牌竞价。”

我说：“嗯，就按你说的办。咱们报名放在最后一天，免得别的竞争对手惦记，你说呢，坤叔？”

坤叔说：“有道理。不一定放在最后一天，我怕保证金转账当天到不了位。反正尽量往后拖呗。我预感这是一场恶斗，我俩要打起十二分精神迎战。不过，据我的观察，你好像最近有些憔悴，似乎有什么心事。说说看，遇到了什么困扰的事？”

听了坤叔的话，我吃惊不小。真是明察秋毫呀，看来什么事也瞒不过坤叔这个老狐狸。

我将在舞王湿婆铜像里发现干爹藏匿的密信的事，还有密信的内容，一五一十地说出来了。坤叔却异常镇定。从他面部表情看，没有丝毫的意外和惊奇。他淡淡地评价说：意料之外，情理之中。你是没见过呀，或者说那时才 3 岁多，还不记事。你生母当年是多么痛苦呀，真是生不如死。龙哥先是把她送到强制戒毒所戒毒，回家后没有几天，她又复吸了。没办法，龙哥派了两个保安日夜看守她，可女人嘛，总有些特殊要求，什么上厕所呀买卫生巾呀之类的，她总能在保安的眼皮底下搞到白粉。后来你干爹把她绑在床头，她毒瘾发作，撞墙自杀，碰得头破血流。据我所知，她至少有过 3 次自杀，还割腕，将煤气灶的管子拔出来含在嘴里，打开点火阀……

你干爹别提有多后悔了。当初吸粉，他受到原来 14K 那帮朋友的怂恿，加上人家可是来金龙玉凤你的场子捧场，他只是抱着玩一玩的心态，没想到铸成终身大错。错上加错的是拉你生母下水。你母亲那时已没有人形了，三分像人，七分像鬼。披头散发，整天不洗漱，几天不吃一顿饭，靠强制给她注射营养液维持生命。每次毒瘾发作，那种恐惧的场面就是现在想起来还不寒而栗，她的整个面部挣扎变形，狰狞可怕，浑身扭曲，大汗淋漓。你干爹也是心软啊，后来他听信了一家戒毒中心的宣传，把你妈送过去，通过吃中药和替代毒品美沙酮、丁丙诺啡的方法戒毒，无非是小毒代大毒，结果还是没有效果。神经科的专家告诉他，女性通常意志力薄弱，戒毒困难。而你生母又属于少见的那种具有极强暗示症和依赖症的患者，一旦毒瘾在她体内生根，那是要用一生去抗争才能戒断的。前提是必须有正常人的意志控制力，而你生母缺乏的正是这个。

所以说，你干爹给你生母一个了断，算是让她彻底得到解脱。只是我们没有想到，他用了这么一种极端的方式。记得当时惩罚两个看护马仔时，我们都认为处罚太重，每人打十大板。你要知道，“东方红”下手很重，一般人是吃不消的。你干爹当时态度坚决，执意行刑，并亲自到场监督。就这样，他瞒天过海，转移了所有人的视线，就连我也没有丝毫的怀疑：你生母毒瘾发作，死于车祸。事后，谁也不知道那两个兄弟的下落。也许，这是你干爹跟他俩的约定，每人50万的封口费，从此人间蒸发。

现在回想起来，你干爹当时的内心煎熬，那是无人能懂的。只要碰到与你生母相关的事物，包括与杨红缨接近的名字呀，四川女孩呀，长相跟你生母接近的女孩呀，声音跟你生母类似的女人呀等等，都能勾起你干爹无限的怀念。他悄悄在韩国订购邮轮，取名“樱子号”，用的是你生母的名字。他将金龙玉凤的驻唱歌手叶丽香招募进来，完全是因为她的声音好像你的生母。他当时招募叶丽香，遭到众兄弟的反对，因为当初说好了不招女性弟子的啊。你干爹一意孤行，当时连我也不理解。现在看来，你干爹所做的一切，都是在为自己赎罪——包括选择你作为他财产的唯一继承人。

这样看来，你干爹自杀的谜团就解开了。他杀死你生母，也是他在这人世间最心爱的人，目的是让她得到解脱；而他自己却戴上无形的枷锁，灵魂每时每刻都在承受着煎熬和鞭笞。他自责，他忏悔，但他最终没能从自己的罪孽中解脱出来。他选择吞枪自杀，用了一种更残酷的方式解脱自己，结束生命，也结束了一切恩怨和罪愆。而他选择的时机，正是飞龙集团被定性为黑社会性质的犯罪组织这一时刻。导火线就是阿财潜逃国外10年后，被押解回国。我至今仍不相信阿展是你干爹杀的，很有可能是阿财为了活命，花钱买通了相关人员，而嫁祸于你干爹。阿财虽然判了无期，但据说最近又有立功表现，二审可能减刑。唉，人世间的事，真是说不清楚。

我对坤叔说，干爹这一生的轨迹我似乎看明白了。他从少年时代起就踏入黑社会。黑社会的那一套生存法则就成了他的价值观——暴力至上，弱肉强食。他从14K跳出来单干，打下一片天下，最终从黑道的利益格局中抢得一块地盘。他错误地认为，自己的成功可以复制。后来因为生存的艰难，加上他也厌倦了打打杀杀的生活，他毅然金盆洗手，做了几年寓公。这几年他应该做了些反思，但他从反思中是否找到答案，从梧桐镇的创业来看，他根本没有找到答案。他利用了内地改革之初的社会混乱和价值观的裂变，通过暴力重组各类资源，完成了资本的原始积累，并迅速积累了庞大的财富。然而，人性的这一关他却没有过去。也许是从小耳濡目染太多的伤亡和杀戮，他视别人的生命如草芥，甚至包括自己的生命。用他的生存逻辑来讲，就是谁挡了我的财路，我就让他灭亡。他这种本末倒置的混乱的价值观，最终让他付出生命的代价，这无疑是一场令人侧目的悲剧。他请来湿婆大神，只是让自己的信仰和价值观有个载体，让自己的犯罪行为有个开脱的理由。你是最了解他的人，坤叔，你说说看，湿婆神究竟给干爹带来什么？

坤叔沉默不语。良久，他叹了口气说："我猜测他是这么想的。请来湿婆大神后，他执意去西藏冈仁波齐峰转山朝拜，他的目的是通过苦难的行程，到湿婆的老家忏悔，希望洗清自己在14K的罪孽，重新做人，重新来过。可一旦来到梧桐镇创业时，情况远不是他设想的那么简单。他一没有资金，二没有知识，三没有技术，四没有背景，他赖以起家的独门专长就是暴力，打打杀杀的暴力。而人性中恶的一面在你干爹身上又一次复活，带着强大的惯性。而暴力一旦和地方权势联手，就等于找到了保护伞。如是，暴力便畅行无阻，暴力变成为快速攫取财富的工具。反过来，通过暴力攫取的财富又反哺执掌权力的官员，这样所谓黑社会的保护伞就结成了。而中国内地的富豪，一旦给你贴上黑社会的标签，你就死无葬身之地。财产充公不说，还要坐牢，甚至杀头。我了解你干爹的个性，他是宁死也不愿过屈辱的生活的。个性刚烈，容易折断。从一审的判决来看，他至少要判死缓，如果真像阿财所说，是你干爹亲自枪杀了阿展，那他就会判死刑立即执行。所以，从这个角度看，自杀是他唯一的选择。其实，他早已在内心给自己宣判了死刑。我回想起来，至少在他自杀两年前，他脾气变得温柔了许多，对下属也和蔼有加。他乐于公益，捐了不少款，他在试着为自己赎罪，尝试着拯救和救赎自己的灵魂。也许是举报事件来得突然，使他被迫中止了自我救赎的努力和尝试，最终用他最心爱的“沙漠之鹰”给自己做了个了断。

坤叔的见解不无道理。这封密函的见光，意味着干爹在我心目中慈父的形象轰然倒塌，干爹瞬间变成一个吃人的恶魔，变成一座巨大的废墟，血肉横飞，毛发燃烧，顷刻化作一股青烟。留下的是残垣断壁，留下的是坍塌的门楼和廊柱，还有那越来越模糊的浮雕碎片，就像吴哥窟的那一片废墟……

我和坤叔都陷入沉思。从接到噩耗到现在也差不多快一年了，这段日子回想起来，就像是做了一场梦。干爹自杀之谜和我的生父之谜，就像两座大山，压得我喘不过气。这些日子我所做的一切似乎就是在解开谜团。随着干爹自杀谜团的冰释和化解，我突然感觉轻松了许多，轻松的同时，也感觉到失落。这得归功于密函的发现。而干爹的另外一个提示，也让我对寻找生父充满了期待，对帮助解开我的另一个谜团仿佛看到了几缕曙光。是的，我早就应该祭拜一下生母的，20多年了，该回她老家给她上上坟了，还有探望为她的死哭瞎一只眼的姥姥……

16. 真相

我束手无策。突然想起干爹曾在密信里提示过，“无论何时何地，只要遇到自己处理不了的难题，就去找你阿爷……”。我不得不求助于年事已高的阿爷。我真是无限地后悔和惆怅。我和坤叔当初为什么就没有坚持呢？

事发突然，根本没有时间考虑太多，必须当机立断，快速做出反应。迁就了战略投资伙伴香江公司，却让我和坤叔陷入了十分凶险的境地。

（一）

为了给香江公司足够的信心，我和坤叔违背了初衷，打算参加竞拍。说好了，为了隐蔽真实身份，我不撒名片，坤叔对外介绍我的身份，系香江公司的秘书。梁总作为观察员，也将出席拍卖会。坤叔以自然人身份报了名，就在拍卖公告公布的报名截止日期来临的前一天，保证金也于当天顺利到账了。

我和坤叔办理完毕报名手续，正驾车匆匆往回走的时候，坤叔接到一个神秘电话，是胡秋炊打来的。从坤叔的语气来判断，胡在电话那头儿十分客气，老朋友了啊好久没见面甚是挂念之类的，重点是略备薄酒小聚叙旧。我提醒坤叔，这个节骨眼上给你打电话约吃饭，怕是“鸿门宴”啊，俗话说来者不善，善者不来嘛。坤叔接完电话，“丢你老母！”，骂了句粗口。坤叔说，消息这么灵通，看来是盯上我们了，管他鸿门宴还是黑门宴，伸手不打笑脸人，你胡秋炊敢请，我们就敢吃。谁怕谁呀？再说了，明摆着，我们都是竞买对手，他想掌握我们的情况，我们也想了解他们的想法呀。他花钱请吃饭，我们不吃亏。我说，只能这么想了，不赴约的话，显得我们猥琐；赴约的话，又怕他们要什么阴谋。这里面不会有诈吧？！坤叔说，胡秋炊的为人我还是清楚的，这小子跟你套近乎，肯定没有好事。不怕，我们做好心理准备，场面上随机应变。只是要委屈你啦，你的真实身份不能暴露，就说你是香江公司的秘书，虚拟一个名字吧，你打算叫……我对坤叔说，就报我的英文名字——希瑞。

吃饭的地点在一个窄狭的巷子里，一幢独立的4层小楼，大厅宽敞明亮。自动扶梯通往各楼层，有专门的泊车仔代客停车，很有点港式服务的味道。酒店的名字叫“东北汇”，迎宾小姐带我们上楼，说老板就是鞍山籍的港人，主打东北饺子，有50多个品种呢。我和坤叔都没来过。坤叔说，胡秋炊就是鞍山人，想必跟老板认识，可能还是老乡呢。小姐操着浓烈的东北口音说，胡哥是我们的常客，他常说这里就是他家的食堂，每次吃饭都在999号包房。

一间硕大的包房，够摆上3桌的。宾主握手寒暄，互递名片。他们在座的有4位：占世邦董事长，胡秋炊总裁，名片上印的是占士邦投资有限公司；另一位是珠江旅业集团的副总，叫黄梦雄；第四位一个年轻仔，是司机来的。桌上摆着一瓶茅台，就在我的面前。我扫了一眼，为中央军委建国60周年特供，窖藏60年的年份老酒。商标上有一颗五角星十分扎眼。分量标明为1500克。是真是假只有喝了才知道，据说市面上所有标明的特供茅台都是假的。不过我倒是闻到了陈年老酒的香味，尽管还没有开瓶，应该假不了。看来，胡秋炊为这场注定要来临的宴请做足了功课，用尽了心机。如此隆重而又盛情，他的葫芦里到底卖的什么药呢？

酒果然是真的。瓶盖一打开，空气中立马弥漫着茅台那种特有的浓烈而又缠绵的酱香味道。据胡秋炊介绍说，这瓶酒是他压箱底儿的宝贝儿，今天奉献出来，跟老朋友分享，老酒配老友，绝配！胡秋炊属于标准的东北男人，身高 1 米 8 以上，圆脸浓眉高额头，圆润的下巴略显富态，头发油光发亮，新涂抹的啫喱水还是湿的。穿一件奶白色带条形暗纹的衬衫，袖口扣得严实规范，领口下解开两枚纽扣，发达的胸肌隐隐可见。看得出来，胡是一个很会来事的人。但凡大场面上的应酬，这类人想不成为主角都难。

胡秋炊点菜也是奇葩，他拿着菜单对经理说了几道不要的菜，其他通通上。东北菜出品快，凉菜居多，呼呼啦啦桌子都摆满了，不得不“盖楼房”了。大盘、小碟加起来也有三十几道菜了。坤叔点赞了一盘老陈醋拌海蜇头，胡秋炊马上命令服务小姐：这道菜再来 3 盘。

坤叔说得一点没错，这是个不按牌理出牌的家伙。胡秋炊每人敬了一杯酒，特意跟坤叔干了 3 杯，这才稍微安静了下来。我以茶代酒，回敬了胡总一杯。占总发话，宴请才进入正题。占总说：“今天请张总吃饭，感谢赏光。听说你们也打算竞买凤凰山球场，看来我们是同路人了，可谓英雄所见略同。不过哪，我们却又是竞争对手。在拍卖场这种场合，无论你我的每一口报价，无疑都会加大对方的成本，要知道，喊一口那可是 500 万的真金白银啊！所以，咱们今天见见面，看看有没有合作的空间，没必要两败俱伤斗狠斗气呀，大家都是朋友嘛。”

坤叔赶紧接过占总的话头说：“占总的话说得在理儿。我呢自从龙哥过世，就回港打理自家的牛杂店了。这次出山纯粹受人之托，合作的事恐怕要跟香江公司他们谈了。”坤叔说完，看了我一眼。胡秋炊盯着我问：“希瑞小姐，你们公司是……”我脱口而出：“全称是香港香江旅业控股有限公司，专业投资高尔夫产业。香港的深水湾、粉岭球场都有我们的股份。”胡秋炊“嗯”了一声，说：“这么说，你们属于专业人士啦，为什么对金沙的球场这么感兴趣？”坤叔说：“香港的球场入会太难，规矩忒多，而且球道老是塞车。所以香江公司有意拓展业务，为港人打球寻找一个便利的场所。”

一直坐在旁边的珠江旅业的黄副总开口了，他说：“香江公司我知道，香港仅有的两个球场都是他们的。我们珠江旅业跟他们还是战略合作伙伴，大家都是同行。他们的会员在我们广州的球场打球有特别的优惠呢。”

占总“哦”了一声，说道：“这么说来，合作的大门好像关闭了耶。那我想问问张总，有无可能，你动员动员新东家放弃这次竞拍，给我们让让路？当然，我们可以考虑给你们一笔补偿费。何必发疯似的往上加价，搞得大家都不愉快，弄成个双输的局面呢？大家都是生意人，和气生财嘛。”

坤叔诚恳地说：“占总，这事我真的做不了主！你的好意我保证负责转告。”

胡秋炊好久没吭气了。他似乎有点按捺不住了，他对坤叔说：“张总，听说专案组前不久还找过你谈话，追查龙哥隐藏在海外的财产？”

坤叔一愣，心想这家伙使出杀手锏，开始“将军”了。他故作镇静地回答道：“胡总真是消息灵通呀，是有这么回事。不过哪，你是知道的，我一个编外的司机，哪能知道龙哥的秘密。”胡秋炊紧追不放：“没那么简单吧，你可是龙哥的心腹，哪有你不知道的事情？我估计呀，这事没完，他们还会找你的，说不定哪一天，他们就把你给逮走了。”

坤叔说：“多谢胡总的提醒。我呢，身正不怕影子斜。我倒是听人说，龙哥这次出事，是你实名举报的呀。”坤叔开始反击了。胡秋炊哈哈大笑，故作吃惊地环顾左右，说：“还有这种事？谣言，纯粹的谣言！举报龙哥，凭什么呀，对我有什么好处？犯不着啊。”

这时，饺子上来了，胡总点了20个不同品种的馅儿，每人每种馅一个。席间明显擦出了火花，有点火药味了。这饺子上来得恰到好处，似乎暂时化解了略显尴尬的场面。

占总边吃饺子边说：“我看啦，张总你还是认真考虑一下退出竞拍的事。我们是非拿下这个项目不可的，不惜血本。你们知难而退，拿到一笔补偿，也是一桩不错的买卖呀。”

坤叔抬头望了一眼占总，回答道：“占总的意思我一定负责转告。不过，话说回来，如果香江公司这边也提出同样的条件，你们会退出竞买吗？”

胡秋炊显得有点激动，他将筷子一把撂在桌子上，提高嗓门道：“绝无可能！我们是志在必得，不惜代价的。我在这里先把丑话说到前头，竞买嘛，最终只有一家胜出。如果你们执意参拍，恐怕会付出沉痛的代价的。到时，只怕后悔都来不及了。”

坤叔也把筷子撂下，用湿纸巾擦擦嘴巴，对胡秋炊说：“胡总，你这是在威胁吗？拍卖、拍卖，价高者得。竞价纯粹是市场行为，大家按市场规则出牌，拼的是实力，比的是眼力。难道还有什么潜规则？”

占总笑道：“张总你别激动。你虽说在梧桐镇待了这么些年，但你毕竟是港人啊，思维当然还是港人的思维。不是有人说过嘛，香港是法制社会，台湾是民主社会，而祖国大陆呢，号称讲法制和民主，其实呢，完全是人治社会。这就是内地与港澳台最大的不同。”

坤叔不服气地说：“那照你的说法，拍卖根本就是多余的，让领导点头批给你们不就一了百了了吗？”

胡秋炊说：“算你说对了，拍卖只是走一个形式，障眼法而已。你哪里知道这幕后都有哪些弯弯拐拐，都有哪些黑幕交易？”

坤叔显然被激怒了。他起身说：“这么说，你们一切都搞掂了？既然如此的话，那你们这顿饭就显得多余了，唉，可惜了这瓶60年的茅台。”

胡秋炊笑道：“一点都不多余。自古交战先礼后兵，咱们这顿酒算是给双方弟兄壮行吧。咱们拍卖场见啦。”说完，他吩咐小姐买单。

下自动扶梯时，占总拍了拍坤叔的肩膀，说：“张总，我最后一次提醒你，还是放弃吧，又不是你的项目，何必这么较真呢？弄不好引火烧身也说不定。”

坤叔说：“我是受人之托，成人之美。放弃与否不是我说了算。你的好意我会转告的。”

这场“鸿门宴”虎头蛇尾，草草收场。

我驾车送坤叔回家。坤叔说，今天的场面往好处想呢，是胡秋炊他们释放烟幕弹，恐吓加利诱，逼着我们知难而退；往坏处想呢，他们背后好像有什么阴谋，甚至不排除他们有很深的背景，没准儿跟某位高官勾结在一起呢。我说，我倒是觉得前者的可能性大一些，不然，他们花这笔冤枉钱请我们吃饭就显得毫无意义。他们其实也有心虚的地方。坤叔说，但愿如此。为了防止万一，我现在就给你写一份授权委托书，你在前面马路牙子稍微停一下。我的包包里有现成的身份证复印件，也给你一份。我打了转向灯，临时将车停靠在一个公交站的入口处。坤叔手写了一份授权书给我，说：送我回家休息一下吧，晚上咱俩再碰。

车停在莲花花园小区。坤叔下车时身子晃了一下，以他的酒量，喝得稍微过了点。我探出脑袋说：坤叔，你没事吧，要不我扶你上楼吧？坤叔转身对我说，没事，你走吧，睡完午觉，晚上咱们再联系。

（二）

胡秋炊、占世邦在“东北汇”999号包房根本没有挪窝，晚上他们要招待另一波客人——省安全厅的便衣警察。其实呢，午宴结束后，当我们的车子启动时，另一辆神秘的黑色本田车已经悄悄地盯梢了。坤叔踉踉跄跄上电梯时，胡秋炊的手下也同时挤上电梯。他的任务是查明张坤一的住处。胡秋炊他们设下一个惊天大阴谋——找个理由，利用占世邦表哥的职权，扣住张坤一，让他没法出席拍卖会，当然就无从竞价了。

胡秋炊、占世邦一直盯着报名竞拍的几家公司的动向。他们了解到，金地、银地、天地、大地4家公司都是金沙市属的国企，他们报名只是撑场面做样子的，基本不会竞价。直到公告报名截止期的前一天，他们期待已久的目标出现了，这是他们唯一的竞争对手。占世邦在第一时间十万火急地给表哥报告，希望表哥那边采取强制措施，将竞买人张坤一控制住。表哥听完占世邦的汇报，并没有爽快答应。他跟表弟说，你有所不知啊，抓人容易放人难，你们还是和谈解决问题最好。不到万不得已，还是不要随便抓人。占世邦说，那好，我们今天中午就安排吃饭，与张坤一他们见面，劝退他们。如果没有效果，就需要你那边出手了。你最好把抓人手续备好，听我的口信。表哥说，这样也行。你们一定要有诚意，跟人家好好谈，分析分析各种利弊，给他们承诺补偿，让他们自动退出最好。

可能是年份酒的后劲太大，加上坤叔喝得有点超量，他这一觉一直睡到晚上 7 点。他揉揉惺忪的睡眼，看了一眼腕表，准备起身打开雪柜喝点冰水，嗓子眼直冒火。尽管在香港有家，但为了工作的方便，这些年来坤叔还是一直续租着莲花花园的住所。这是一个 60 平米的酒店式公寓，管理费虽说贵点，但物业管理公司包每天的房间打扫和室内清洁。加上住了这么些年，也习惯了，进进出出都有人跟他打招呼，似乎他就是这里的业主。保安也大都认识，小区有一个小花园，散步、练瑜伽都很方便。这里也就成了张坤一在金沙市的家了。

有人敲门。坤叔从装在门上的猫眼往外看，好像是小区的一个保安，保安后面跟了 3 个人，自己不认识。他的心脏颤动了一下，难道要出事？迟疑了片刻，门缓缓打开了。保安凑上来热情地说："张总，省安全厅和市安全局的同志找你问点事。"省安全厅？市安全局？就是传说中的中国版的克格勃？印象中他们是抓间谍的呀，我跟他们没有打过交道呀，难道……

3 位便衣出示了工作证，省厅两位，市局一位。省厅里的便衣详细询问并核实了坤叔的身份。其中一位便衣掏出一份《协助调查通知书》，盖有省安全厅的大红印章。坤叔的手机被收缴，没有给他戴手铐。3 个便衣一前二后夹着张坤一下楼。坤叔懵擦擦的，心里有些慌乱。尽管已有心理准备，还是被这突如其来的打击搞得有点乱了阵脚。他十分肯定这是胡秋炊他们干的，只是来得如此突然，如此意外，如此及时，以至于根本来不及跟阿春商量应变的事。都怪中午的这顿酒，不然也不会睡得这么沉，睡得这么久。要是放在平时，这个点儿正是跟阿春见面的时间呀。真是后悔啊，贪酒误事。阿春可从来没有经历过这种事，她能应付过来吗？她肯定会满世界找我，然后呢？真是不敢往下想了……

坤叔被便衣胁裹着上了车。他请求道：公安同志，我有急事需要通知一下老婆，把手机给我打个电话吧。便衣说，你以为这是旅行啊。不给你戴铐子，那是给你面子。你就老老实实给我待着，过分！坤叔闭上了眼睛：最近这段时间自己心中一直有一种不祥的预感，没想到以这种方式来了。总觉得胡秋炊他们不怀好意，没想到动用了国家机器来抓我，阻止我参加竞拍。真是没有王法了，太过分了。我倒想看看，你们凭什么理由抓我？聊以欣慰的是已经提前给阿春写了授权委托书，阿春照样可以以合法的身份参加竞拍。可阿春找不见我，该有多着急呀，她会被吓倒吗？她不会轻易就放弃了吧？可怜的阿春，小小的年纪经历过这么多的坎坷和变故！刚刚从干爹自杀的谜团中解脱出来，如今又面临着更大的危机。既要捞我出来，又要参与竞拍举牌，还要与胡秋炊那帮混蛋周旋，明争暗斗，她能应付过来吗？龙哥啊，你都看到了？你的老部下干的好事！你赶紧想想办法吧！湿婆大神啊，你睁开双眼吧，你出手救救阿春吧！

坤叔被带到市局的问讯室做笔录。坤叔重新调整了一下情绪。他从内心里提出抗议：丢你老母，老子倒要看看，你们他妈的究竟想干什么！

（三）

我匆匆吃完晚饭，想起晚上有重要的事情跟坤叔商量，就约他出来在老地方——紫苑茶馆见面。我按了手机的快捷键，坤叔手机关机，座机没人接听。不对呀，坤叔的手机是 24 小时开着的呀，难道出什么事了？

我二话没说，赶紧开车奔莲花花园小区。我将车停在路边，乘电梯上楼。敲门，没有人应。再打电话，手机关机，座机的响铃声我在门外听得真切。一种不祥的预感迅速席卷我全身每一个毛孔。我赶紧下楼，碰见大堂的值班保安。我急切地问道：请问18楼的张坤一先生去哪儿了，你知道吗？保安看了我一眼，询问道：你是他什么人？我赶紧回答：公司同事。保安瞅了我一眼，半信半疑地说：他被省安全厅和市安全局的人带走了，说是协助调查。我听完保安的话如同五雷轰顶，匆忙说声“谢谢”，就疯狂地逃走了，狼奔豕突的那种架势。

我边开车，脑子里边浮现出午宴的场景，胡秋炊的狠话我还清清楚楚地记得：“如果你们执意参拍。恐怕要付出沉重的代价。”对，就是这句杀气腾腾的话。他们的目的再明显不过，阻止坤叔出席拍卖会，这样就没有人跟他们竞争了。也许，拍卖结束，他们胜出，坤叔就会被放出来。他们真是想得出来，从省安全厅里找人帮忙，这得花多大代价，冒多大的风险呢？安全厅又是干什么的呢？我还真的没有概念，从他们随便抓人这一点来看，应该比公安更牛。这群人渣，原来他们早就串通好了，午宴上只要我们不答应退出，他们就抓人。狗日的，太歹毒了，这做生意的事，真是什么事都能发生！课堂上，老师讲的那些公司愿景呀期权呀市场营销呀SWOT分析呀等等，碰上这类事，全他娘的没用。怎么办？我该做什么？我……

我头脑一片混乱，漫无目的地开着车。一看路牌，我他娘的又兜回了莲花花园小区，等于白转了一圈。我把车停在路边，喝了口矿泉水，先让自己冷静下来。这时，我想起干爹在密信里说的一句话：“无论何时何地，遇到自己难以解决的事情，你都应该找阿爷帮忙。”是啊，我现在就是六神无主啊，我真不知道该怎么办！救人，举牌，还要跟胡秋炊那帮混蛋斗法，他们会抓我吗？甚至会暗中谋害我？我真不敢往下想了……赶紧回一趟香港，求阿爷帮助。就这么定了。我重新发动车子，直接开往皇岗口岸，把车泊在停车场。

阿爷换好睡衣，准备睡觉了，见我慌乱地登门求见，他已猜到我遇见大事了。

我颠三倒四地把坤叔被抓的前因后果跟他讲述了一遍。阿爷边“嗯”地点着头，边鼓励我说下去，慢慢说。半年不见，阿爷似乎胖了些，不过气色还是那么好，童颜鹤发，养尊处优。听完我的急切陈述，阿爷开口道：“嗯，我都听明白了。你现在已经是老总啦，要独当一面呢，你说说看，你打算怎么做？”我一时语塞。稍微整理一下思绪，我说：“当然是先捞人啊，坤叔关在里面指不定会受什么折磨呢。”阿爷皱了皱眉头，问我：“然后呢？拍卖你打算怎么办？”听到阿爷的询问，我感觉自己似乎面对着考官，正在接受面试呢。我说：“拍卖倒不影响，我有授权书。”阿爷接着又问：“那个合作伙伴香江公司那边你打算怎么办？”我脱口而出：“当然要跟他们通气呀，也许他们的人脉资源对救坤叔有用呢。”

阿爷眯上眼沉思良久，他对我说：“春儿，你因为年轻，见过的世面少，遇到棘手的事也不多，所以这会儿遇到紧急的情况，你的判断就出现了偏差。刚才听你说的话，显然你的思路有点乱，可以说是胡子眉毛一把抓。凡事，都得区分轻重缓急。眼下，救张坤一并不急切，你想啊，对方抓他的目的是什么？阻止他举牌呀。张坤一并没有犯事，拍卖结束后，他自然会被放出来。国安局那帮人你懂吗？他们是共产党的特务机构。他们抓错人，再放人，那是家常便饭。你现在把自身的精力都投入到四处找人救张坤一出来这上面，恰恰中了他们的奸计。还有，张坤一被抓这件事，你怎么可以告诉合作伙伴？他们搞不清你们的底细，还以为张坤一真的有犯罪，那接下来他们还敢跟你们合作吗？最厉害的是国安局的案子呀，大都是间谍呀恐怖分子之类的。”听完阿爷的质疑，我豁然开朗了。姜还是老的辣啊，不服不行。

阿爷说：“春儿，生意场上的水很深，常常充满了险恶。阿龙死前把你放在这个位子上，跟我打过招呼。我当然会帮你，你是我孙女呀，我不帮你我帮谁呀。你看咱们这样布局行不行，这第一呢，救阿坤的事你不用插手，交给冯律师搞掂。他有内地的律师资格，可以在内地从业；这第二呢，拍卖竞价，你就专心准备，跟香江那边编个理由，就说阿坤临时有急事需要处理，改由你出面举牌。这第三嘛，就是我的任务，我要为你营造一个宽松的举牌环境，定点清除阻止你举牌的障碍。”

我慢慢咀嚼阿爷文绉绉的话语里的潜台词，“定点清除？”他老人家该不会用14K的党羽把胡秋炊那帮混蛋给灭了吧？我疑惑地问阿爷道：“阿爷，你说的定点清除我没听懂。你的意思是？”阿爷慢条斯理地说：“这些你还是不知道的好，这么做也是为了保护你。你也知道，我尽管从14K退下来好几年了，但影响力还在。我会用我们特殊的方式帮助你成功举牌。另外，我问你，举牌是哪一天，还有多长时间？”我答道：“下个星期五下午3点。还有一周时间。”阿爷“嗯”了一声，说：“时间足够。”

时间已晚，我也不便细问。我匆匆告别阿爷，准备回家。临走时，阿爷问我：“对手的姓名、公司地址或家庭住址你有吗？”我想起午宴时胡秋炊、占世邦递过来的名片。我打开手提包，找出他俩的名片递给阿爷，问道：“名片行吗？”阿爷露出神秘的笑容说：“行啊行啊！太有用了！路上小心啊。”

辞别阿爷，我叫来辆的士直奔皇岗口岸。的士瞬间淹没在夜晚的车河里。车水马龙，灯光璀璨。路旁的霓虹灯广告牌争奇斗艳，用五颜六色的射线在夜空炫耀。我无意赏夜景，我的心思全在“定点清除”这4个字上。阿爷要是杀了胡秋炊，我岂不是无端地卷入一场人命案？这跟干爹当年打打杀杀又有什么两样？我本来是无计可施才求助于阿爷的，我可从来都没想过要灭了谁，我也从来没有要跟14K合作之类的非分之想啊！太不靠谱了。想必阿爷为了这个事也不至于杀人呀，那他要干什么呢？派人上门威胁？这玩意儿对胡秋炊他们似乎不管用。绑架他们？好像也犯不着，绑架可是重罪，不划算嘛。砍伤他们？嗯，把他们砍了，让他们躺进医院，我们这一方不就没有竞争对手了？看来，这种可能性很大。可是，凭什么呀，什么理由呢？砍人也是要坐牢的啊。嘿，阿爷以后还是少求为好，不然，沾上黑社会，那可不是闹着玩的，干爹已有前车之鉴。下不为例啦，我发誓这是今生今世最后一次。

（四）

这是我平生头一回参加拍卖会。

有关拍卖会的所有记忆，都来自于电视或电影。看过苏富比和佳士得的拍卖场面，那纯粹是贵族或富人的大PARTY，举牌者非富即贵，且打扮入时，优雅自在。拍卖师在台上唱着独角戏，嘴巴的两片嘴唇如闪电般上下翻动，双眼犹如两只硕大的灯泡，眼光照射着每一个角落。眼观六路，耳听八方，说的就是拍卖师的基本功，还要加上双手如戏，口舌如簧，你这才合格。尤其是后者，你的口才必须要极富煽动性和诱惑力，让所有举牌者宛若听到一个美女的呼唤：COME BOY。

例行登记，验证，我领取“07”号牌，和梁总挑了第三排靠中间的位子坐下。现场很是热闹，“闲人”多过举牌的人：公证处、法院、国资委、财政局等等机构都到场了，还有媒体：电视台、电台、报社都有记者来现场采访。

台上硕大的圆形时钟报时：3点整。拍卖时间到。我逡巡左右，仍然不见胡秋炊、占世邦他们的踪影。他们是更换举牌人了，还是被阿爷“定点清除”障碍，不能来到现场了？报了名，交了保证金，你没准时赶到现场举牌，那你就是弃权。规则如此，你纵有天大的本事也是枉然。想到这些，我的心里窃喜。

举牌已经开始。01、02、03、04号各举了一次牌，起拍价也从11亿5千万涨到了11亿7千万。看得出来，这是市属国企金地、银地、天地、大地他们4家撑场面干的勾当。我依然按兵不动，等待最大的竞争对手胡秋炊的出现。眼看11亿7千万就要落槌，拍卖师已经叫第三遍了，声音拖得冗长得不能再长啦。梁总用胳臂肘撞了我一下，提示我出手。我举起“07”号牌，用手势将价格指向12亿整。事先我们已经沟通过，这是我们认可的出价，高于这个价格需现场商议。

我的举牌怎么那么漫长？现场鸦雀无声，只有拍卖师在那里吆喝，鸹噪，就像酷热的盛夏，附着在树上的鸣蝉，单调而又乏味。

期待中的举牌竞价就这样草草收场了，就只喊了一口，还没过足瘾呢。没有想象中的厮杀，没有硝烟，不，或者说看不见现场的格斗，有的只是暗战。记者蜂拥而至，把我围在中间。镁光灯闪个不停，我刹那间有了当上明星的感觉。梁总拉我赶紧撤，提醒说最好不要曝光，可我走不脱啊。如果此时我来个“无可奉告”之类的话搪塞记者，也太那个“耍大牌”嘛。而那些玩意儿恰恰是我最痛恨的。我还是说两句吧，表个态。这人啊，也的确是奇怪，你一旦面对镁光灯和媒体记者的提问，本来想好要说的话却忘得干干净净。心气儿一下子就上来了，就像滴酒不沾的人酒精上头，境界也瞬间拔高不少。当然讲话也变得义正词严，铿锵有力了，充满正能量了。我说：很荣幸我们能竞拍成功，将我们心仪已久的项目收入囊中。我们将充分利用香江公司在经营高尔夫项目上的成功经验、管理优势和优秀人才，尽快让凤凰山球会恢复运营，全面提升管理水平，争取为梧桐镇和金沙市打造一张休闲娱乐的亮丽名片。

梁总质疑道，怎么听起来像是重复官员的讲话？我无语。本来，我没打算讲这些的，可镁光灯一闪，记者的话筒都凑过来后，我不由自主地就讲起了官话。也许，全世界的传媒都是如此，被采访者永远说的是假话，或者这么表述更为确切——他们说的话不是发自内心的真话，而是记者或受众希望听到的话。所以，媒体在它光鲜亮丽的外衣下，制造并报道了大量的假象，而真相总是藏在假象的背后，如同人的影子，只有借助于光线的映射才能依稀可辨轮廓，只有极个别人知道。就好比这场拍卖会，明天见报的内容是什么呢，你大概都能猜出来，什么公开、公正、公平呀，什么激烈竞价呀，什么实力雄厚呀，都是狗屁。那是给大众们看的，那是假象。真相究竟是什么呢？胡秋炊、占世邦他们垂涎凤凰山球会已久，从实名举报干爹到干爹覆灭；从操纵拍卖标的评估价到动用国安局抓捕潜在的竞争对手坤叔；从我找阿爷帮忙到现在的拍卖场，就连我也不知道，这背后究竟发生了什么。踌躇满志、志在必得的胡秋炊、占世邦，他们究竟发生了什么？阿爷找 14K 的人对他们做了些什么？反正他们没有出现在拍卖现场。杀人灭口？绑架？砍伤送院……还是其他什么，也许只有阿爷一个人知道，他守口如瓶，将这个秘密永远封存在一块石头中。若干年后地质学家解开这块石头，有了惊人的发现：这就是一个叫做“真相”的物种的化石，可惜的是该物种已经绝迹多年……

17. 棱镜

竞拍结束后，我打通阿爷的座机，告诉他凤凰山球会已经搞掂的好消息。阿爷在电话那头儿语气很平淡地说，祝贺你呀，其他见面再聊，电话里不方便。另外，你来时带上一张现金支票。

我也不便细问，打算明天周末回一趟香港，给阿爷送支票，并当面请教阿爷究竟使出什么杀手锏才让胡秋炊他们缺席拍卖会的。但愿不是谋杀或绑架之类的，我真不愿意事情搞得太离谱。当然，从坤叔被抓这件事来看，也无所谓离谱不离谱啦，他们作恶在先，这也算是以其人之道，还治其人之身。

第二天一大早，我冲了杯麦片，烤了两片面包当早餐。我习惯地打开《金沙都市报》，扫了一眼新闻标题。头版偏右下方，一则车祸的报道引起我的关注——

离奇车祸：三车追尾，四伤送院

记者文轩现场报道：昨天下午2：30左右，沙田路“东北汇”酒楼门前发生三车连环相撞事故。据现场值勤交警描述，前面一辆车系丰田阿尔法白色面包车，挂粤港两地牌，为香港皇冠旅行社的短途营运车，挡风玻璃下面有路线指示牌：香港机场——皇岗口岸。中间一辆车为黑色奔驰S300，后面一辆车为白色尼桑的士头工具车。前面的丰田面包车因避让一位横穿马路的老太太而急刹车，导致后面两车追尾。因车速较快，后两部车驾驶舱里的安全气囊全被撞爆。

记者跟踪到医院采访伤者，据值班医生透露，伤者主要是骨折和皮外伤，暂无生命危险。其中林姓的面包车司机伤势较轻，主要是因撞击力量太大，他的下巴磕在方盘上，导致下巴脱臼；中间那辆奔驰车上3个人均不同程度受伤，其中司机座上占姓男性伤势较重，面部被安全气囊引爆的冲力炸伤，右手桡骨骨折；副驾驶座上的胡姓男性因违章没系安全带，导致头撞挡风玻璃，因失血过多，曾经出现短暂休克症状；后座黄姓男性受伤较轻，头撞上车顶，系皮外伤。后面的的士头工具车上的蒋姓男性无碍。

记者征得医生和伤者的同意，采访了林姓男和胡姓男。据林姓男说，他刚从香港机场出车，拉人去皇岗口岸过关。随后他找就近的加油站加油，就遇上这档事。奔驰车在后面嫌我慢，一直按喇叭，要急于超车，我刚提速，就看见前面一位老太太过马路，我就急刹车，险些撞到她……胡姓男性正在挂吊瓶，头部肿胀，缠着绷带，讲话有些吃力。他语气十分肯定地说，这不是一桩普通的车祸，他怀疑有阴谋，因为他们正准备参加一场重要的拍卖会，他怀疑是竞争对手从中作梗。据说，警方已介入调查此事。

记者询问现场值班交警事故的责任认定时，交警说等待现场勘测和调查的结果。不过，据他用肉眼初步判断，主要责任应该在奔驰车上。

我的担心彻底打消了。无比完美，天衣无缝！我真是打内心佩服阿爷起来了。一场车祸，主要责任还在对方。也就是说，对方搞不好还要赔偿修车费和医疗费、误工费之类的。关键的关键是，对方苦心孤诣、绞尽脑汁的阴谋被一场突如其来的小小车祸化解了，四两拨千斤！我很肯定，后面那辆尼桑的士头工具车也是阿爷他们安排的，双保险嘛，前后夹击中间的奔驰车。万一前面的面包车因为种种意外失手，后面的车就会发力，做成“这一单活儿”。可能是为了干扰警方的视线，他们选择了一辆挂有粤港两地牌的车和一辆挂有金沙市本地车牌的车，两部车看起来毫不相干。而且，的士头工具车肇事更有力度，也更致命。他们显然做了周密的设计，甚至不排除做了多次的演练。线索嘛，当然是我提供的两张名片，他们派14K的弟兄踩点、盯梢，看准了周五中午他们在“东北汇”所谓自家食堂用餐，胡秋炊、占世邦正踌躇满志、摩拳擦掌地迎接已是囊中之物的举牌。没想到阿爷他们设计了这场由对方肇事的惊天大阴谋。可能是有点赶时间，想必胡秋炊他们在车上肯定心急火燎、如坐针毡，而前面的面包车就是慢慢吞吞，像老太太过马路，他们鸣笛抗议。面包车突然加速，又突然刹车。于是乎，完美的车祸就这样发生了。凑巧的是现场还真有一位老太太横穿马路。

就算警方介入调查，肇事者是谁？是你奔驰车呀。你奔驰车撞了前面的面包车，却说别人策划了什么阴谋，这在逻辑上完全说不通啊。警方即便查看面包车的营运记录，隶属于皇冠旅行社的林姓男性每天准时出车，跑这条线路，而且总是在同一个加油站加油。巧合的是，加油站就在“东北汇”酒楼门前的那条马路牙子上。

此刻，我唯一的担心是，想必胡秋炊利益集团已经恼羞成怒，定会加倍“修理”坤叔。坤叔凶多吉少，恐怕短时间出不来了。而我们无疑跟胡秋炊他们结下了“梁子”，未来的斗争如何演变不得而知，反正对方肯定不会就此罢休。干爹临死前给我划定了这么条路，我也被迫选择了这条路。尽管路途多舛，荆棘丛生，我也要勇往直前走下去。这也许就是所谓的命吧，路就是命。

(一)

二审很快就宣判了。

黑社会保护伞高振南、周永强被驳回上诉，维持原判；方东红、文天佑、赖昌厦、叶丽香等4位马仔也都维持了原判。阿财因阿蓉给訾律师提供的500万巨额运作经费奏效，最终认定为有重大立功表现，二审从无期徒刑改判成有期徒刑20年，罚金数额不变。最出人意料的是李得全的改判，由一审的有期徒刑7年改判成了缓刑：判处有期徒刑3年，缓刑5年，罚金数额不变。

李得全何以能做到减刑呢？这就要归功于他的女上司、床上“炮友”黄丽君局长。她现在又要升了，从分局局长调任市局副局长，党组成员，分管经侦，刚刚公示。

黄丽君是个绝顶聪明的女人。陈飞龙虽说死了，但自己与他的交易却不会死，那是一颗随时会引爆的定时炸弹。而能点燃这颗炸弹引信的人只有李得全。过去那几年，自己依仗着权势和美色控制着他，如今随着无情岁月的摧残，自己也日渐人老珠黄了。色诱是不管用了，毕竟对方还是钻石王老五，而且年轻，色诱只会招来他的反感，甚至恶心。那么要想堵住他李得全的嘴，唯一的办法是帮他减刑，最好不要判实刑，然后再秘密给他注册一间公司，注入启动资金，让他从监所出来后改行做生意，为自己赚钱，当然也为他自己谋生赚钱。这个方案可谓一箭双雕，两全其美。因为这样做无疑也给了他一条充满光明和希望的生路啊。

其实，黄丽君在当初探监时，碍于纪检书记的陪同，曾经与李得全有过暗语或者叫潜台词的约定：只要你李得全守口如瓶，我黄丽君自会想办法救你，并安排你以后的生活。作为分局的警察局长，长期跟恶人打交道，黄丽君十分看重“情义”这两个字。你可以恶贯满盈，但你有情有义，就能博取别人的同情，这人就可以交往，就像死去的龙哥。她最讨厌那种坏事做尽无情无义的人渣。按说，一审前，黄局长运作李得全的减刑会容易很多，但她没那样做。她还想再考验考验李得全，看看他的意志力是否足够抗压；看看他是否言而有信，坚守承诺；看看他是否讲情义，守住她最最看重的做人底线。直到一切都 OK 了，她这才找人运作。而恰恰在这个时间窗口，她被提名市局副局长人选，唯一的竞争对手是，自己的原手下、李得全曾经的上司，原梧桐镇派出所所长朱奇。朱奇比自己年轻不说，人家还是正宗的公安大学本科学历，这几年参与侦破过好几个大案、要案，条件远比自己优越。

朱奇在梧桐镇任派出所所长职务的时候，收受过陈飞龙的 50 万圣诞节慰问金。李得全当时只是副所长，亲自经手并参与了部分慰问金的私分。其中，20 万上缴了分局，30 万被所里干警们私分了，朱奇个人独得 10 万，李得全分得 5 万。这个情况自己当时就掌握了，只是金额不大，加上朱奇跟自己没有什么过节儿，也没有什么利害关系，所以就按下了，从此也没有再声张。

让李得全出面检举揭发，那是最合适不过了。给他自己迎来减刑的机会不说，同时还扳倒竞争对手朱奇，不用自己动手，借刀杀人，可谓一石二鸟。盘算好了，黄局长亲自给看守所所长打电话，表明自己要单独跟李得全谈谈，希望他抓住这最后机会，把自己的问题全部交代清楚。“单独”俩字所长听得明白，何况黄局跟李得全的绯闻自己也早有耳闻，所长自然就关掉了会见室里的监控设备。

黄丽君来到看守所会见室。她用刑侦的目光扫视了被红布蒙上的摄像头，看了一眼被拔掉插座的录音设备，这才放心地与李得全攀谈起来。她努努嘴，示意李得全眼下安全，没有监听和录像。黄丽君仔细端详着李得全消瘦得凹下去的脸，心痛地说：小李子，让你受苦了。说完，她真的就流泪了。一声小李子叫得声泪俱下的，李得全感动得也想哭，他心中刹那间充满了温暖和慰藉，一股暖流迅速流遍全身，是射精时才有的那种热乎乎麻酥酥的感觉。他眼前浮现出黄丽君脱光衣服在床上翻滚的白花花的胴体，还有那摄人魂魄、无法抗拒的叫床声音……

黄丽君说明来意，包括如何让李得全得以改判缓刑、如何给他注册公司注入资金并安排后路。当然，她刻意隐瞒了朱奇与自己竞争副局长的重要信息，她担心李得全会有顾虑，不肯与自己合作。另外，这种看起来有点卑鄙的手段也尽量不要让李得全知晓，便于自己在他还算单纯的心目中树立一个稍微正面一点的形象。

李得全说，感激局长为我所做的一切，出去后给你当牛做马我也心甘情愿。黄局长轻轻拍拍他的手背说：小李子，打起精神来，你的好日子就要到来了。我坚信，以你的才能，一定能在商海闯出来，成为龙哥那样的枭雄！李得全紧紧握着局长的手，满含热泪说：放心吧，从今往后我李得全就是你的人了，听从你的吩咐，全心全意地为你服务。我一定为你争气，决不辜负了你的期望和栽培。

告别李得全，黄丽君还回头无限深情地张望了他一眼。李德全心猿意马，突然冒出一个奇怪的念头：我检举了朱奇，自己该不会罪加一等吧？

（二）

坤叔遭遇到意想不到的麻烦。

冯律师托人找关系，依然不奏效，没能见上他的当事人。消息封锁得很严，同行们说，国安局办案，神秘兮兮的，很难搞掂。所以，从坤叔抓进去到现在，已经一周了，按说属非法羁押。协助调查，询问24小时过后没有什么问题就应该放人，除非你有拘留证或逮捕令。可至今没见过这些东西，那是什么原因呢？也有同行说，涉及国家机密的案子常常不明不白地被羁押，后来补办羁押手续的也有。我和冯律师将信将疑。

10天后，坤叔的太太接到拘留证，签署的日期是坤叔被抓的第二天。行政拘留的原因是“故意或者过失泄露国家机密”。人也被关押在广州花都新华镇圆玄道观附近的国安局看守所。坤叔太太给我准备了一包换洗衣服，让我带给坤叔。她也想随行探视，但店里、家里的事抽不开身，再加上我也轻描淡写地描述了我们和商业竞争对手的矛盾，宽慰她不用担心，马上就会出来的。我和冯律师赶紧奔赴广州，向省厅的看守所提出会见当事人的要求。

广深高速正在维修，车子走走停停，感觉总是磕磕绊绊的。我百思不得其解：难道是坤叔手袋里那份国务院办公厅的会议纪要惹出来的麻烦？那分明是一份复印件呀，尽管文件上面标注有"秘密"字样，可坤叔说中央台新闻联播播出过呀。再说了，坤叔当时展示文件时，只有我和梁总在场，难道是梁总给泄露了，或者说，梁总干脆就是胡秋炊他们的卧底？真是这样的话，那就太可怕了，江湖险恶啊！我搞不清坤叔是如何结识梁总的，记得好像坤叔说过，梁总常在他家的"骉记牛杂店"喝汤。越想越不对劲儿，我把车停在隔离带，抄起手机给梁总打电话。刚按下号码，我又有些犹豫了，跟他说什么呢？他要真是胡秋炊他们的卧底，你也从他嘴里套不出什么有价值的信息，搞不好还会误导你。为了不打草惊蛇，还是按兵不动为好。一切等我们跟坤叔见完面再说。眼下十万火急的是，调查梁总的来路和身世。我给阿爷打通了电话，按照梁总名片上的信息报给阿爷，希望他能从他们的渠道摸清楚梁总的真实身份。

我因为既非律师，也非亲属，被看守所拒之门外。冯律师单独会见坤叔。管教提醒律师，只可以询问被拘留的原因以及相关的话题，时间15分钟。我再三叮嘱冯律师，无论如何得问出被抓的真正原因，还有就是转达我对梁总身份的怀疑。

我在看守所大门外心急如焚地等待冯律师的出现。我看到高墙铁蒺藜，碉楼瞭望哨，成排的探照灯在阳光的照射下熠熠发光，煞是刺眼。放风的嫌犯列队出操，牵着警犬巡逻的警察顺着墙根溜达……这完全是另外一个世界——一个陌生的世界，一个神秘的世界，一个万劫不复的世界，一个阴森可怖的世界。

冯律师出来了，一张苦瓜脸表明：坤叔的麻烦大了去了。

上了车，冯律师才有说话的欲望。我边开车边问他：“坤叔状态还好吗？没遭什么罪吧，刑讯逼供什么的。”冯律师答道：“精神还好。没有被拷打，只是不让睡觉，天天重复讯问同样的问题。坤叔说你这一仗打得漂亮，手法老道，像你干爹。”听了冯律师的话，我欣喜之余略显悲哀。千万不要把我和干爹类比，我可不想重蹈他的覆辙。我问道：“原因搞清楚没，为什么抓他？”冯答：“可能比我们想象的还要复杂。案子的经办人曾经跟坤叔透漏，他的生杀大权不仅他自己说了不算，就连他们处长也说了不算，可见，坤叔的案子直接牵涉到他们的高层领导，甚至最高级别的领导也说不定。”

我有些吃惊，如果真像冯律师说的，那就麻烦不小。我又问道：“那原因清楚吗？是不是因为这次拍卖竞价？”冯律师语气坚定地说：“可以肯定。坤叔说刚开始抓他时只是强调协助调查。没有证据，他们也心虚；直到第二天从他的手袋里发现了那份国务院常务委员会的会议纪要时，他们就来劲了，说要拘留他。因为他们碰巧找到所谓‘证据’。也怪他大意，他们简直是瞌睡来了遇到枕头。另外，关于梁总，坤叔说你多疑了，梁总的身份没问题，认识多年啦，坤叔本人还去过他们公司，还在他办公室饮过茶呢。”我舒缓了一口气，身心稍微轻松了些。下一步该怎么办呢？无论如何，坤叔必须尽快出来才是啊。我问冯律师：“你有什么好办法，能让坤叔尽快出来？”冯律师说：“既然咱们知道是竞争对手胡秋炊他们在暗中捣鬼，何不直接找他们谈谈，看看大家有没有妥协的余地。这次拍卖咱们是胜利者，对方肯定恼火得很，正在气头上呢。加上3个人受伤，说不定现在还躺在医院里呢，简直就是一败涂地呀。”我打断冯律师的话：“你这是个馊主意。我们现在凑上去，跟他们套近乎，那岂不是不打自招？他们正怀疑车祸的事呢，而且还报了案。他们肯定怀疑是我们在幕后干的。你想啊，一旦车祸被确定为人为操控的话，那整个拍卖成交的结果就不成立，煮熟的鸭子也就飞啦。”冯律师答道：“嗯，你分析得有道理。不过，下一步国安局也难，因为批捕必须提请检察院批准，而仅仅凭那份国务院常务委员会的纪要复印件说坤叔“过失泄露国家机密”，显然是不能成立的。只有两种结果：要么他们发现或者说捏造新的证据，让坤叔达到批捕的条件；要么拘留期满，他们放人。”我答道：“但愿是后者。不过，前者的可能性也不小。你的主要工作应该盯在检察院管批捕的那个部门。好好梳理一下关系资源，找上一个说话算数的人，花点钱摆平。一定得设法阻止坤叔被批捕，不然的话，别说坤叔短时间出不来，弄不好还真给判刑呢。”冯律师说：“郭总你放心，我在检察院有些关系，管批捕的处长也打过交道，应该能说上话。”我问冯律师：“那从法律的角度看，如果国安局提请批捕坤叔，而检察院给打回来，不予批准，国安局会咋办？”冯律师说：“一般情况下就是放人，采用取保的方式出来。不过，也有特殊情况，那就是如果对方不依不饶，国安局还可以延长拘留时间，补充侦查。不过，延长羁押时间就需要上面的领导们签字画押了。”

我“嗯”了声，没再往下说。我正想着这下一步，对方该怎样出招儿。其实，对方比我们更心虚。他们为了达成不能见光的阴险目的，胡乱抓了人。可抓人不仅没有达成他们的目的，让我们屈服，放弃竞价，他们反而输得一塌糊涂，最终凤凰山球会项目还是丢了。如果他们再因为抓人的问题出了什么差错，那他们的后台老板——潜伏在国安局的某领导没准儿就曝光了，甚至丢官。所以，我的判断是，只要胡秋炊他们的后台老板不是混蛋，或者说不是利令智昏的小人的话，坤叔应该在拘留期满就会被释放。这个时间之窗指向下一周的某个时点。

我想起家里供奉的湿婆大神。回家后一定烧上三炷高香，磕几个响头，让他老人家保佑坤叔能尽快出来。

（三）

我的手机响了，是一个陌生的号码，接不接呢，我好犹豫。

断了线又一次响起，我接通电话。声音听起来似乎有点熟悉，啊，想起来了。就在这一瞬间，对方也自报了家门，是占世邦打来的。我假惺惺地问候了他们的伤情，说自己在《金沙都市报》上看到这则车祸的消息后十分震惊。占总说，感谢你的问候，伤者现在都已经出院。占总接着问道："希瑞秘书，请问你们那边现在谁管事？我想约你们的老板出来谈谈。"我答道："这个嘛，我也搞不清。等我把你的意思转告老板，看看他们派谁再说吧。不过，以我的判断，那要看你们谈什么内容了。"占总说："当然是凤凰山球会和张坤一被抓的事。那就这么说定了，明天中午12点在东北汇酒楼老地方见面，还是那个999包间，不见不散。"

挂完电话，我窃喜。对方显然着急，甚至是有点按捺不住了。坤叔现在对他们来说就是一个烫手的山芋，而他们也变成了热锅上的蚂蚁。我打算单挑占世邦和胡秋炊。为自身安全的考虑，我悄悄预定了隔壁的998包间，请几个要好的哥儿们在这里吃饭，并让他们留意隔壁房间的动静，随机应变，伺机而动。除此之外，我还做了件比较卑鄙的事，就是在我的包包里放上一个袖珍的录音笔。我要把现场的对话记录下来，管他有用还是无用。这玩意儿我也是头一回用，感觉挺复杂的，有点战战兢兢，也有点神秘兮兮，还有那么点儿小小刺激。

占世邦的右胳臂还打着石膏夹板，用一条纱布挂在脖子上。胡秋炊的额头上还缠着一圈纱布，伤势显然还没痊愈。黄总看起来无恙。我一见这种阵势，竟然乐了，不是一般的乐，是乐开了怀的那种。我边笑边指点着他们说："你们完全是从前线上回来的伤兵嘛。真是的，是谁欺负你们啦，怎么搞得这么惨？！"

占世邦疑惑地问："就你一个人吗？"

我说："是啊，都忙着呢，老板说派不出其他人。"

占世邦又问："你们老板有没有搞错？太不识相了吧！你能做主吗？"

我答道："那要看什么事，放心吧，能做主的我就当场拍板，不能做主的我就向老板请示。总之，我有授权，我会按权限行事的。"

占世邦说了声"也好"。他接着说："上次咱们在这里谈过一回，没想到谈不拢。随后就发生了一系列的搞怪事。先是你们那一方的张坤一被抓，后来就是我们这一边的3个人同时遭遇车祸。见怪不怪，大家都心知肚明。我们今天重新坐在这里，希望能谈出个结果。咱们都不要演戏了，也不要搞幕后小动作了，大家将心比心，真诚地谈这么一回吧。”

我说：“本人完全赞同占总的提议。不过，你刚才说的演戏什么的，我还真的没听懂。”我揣着明白装糊涂，笑看占世邦狗急跳墙般的反应。占世邦好像是被我的话激怒了，他站起来，用左手生硬地指点着我说：“希瑞，你转告你的老板，别以为他导演的车祸看起来完美无缺我们就找不出破绽。我提醒你，别忘了我们的真实身份，我们是干什么吃的。”

我充满狐疑地问道：“你们的真实身份是？难道……”

胡秋炊早就憋不住了，愤然地说：“我和占总都是国家安全局的线人，也就是说，我们都是国安局的编外的国家工作人员。明白了吗？”

我恍然大悟，原来如此呀。我说：“难怪张坤一被国安局的人莫名其妙地抓走了，原来你们是一伙的。是你们搞的鬼吧？”我故意装作吃惊的样子说。

占世邦泰然处之，波澜不惊。他气咻咻地说：“你猜对了。可你们老板下的棋更高一招啊！他策划一场车祸，把我们全挡在拍卖行门外，更确切地说是撂在大马路上了。出其不意，攻其不备。他最终还是笑到了最后。他赢了。”占世邦摊开两手无奈地自嘲。

我暗爽。这种爽快是来自于失败的对手当面对你俯首称臣的那种感觉。我得意地说：“那你们今天找我们来，不是就谈这些无厘头的东东吧？”我要引蛇出洞，切入正题，让他们早早亮出底牌。

占世邦说：“希瑞，你是个明白人。你看是否有如下这几种可能：第一呢，你们把凤凰山项目转让给我们，给你们加上一个差价，数额大小咱们可以进一步商谈；这第二呢，如果你们不愿意转让出来，能否考虑让香江公司退出，我们进来。或者香江公司不退出，我们进来参股，3家一起搞嘛。总之，我们认定了这个项目，一定得掺和进来分一杯羹。这第三嘛，就是上面说的两种可能性中任何一种方案谈成，我们就找关系，立即放人，张坤一就能重新获得自由啦。”

我的策略对路，对方和盘托出底牌。

占世邦虽说没有承认坤叔就是他们亲自抓的，但他们已经承认坤叔被抓跟他们有关，这就够了。我故作沉思状，其实早已成竹在胸。我对占世邦说：“事关重大，我答复不了你们。要不我出去给我们老板打个电话，请示请示老板？”占世邦点头同意，我也借故去室外透透气，顺便也上上洗手间，整理一下妆容。

他们焦急地等待我的“请示”。

我重回座位，呷了口茶说：“老板说你们的方案可能性不大。他前不久才跟张坤一签的合同，刚刚支付了定金，合同已经生效。这个时候，你们进来，谁来让出股份？合同怎么谈，价格怎么定？这些都挺麻烦的。再说了，我们的竞标联合体刚从政府那边竞买了这个项目，到手后立马就转手倒卖，这是违法的，搞不好政府会收回去呢。老板还说，张坤一被你们无缘无故地抓走，他害怕你们，你们的水太深了，从今往后也不敢跟你们打交道。还有啊，老板说，车祸的事你们冤枉他了，他根本就不知道当天出了车祸，事后他才听我们公司的梁总说起。最后让我转告他对你们的谢意。”

胡秋炊简直义愤填膺了：“谢个卵子！我看你们老板是敬酒不吃吃罚酒。我明白白地告诉你，知道我们的老板是谁吗？……”正在这个时候，占世邦给胡使眼色，那个意思应该是提醒他不要乱说，尤其不要搬出他表哥这层关系。也许胡秋炊被我彻底激怒了，他根本没看见占总的示意，接着说：“我们的老板说出来吓死你，他就是当今省上安全厅的张厅长，占总他表哥！”胡秋炊一口气说完了，似乎使出的是杀手锏，心中的怒火暂时熄灭了，自豪感油然而生。而这个幕后老板张厅长的曝光，正是我应邀赴约的价值所在。我高兴得似乎有点雀跃，一条大鱼终于上钩了。

我装作惊奇的样子，睁大眼睛看着胡秋炊说：“你说的这些可是真的？太可怕了，难怪你们看起来这么牛叉！原来是有后台呀。对了，老板还让我给你们带话儿，求你们放了人家张坤一，太无辜了，他可是个老实人呢。”

占总也很恼怒，早想发作了。他接过我的话头说:“老实个毛。希瑞，请你转告你们老板，张坤一是出不来的，而且还会判刑，准备坐牢吧。还有，你们老板，包括那个姓梁的，也都做好坐牢的准备吧。丢你，老子就不信这个邪，老子就不信治不了你们这帮杂碎！”

又是一次不欢而散的会谈，又是一次浪费金钱的饭局。至少对于占、胡他们来说是这样的。

（四）

为了营救坤叔，我第二次驾车飞奔在广深高速路上。

我脑海里浮现了两个关键词：一个是“不入虎穴，焉得虎子？”，另一个是“我不下地狱，谁下地狱？”是的，我只身驾车去广州，就是要会会张厅长，也就是占世邦他表哥，占、胡的后台老板，本次抓走坤叔的总导演。至于个人的安全问题，我倒是没有做出特别的防范，因为毕竟是政府的一级机关，想必他们不敢乱来。

我递上自己的名片，用水笔注明是“占世邦、胡秋炊的生意场对手。”这样做，主要为了吸引眼球，引起张厅长的高度注意，激起他的兴趣，激发他的斗志，让他看看，自己的部下究竟败在什么样的对手面前。

不到10分钟，我就获得张厅长的盛情邀请。排在我前面还有七八个人等待召见。他们用异样的眼光打量我，似乎能从我身上看到什么奥秘似的。他们此时肯定想到“色诱”这个词，尽管我的长相看起来有点勉强。

张厅长的办公室好大，少说也有200平米。大班台也大得离谱，坐在他对面，想握个手也根本够不着。苍劲古朴的书法横幅，一眼看去就是魏碑体——“曲径通幽处，禅房花木深”。这两句诗倒也应景——想想看，张厅长整天干的事不就是秘密调查那些颠覆国家政权、泄露国家机密、策动恐怖活动的犯罪分子吗？而他们经常是便衣出行，神秘兮兮……

张厅长上下打量了我一下，冷冰冰地说："坐吧。一个毛头小姑娘，居然敢公开声明是生意场对手。你胆子不小啊，快说，你的老板是谁？是谁在幕后指使你见我的？"

我也不示弱，盯着张厅长那双细长的老鼠眼说："我的老板就是我自己。"

张厅长脸部的肌肉突然痉挛起来，右下巴上的黑痣长有3根长长的黑毛，也随风起舞。张厅长愠怒地说："小丫头，你给我老实点，信不信我把你也关起来？"

张厅长明显是在恐吓我。我脱口而出："我信。不然，你们怎么平白无故地就能把张坤一给关起来了，人家还是香港身份呢。可问题是，你这些暗箱操作的东西是见不得光的，一旦见光，譬如说媒体介入啦、网上发帖啦，恐怕连你厅长大人自己也会感到害怕吧。"

张厅长又一次上下打量我。这一次比上一次看得仔细些，且态度友善了些，不像刚开始对话那会儿，充满了敌意和颐指气使般的嚣张。张厅长推了推架在鼻梁上的老花镜，语气和缓地说："你这是在威胁我？我可不吃这一套。再说了，迄今为止，还没有人有这么大的胆子，敢当面威胁我。说说看，小姑娘，你见我想解决什么问题？"

我说："放了张坤一。你表弟占世邦他们到处给你惹事，不地道，而且还太霸道了。大家参加拍卖，公平竞争，怎么能随便抓人？"我装作十分气愤的样子，慷慨陈词。

张厅长说："你有什么证据，抓张坤一是我表弟占世邦他们干的？"

我从包包里拿出早已备份好的U盘，递给张厅长说："这是我跟你表弟他们吃饭的录音记录。他们都已经承认了，你难道还想抵赖？我提醒你，香港的八卦媒体就是对这些玩意儿感兴趣呢，保证能上头版头条。"我主动出击，乘着张厅长态度好转之际。没准儿，他说不定还会欣赏我的做法呢。

张厅长拿着U盘左看右看上看下看，翻过来掉过去的。他将U盘插进桌上的台式电脑，足足听了5分钟。他又重复听了一遍。最后，他居然笑了，是那种冷笑，看了能让人打寒战的那种。

他质问我："张坤一是你什么人？"

我回答道："生意上的合伙人，我父亲的朋友。"我没有提干爹，不想节外生枝，做过多的解释；更不想将自己的身世信息透露太多，留点儿神秘感。

张厅长步步紧逼："那你父亲是谁？"

我答道："死了，其他无可奉告。"

张厅长抬起头，老鼠眼里充满了和蔼和慈祥。他说："你回去吧，小姑娘，你是个不简单的人，今后必成大器。我表弟败在你的手下，我知道是什么原因了。放心吧，你马上就会见到你的合伙人的。"

我喜笑颜开："你说的都是真的，你没骗我吧，厅长伯伯？"

张厅长也笑了："厅长伯伯？嗯，你弯子转得挺快的嘛。你还别说，从你身上的潜质和能力看，你还真的挺适合干我们这一行，简直就是一块难得的璞玉呢，只需稍微雕琢一下就价值连城呢。"张厅长这分明是夸我呢，这就表明他对我有好感。我开始祭出女人特有的撒娇本领，眉目传情地对张厅长说："厅长伯伯，你现在就打电话放人嘛，人家心急吗。"我噘起樱桃小口，耸耸香肩，摆摆玉臀。张厅长大笑起来，难道是笑我刚才的忸怩作态？笑我的东施效颦？

张厅长说："耍小孩儿脾气了？你完全还是一个小女孩儿嘛。不过，你干了件大事，让占世邦他们一败涂地，以后根本就无脸见人。放人哪有那么简单，要走程序呢，你就耐心等几天吧。我是说话算数的。"

我再三感谢张厅长大义灭亲，顾全大局的领袖风范。

驾车回家的路上，我几乎能猜出张厅长此时正在干什么。我设想着，他正在大发雷霆，痛骂占世邦和胡秋炊这两个饭桶和废人，居然败在一个乳臭未干的丫头片子手里。你们活着还有什么劲，你们怎么还有脸活着，连我都要羞惭死了！马上把公司给我关了，你们俩也不是什么线人了，就地遣散，爱干吗干吗去……

我好长时间没有这么轻松过了。我打开音响，大声哼起了一首歌，是汪峰的《存在》。反正开着车，除了我，谁也听不见——

多少人走着却困在原地
多少人活着却如同死去
多少人爱着却好似分离
多少人笑着却满含泪滴

谁知道我们该去向何处
谁明白生命已变为何物
是否找个借口继续苟活
或是展翅高飞保持愤怒
我该如何存在
……

18. 墓碑

张厅长发完脾气，习惯性地用手指捻着右下巴的黑痣上的3根参差的黑毛。

占世邦、胡秋炊噤若寒蝉，一脸的委屈，一脸的无辜。

张厅长说："我告诉你们，这是你们的最后机会，赶紧调查清楚郭春海的来路，搞清楚车祸的幕后主使。盯了两年的项目，费了那么大的劲儿，还扳倒了江湖大佬陈飞龙，却败在一个二十几岁的小姑娘手上！你们不要脸，我还要脸呀。说说看，你们下一步打算怎么办？"

占世邦说："表哥，你消消气。我们这一次对不住你，让你丢脸，让你失望了。我们下一次一定将功补过，干一桩漂亮的活儿给你看。下一步我们打算立即查明郭春海的底细和车祸的幕后主使，然后做出行动方案。总之，我们咽不下这口气，一定要把凤凰山球会抢回来。另外，我建议表哥别慌放人，等我们调查出结果再说。"

张厅长恼怒地说："简直是放屁！说来轻巧，别慌放人？郭春海要是把你们的谈话录音交给香港的八卦媒体，你们知道会是什么结果么？我们一块儿都他妈的全部完蛋。世邦呀世邦，我印象中小时候你没有这么笨呀，你长点记性好不好。你是不是整天泡在球场上，心思全用在打球上了？不然，有几个干正事的人能打出七字头的成绩呢，嗯？打球赌球，怎么这么简单的事被你们沾上后，就变得这么难呢？"

胡秋炊赶紧出面帮忙圆场："老板，您息怒。事情还不至于太糟，还有挽回的余地。我跟龙哥的手下打听过，而且我在飞龙公司干的时候有那么点印象，这陈飞龙有一个干女儿，在美国留学来着，年龄也对得上，二十来岁。我初步怀疑，这个郭春海，应该就是陈飞龙的干女儿！如果我的判断成立，这里面就有天大的秘密——陈飞龙临死前精心布局，将巨额资产隐藏在境外，让他的心腹张坤一辅助郭春海打理这块儿资产，并不惜代价买回被政府罚没的凤凰山球会。因为陈飞龙的坟墓就在这个球场的9号洞，这就是一个象征：我陈飞龙不会死，我后继有人，我还活着……这不是公开跟共产党叫板吗？”

张厅长猛拍桌子，惊奇地说：“岂有此理！是啊，听起来像是个传奇故事。秋炊的分析有些道理。如果成立的话，那这场车祸难道是14K他们干的？手法倒是挺像的呀。这么说来，张坤一还真不简单，这就说明他跟14K有勾连，甚至就是14K的人也说不定。”

胡秋炊的身子往前凑凑，谄媚地说：“正是。龙哥出事后，他的马仔中只有张坤一平安无事，本来就很蹊跷。表面上看，张只是一个编外司机，区上的政协委员，龙哥花钱买的，实质上呢，我看这是龙哥留下的后路，是他下的一步棋。所以刚才占总提醒你暂时别放张坤一还是有几分道理的。”

张厅长若有所思地说：“嗯，这些推断如果成立的话，陈飞龙藏匿资产的案子倒是我们的业务范围。这样吧，你们赶紧调查，我也给香港的卧底打打招呼，让他们协助你们。注意，一定要搞准，证据确凿，不能有半点差错。张坤一还是放了，一来我当面承诺过郭春海；二来放虎归山，让他表演。他不充分地表演怎么能露出破绽？记住，不能跟任何人提起这事儿，严格保密，只限于我们3人知道。这可是一条大鱼啊。”

占世邦满脸堆笑地讨好道：“表哥英明。这事儿于公于私都值得大干一场。”

张厅长说：“赶紧忙去吧，这事你们要是再给我搞砸了，你们就滚蛋吧，这辈子我不想再见到你们。”

（一）

冯律师办完取保手续，带着坤叔走出了看守所的铁门。一眼望去，坤叔明显瘦了一圈，不过，这时的体型倒是正合适，不胖不瘦中略显中年男人的慵懒和富态。我亲自打开车门，用右臂护着坤叔的头，标准的外交礼仪范儿，让坤叔上车。我坐在副驾驶上，吩咐司机开车。

我感激地说："坤叔，你受苦了。"坤叔笑笑，脸上露出得意的神情。他说："我一点都不苦，相对于你的胆识和才能来说，我乐都来不及呢。刚才冯律师大概给我讲了，真是了不起，阿春，你身上流着龙哥的血脉，骨子里就是一个有主见有担当的生意高手，你这一仗打得漂亮，让我佩服。我没看错你。"

坤叔的夸赞让我脸红。是啊，他在监所指不定哀叹大势已去呢，一个小女孩儿，面对如此复杂的局面，临危不乱，不仅赶走竞争对手，拿下竞买的项目，而且还只身与厅长斗法，救出坤叔，这可能是连坤叔自己也不敢想象的，而如今，这一切都成为现实。

冯律师说："是啊，郭总身上真有当年龙哥的影子呢，这种胆识，真是初生牛犊不怕虎呀。不过，我感觉对方不会轻易收手的，取保候审本身就留下一个尾巴，一个伏笔。除非撤案，不然，对方要是继续侦查的话，一旦发现什么所谓新的证据，还会随时把张总给抓回去的。"

我恍然大悟，原来这样啊，我还以为完事了呢。看来，这场战斗不是结束，而是刚刚开始。坤叔说："冯律师说得在理儿。不过，我的初步判断是，对方不会在泄露国家机密上做文章了，他们可能会紧追不放这场车祸，还有就是阿春的真实身份。我有些担心，毕竟胡秋炊跟了龙哥好几年，他要是打听打听，阿春的身份就会露馅儿。一旦阿春的身份暴露，他们自然就会联想到龙哥的海外资产……他们又来一个实名举报的话，我们还真的有点吃不消。”坤叔说完，脸上挂满疑云。

我宽慰坤叔说：“你能出来就是最好的事了，咱们不要庸人自扰。车祸的事他们是难以弄明白的，我听阿爷说，并不是 14K 的弟兄们亲自做的，拐了好几个弯呢；还有，我的身份问题，早晚还不得暴露？至于干爹的这块儿资产，我认真研究过，也咨询过不少律师，这是他在境内赚来的合法利润，投资在海外公司。一审法院宣判的结果，是没收干爹在境内飞龙集团公司的所有财产，并不涉及到境外。也就是说中国的法律对境外的公司没有管辖权。所以，专案组所谓追缴境外藏匿资产本身就是一个伪命题。现在问题的关键是，咱们还是要未雨绸缪，让山猫那边做干净些，不要留下任何痕迹。还有，我们这一回的资金来源，也尽量不要走山猫的通道。就像当初你说的，多洗几遍。没有证据，他们能咋的，抓了坤叔你，关了 15 天，还不是照样释放？再说了，我手上的录音带，就是定时炸弹，随时都会引爆，让他丢了乌纱，身败名裂，他张厅长难道不害怕？”

坤叔长长舒了口气。他说：“嗯，阿春分析得透彻。咱们只能走一步看一步了，看看对方出什么牌再说。那下一步咱们要干什么？项目上的事情跟香江公司议过没有？”

我装出信心满满的样子，既是在给坤叔打气，也是在给自己壮胆：“都已经商量过了，付了首期款，政府和我们正式交接。球会毕竟停业快一年了，满目疮痍，就像我们看到的吴哥窟那片废墟。梁总说他专门进场看了，球道上的草长得一人多高了，果岭上尽是鸟粪、树枝、兔子窝和老鼠洞，沙坑也积满了雨水。球场的整个排水系统几乎瘫痪掉啦。修复达到营业条件至少需要 100 个人干 3 个月。还有就是筹备成立开发花园洋房的项目公司的事……”

“花园洋房？”坤叔疑惑地问道。“是的，梁总他们打听过，名称叫别墅的项目政府不给批，但叫花园洋房就能变通批下来。不搞独栋，搞联排别墅，就是国外的 TOWNHOUSE 那种。不过，我们只是初步议了议，一切都要等你出来再定。”我解释道。

坤叔问：“我被抓这事，梁总他们知道吗？”

我说：“没敢告诉他们，怕影响咱们合作。说你去山猫那边处理公司的事，筹钱去了。”

坤叔说：“嗯，这是对的。我们对个口儿，不要说漏了。不过，我担心老婆那边，她该不会跟梁总说了什么吧？梁总常去喝汤的。”

我说：“不会，婶子谁也不会告诉的。这也不是什么好事，隐瞒都来不及呢。”

坤叔“嗯”了一声，半天没有声音了。我回头张望，他已经睡着了，表情是那么安详，那么舒心，那么惬意。他看来的确欠觉，用他自己的话说，15 天几乎没睡过觉，所谓有数的几场觉，只是打盹而已。我对司机轻轻地说，慢慢开，让坤叔多睡一会儿。

（二）

潜龙公司就算正式落地了。

开完董事会，确定了公司的几项重大决策，高层也做了分工，梁总负责球会和酒店的简单装修装饰以及恢复营业事宜。他还从香江公司调来两员干将：一是球会的运营总监，二是酒店的运营总监。我和坤叔专注于开发高尔夫花园洋房项目。股权结构我们 51%，梁总他们 49%。会后，梁总提议去球场看看，也顺便祭拜一下龙哥，传递喜讯，烧点纸钱。

酒店大堂的玻璃门上的封条还没拆封，白纸黑字，写明查封时间，盖有市中级人民法院的大印。大堂地面上落有一层厚厚的灰尘，走上去印上我们的鞋印。遍地老鼠屎，蜻蜓般大小的花角蚊子在眼前飞舞。墙面因为渗漏，墙纸都已泛黄。水晶吊灯也蒙上灰尘，灯光昏黄。一片破败之象，就像废弃的宫殿。

球会的会所还好，梁总的人已经打扫完毕。这里我还算熟悉，因为当初干爹的灵堂就设在这里。记得那是一场雨中的葬礼，干爹在几十名特警和几十个带着镣铐的弟兄一路护送下，从这里出发，去了他的终极归宿地——9号洞。梁总说，时间很紧，球会3个月后恢复营业还有点把握，酒店就够呛了，主要是好多地方要修补，要装饰，房间的布置还得更换……总之是没有把握。坤叔说，为了尽快形成现金流水，酒店可以边装修边营业，分段搞。我说，坤叔说得是，先把公共空间大堂呀廊道呀整好，房间就慢慢来，反正刚恢复营业，入住率也不会太高，整好了再开房。估计头半年资金面会很紧，到处都要花钱，早点开业，会缓解一下财务方面的压力。

球车将我们3人送往A场9号洞。球道两边的树木郁郁葱葱，浓荫蔽日。球道的野花灿烂地开放，野草疯长，达一人多高。球道上标明距离的各色木桩均已褪色，黄、蓝、白的颜色油漆斑驳，难以辨认。木头也有发霉的迹象。果岭上的草坪因歇业疏于打理，也长得尺许高了，野兔、老鼠在上面做窝呢。沙坑积满了雨水，一个沙坑就是一个水塘，简直可以养鱼了。看来，整个排水系统瘫痪掉了。梁总心痛地说，可惜啊，这一停业，损失多大。我带人清理了库房里的机械，除球车外，好多都需要修理，果岭上用的三联剪草机、手推梳草机、打孔机和铺沙机都有不同程度的锈蚀；球道上用的三重割草机、五联剪草机、农药车和手推喷洒机也坏了几台，球道吸草机像是人为地破坏了，少了几个零件；长草区用的背式旋刀剪草机也坏了几台；沙坑用的耙沙机、切边机都坏了。维修用的滚刀磨刀机、底刀磨刀机也被人为毁坏……总之是百废待兴啊。听着梁总如数家珍地唠叨，我的心情也有一丝丝的沉痛。坤叔一言不发，看来他已提前进入怀念和哀悼的氛围中。毕竟他跟干爹这么多年，眼下还要完成“白帝托孤”的使命。想必他正在打腹稿呢，究竟该怎样跟他的龙哥汇报呢？

我们来到A场9号洞，在两株参天的凤凰树下停下。干爹的墓碑就是那块“一杆进洞”的石碑。坤叔单膝跪地，敬香烧纸。他虔诚地磕了3个头。然后就蹲在那里跟干爹交谈，一边烧纸一边交谈，只有他自己知道谈了些什么。我被眼前的凤凰树迷住了，两株大树少说也有20多米高了，一株分叉成两根树干，一株分叉成3根树干。一株满树开满了鲜红的花朵，一株开满了橙红的花朵。鲜红和橙红，映红了干爹的天空。听坤叔说，当初干爹决定死后就葬在这里后，就亲自挑选了这两株凤凰树，是从山顶移栽过来的，现在算来，已有十好几年了。干爹让凤凰树陪伴他的灵魂，看重的是什么？火红的颜色如丹凤之冠，还是羽状的复叶如飞凤之羽？看着分叉的树干，我怦然心动，分成两根树干的难道是他和生母，而分成3根树干的是他、生母和我？我们的命运奇迹般依附在这两株参天大树上，向天空诉说着什么。

轮到我了。我说，你们先走吧，我想单独待会儿。

干爹，从接到噩耗到现在也差不多快一年了，期间经历过的事太多太多。我被一个个巨大的谜团压得喘不过气。先是追问你为什么自杀，为什么在自己事业如日中天时让自己的生命戛然而止。我翻阅了能看到的所有卷宗，希望从你马仔的坦白交代中找寻蛛丝马迹。直到现在，我还是没有答案。你是不愿忍辱偷生吗？你是不愿意走上审判席吗？你是用极端的方式给母亲樱子赔罪吗？你是看破红尘听从湿婆大神的召唤吗？你是……你知道是谁实名举报你的吗？胡秋炊。你知道他为什么这样做吗？他们觊觎你的这块优质资产——凤凰山球会已久，他的后台老板是张厅长。他们仍然没有死心，肯定还会疯狂地抢夺这块风水宝地，甚至幻想要掘你的坟呢。胡秋炊利益集团注定成为我们两代人的共同敌人。第一轮交战，他们抓了坤叔，我在手足无措时想到了你在密函里给我的提示，找阿爷帮忙。最终，阿爷拐着弯请了14K的弟兄精心设计了一场车祸，摆平了对手。放心吧，干爹，我不惧对手，记得我在沃顿商学院念书时，一个犹太裔的美国教授说过这么一段话：干点小事需要几个朋友帮助，干一番大事就需要几个对手（或敌人）破坏。对手越强大，你成就的事业就越辉煌。而冷酷的现实是，成功者在光鲜的舞台上迎接掌声和欢呼，没有谁去关注自己的对手，哪怕是瞥一眼他们失败的背影。这就是中国古代历史的铁定逻辑：成王败寇。

干爹，我恨你！你为什么派人杀了我生母？让我从小就失去母爱。你知道吗，我是多么渴望有一位母亲在身边呀，委屈了，可以躺在她怀里哭诉；受伤了，可以享受舐犊情深；任性了，可以撒娇；快乐了，可以和母亲在床上打滚；忧伤了，可以……而这一切，我都没有，被你剥夺了。现在回想起来，理智上我能理解你当时那么做的理由，但在情感上我仍然不能接受那个惨绝人寰的现实。也许，你有1000个理由为自己辩护，你说全是为了生母早日解脱苦海，全是为了爱。可我们所有亲人都无法接受这一现实。也许，就连你自己也不能原谅自己的过错，不然，你为何选择自杀？在这件事上，你唯一做对的是，没把这个秘密带进坟墓，你通过密函告诉了我，让我从生母死亡之谜中解脱出来。还原当时的场景。可以想见，为了告诉我这个秘密，你一定是整夜不眠，辗转反侧，犹豫不定，最终还是鼓足勇气写了密函，并放置在湿婆神像的骷髅里……放心吧，我过几天就回到生母的家乡，给她上坟立碑，我还打算在她坟前种上两棵树，一棵树代表我，一棵树代表你。另外，因为还有一个秘密至今仍然困扰着我，我一定要找到自己的亲生父亲。你在密函中提到过的那个线索……

干爹，我就这样上路了。路线是你设计的，路也是你铺的。本来，我的人生之路不是这个样子的，我多么希望自己是一棵小树，在阳光下无忧无虑地生长，也不妨碍任何人。然而，你的突然吞枪自杀，使我的人生之路发生转向，按照你的路线运行。也许，打从你送我出国留学那会儿，你就在心中为我规划好了人生路线，并特意让我选择工商管理专业。你那时恐怕不知道自己不能活着见到我学成归来，你当时的考量应该是让我接班，记得你说过60岁一定退休的话。你还说，挺羡慕人家印度男人的，人家50岁就开始了林栖生活，整天待在森林里修行；60岁就做了托钵僧，抛弃一切，满世界巡游。你的遗愿我无法抗拒，因为我别无选择。也许，在大多数人看来，我是多么的幸运啊，甚至就是富二代。尽管没有享受过真正的父爱和母爱（当然，你还是给了我很多父爱的），但我有现成的公司和巨大的财富，别人还在艰难创业时，我却可以在跑道上起飞了。我好像赢得了时间，赢在了起跑线上。

干爹，我如今走上这条路，未必会有好的结果。江湖艰险，命运多舛，争名夺利，祸福相依。你留给我一片废墟，我却要在这片废墟上重塑辉煌。你的“飞龙”从天上坠落，但愿我的潜龙能蛰伏自强，韬光养晦，十年不鸣，一鸣惊人，最终变成扶摇直上九万里的“飞龙”！这不正是你的遗愿里的全部心思吗？我不敢说自己能够成功，我深知前方的路途坎坷，荆棘丛生，甚至到处充满杀机。但我都会坦然面对，泰然处之。我不会重蹈你的覆辙。我希望做一个讲道义、有担当、讲诚信的真正商人，不愿做整天打打杀杀、不务正业的投机者。但现实的残酷常常会撕开你恪守的道德准则，将你卷入无情和杀戮的旋涡。这次请阿爷帮忙，连我自己也不寒而栗，想起来真是恐惧啊，这样的做法与你当年的手法是何等的相似，就连坤叔都觉得，我身上有你的影子。也许，只有通过非常规的斗争，才能迎来常规的公司经营。但愿你冥冥之中保佑我不要走上你的老路，愿湿婆大神保佑我能一帆风顺，心想事成。

（三）

我跟远在四川达州的舅舅商量着给生母立碑的事。

事情还挺多的。首先要挑选石材，花岗石经久耐用，什么印度红、珍珠白、中国蓝、山西黑……我说，就挑印度红。母亲死时那可是如花似玉的年龄，就配这种鲜红的颜色。接下来就是搞多大的仪式，舅舅问是否请响器班子，是否扎纸人、纸马、纸别墅、纸跑车、纸家电和纸做的苹果手机，我靠，原来还有这么多讲究。我说，通通要，搞成当地最隆重的规格。这还没完呢，舅舅又询问是否请客，当地的规矩除了亲朋好友，全村的人都得请。我问，那该有多少人啊？舅舅说，也不多，二十几桌。好家伙，二十几桌也有两百来号人呢。我说，难得破费一次，那就请吧。我以为这回总算结束了，舅舅又问：那碑文内容怎么写？我说卖碑的石匠应该懂啊，舅舅说，一般的格式他们都会，你就没有特别的要求吗？特别的……我犹豫了一会儿，说，应该拟一个简单的碑文，除了通用的格式外。舅舅说，我问过，墓碑的右边通常写母亲的生卒年月日，这里讲究的是男左女右；中间的碑文通常是“故显妣某某某之墓”，左边落款是“女儿某某某敬立或叩立。如有对联之类的，就刻在抬头或两边。

我上网查了查，找了句现成的墓碑对联：青山芝兰茂，碧海瀚泽长。这句挺合我的心意，后半句有个“海”字，嵌入了我名字的一个字，寄托了我的哀思。只是前半句需要改改，将“芝兰”改成“樱兰”，将母亲的“樱”字含进去。就这么定了，我拨通了舅舅的电话，告诉他墓碑上刻上的这副对联，并强调字体要用爨宝子碑体。舅舅说，他这就去落实。订单已经下了，预算的总报价也出来了，全部活动搞下来差不多5万块钱。我说那就麻烦你了辛苦你了，我今天就打钱给你，给我卡号。总共给你汇10万，5万给姥姥，5万办事用。差点忘了，我对舅舅说，我打算在母亲的坟头种上两棵树，你看一下，帮忙挑选一下种啥树合适？舅舅说，你姥姥已经种上了板栗和核桃树了，十几年前都开始结果了。要不你就种两棵樱花树吧，我们当地产一种野生的樱花树，开起花来满山遍野的。我说，对呀，就种樱花树，母亲的名字是不是就是姥姥生她时看到满山遍野樱花盛开才起的呀，多么像母亲短暂而又惋惜的一生，樱花盛开时灿烂妖艳，然而只是昙花一现，短短几天便凋谢了。

3周后，我踏上祭拜生母，给她立碑的路途。从达州机场出来，半个小时后就开始转盘山路，山高水长，似乎永远也走不到尽头。实在没想到，我居然晕车！我在城里开车可是从来不晕的啊。舅舅说，可能是没休息好，路途还长呢，得开4个小时的车，你想吐，我们就停在路边歇息一会儿，反正也不赶时间，慢慢来。我试着自己驾车，可这种盘山路尽是高山峡谷，看了就发晕发颤，还是作罢。

生母的家乡藏在大巴山的皱褶里，据说南江本为“难江”，意思是

“难以涉过的江河”。我打开手机的谷歌地图，查看这个弹丸之地究竟有多闭塞，距现代文明大都市究竟有多远，结果还是让人大吃一惊：距成都 346 公里，距西安 432 公里，距重庆 520 公里。南江是个国家级的贫困县，隶属于巴中市，属于大巴山系的米仓山支脉。我们顺着巴河缓缓行进，巴河两岸翠竹丛生，随风摇曳，竹叶发出“嗖嗖”的响声仿佛跟我这位不速之客打着招呼。远山青翠欲滴，河水清澈见底。山坡上还留有红军当年的痕迹，就像如今的产品广告——“打土豪，分田地”“一切权力归农会”，朱红的字迹牛高马大，想必是地方政府为了开发旅游观光而刻意涂抹翻新的。舅舅说，你要回老家给母亲立碑的消息早就传开啦，小地方嘛，本来一年到头都没有什么大事，你回来就算大事喽。我当然还怀揣着一个秘密，就是干爹在密函中提到的那个生母生前的发小，帮助生母给我落户口的那位阿姨，也许，我的身世之谜就在她的身上藏着掖着呢。我悄悄地问舅舅：那个妈妈生前玩得最好的阿姨，听说还帮助我落过户口，她会参加吗？舅舅说，当然，她也姓杨，叫杨荷，我们是共太爷的，一笔难写两个杨字。虽说是出了五服，毕竟大家还是同门啊。还有啊，她还是你妈的小学同学呢，与你妈同年，大月份。人家现在从镇上的派出所内退了，在家带孙子呢。

（四）

筵席就摆在姥姥家的院子里，扯一块塑料布做顶棚。响器班只有 4 只唢呐和锣鼓家什。唢呐声声，鼓乐奏鸣。烟花弹在大白天喷发，钻天猴带着呼哨射向蓝天白云，看不见礼花，只有弯弯拐拐的烟雾，像是喷气式飞机飞过。鞭炮声震耳欲聋，炸飞的鞭炮屑飞溅，打在脸上生疼。呛鼻的火药味和饭菜的香味搅和在一起。人声鼎沸，觥筹交错。在我看来，筵席实在简陋，条凳方桌，菜都装在大海碗里端出来，喝酒、喝茶用的都是一次性塑料杯，像纸一样薄。

我被安排坐在姥姥身边。而我充满期待、苦苦找寻的那个杨阿姨，就坐在我对面。当我叫她一声“阿姨好”时，她连忙纠正我:应该叫姑妈。她身材肥硕饱满，眼角褶子好深，但皮肤却油光发亮。姥姥说她爱讲笑话，跟她在一起，能把肚子笑疼。喝了一圈酒，同桌的其他男女都怂恿姑妈讲个段子，说可以助兴。姑妈也不推辞，这就开讲了——

说是一个外省的男人来到四川，走进一家酒楼点菜，他点了个鱼香茄子，于是就发生了如下对话：

“老板，老板！”

“啥子事喔？”

“你这鱼香茄子咋就没有鱼呢？”

“鱼香茄子本来就没得鱼嘛！”

“没得鱼干吗还叫鱼香茄子？”

“日你个先人板板，照你这么说，如果你要点个虎皮青椒，老子还得给你弄张老虎皮不成？点个老婆饼，老子还要给你发老婆不？你P人点个夫妻肺片，我是不是还得给你杀两个人不成？”

满桌子人哄堂大笑，有人笑喷了，饭粒、哈喇子乱飞。这时有人说，这个不算，太短了，讲一个长一点的段子嘛，众人鼓掌响应。姑妈脸上露出得意的神情，她稍微推辞了一下，问我，你这个外来的客人能听懂我们四川话吗？我笑道：能听懂，你忘了，我3岁前说的就是四川话呀，有些底子的。她点头说：“对头，你妈教的嘛。”她抹抹嘴，接着讲——

这是个真事，发生在汶川一带。一个地震救灾办的女娃统计伤亡人数，她拨通了电话，对方是个男的。

女：“你好，我是国家地震救灾统计办的，请问你家伤亡是几个人？”

男：“我家是一个人。”

女：“11个人？”

男：“不是11个人，而是一个人。”

女：“21个？怎么又变成21个人了？”

男方耐着性子，一字一顿地说：“你听错了，其实一个人。”

女：“71 个人，怎么会那么多呀？”

男子终于爆发了，向电话那头儿吼道：“就是一个人！”

女：“91 个人，天哪……”

男的顿时崩溃……他忍不住骂人了，大声怒吼：“二百五！是一个人啊。”

女：“251 个人？”

……

这是个冷笑话，带那么点黑色幽默。众食客没有爆笑，似乎更多的是沉思。姑妈站起来开始打通关喝酒，先敬我一杯，因为我是客人，而且距离最远。我也入乡随俗地给姥姥、姑妈和众人敬酒，闹酒的场面热闹而又有章法，大家都像过年一样快乐。

立碑的仪式其实很简单，墓碑早已被舅舅提前几天立在坟前，面向东方。舅舅说怕放牛的娃娃使坏，他用混凝土将墓碑浇灌起来了，结实而又牢靠。立碑的仪式只有亲属参加，其他人吃完饭就各自忙去了。所谓仪式，就是我亲自将系在墓碑上的白花绶带解开，碑身尽显，苍劲古朴的鑿宝子碑体煞是引人注目——“故显妣杨红缨之墓”“青山樱兰茂，碧海瀚泽长”。我在唢呐声鼓乐声和鞭炮声中给生母叩头，当然是叩的响头，我的额头沾上泥土，我的头发也沾上枯草屑。唢呐演奏的是哀乐，凄婉而又悠长，我的鼻子一阵酸楚，眼泪忍不住簌簌直往下掉……

仪式结束了，我跟姥姥说，你们都回家吧，我想单独待一会儿。我转身对姑妈说，你留下来陪陪我好吗，我有话问你。姑妈快人快语，很是自豪地对姥姥说：看到没有，我就说我俩有缘嘛。好嘛，我陪你娃娃待一会儿嘛。你们都下山吧。

众人散去，母亲的坟头难得清静。生母的坟坐落在一道山梁上，山下有一条盘山路，可以行车。山谷里是一个小煤矿，顺着山谷小溪看过去，山脚下矿井和矿车铁轨依稀可辨。我问姑妈，生母坟后的那栋带不锈钢圆球尖顶的房子是干什么用的，姑妈说是煤矿的炸药库。炸药库要远离生活区，煤矿从你姥姥手里租下的，一年给 1000 块钱。你姥姥说也好，省得你妈孤单。我抚摸着姥姥栽的板栗树和核桃树，也有碗口粗细了，枝丫向天空无序伸展；我种下的两株野生樱花树刚刚浇完水，垒起的新土下陷了许多。姑妈说，这个地头是你姥姥的自留山，一年下来也就种点包谷、黄豆、芝麻什么的。我一直压抑着内心的冲动，眼下就我和姑妈两个人站在山冈上，站在母亲的坟头。周围野草丛生，一片荒凉。我定了定神，到了解开我心中谜团的时候了——

“姑妈，当初妈妈给我报户口，是你帮忙办的吧。”

“是嘛，你妈那个水平，小学都没念完吵，她哪里会填表嘛，还是我亲自填的呢。你娃儿怎么想起问这个？”

“我在找寻我的生父。20多年了，这个谜团一直困扰着我。我为什么姓郭？我的生父郭德旺在哪里？我的名字又为什么叫郭春海？”

姑妈听完哈哈大笑，前仰后合。她弯腰指着我的鼻子说：“你个瓜娃子哟，哪有你这么较真的嘛。这都是我和你妈瞎编的嘛。”

我皱起眉头：“瞎编的？瞎编的又是怎么回事呀？”

姑妈还在狂笑，她还没有缓过劲。平息了一会儿，她说：“你妈简直就是个狐狸精。她怀你的时候，刚受孕那会儿，还在夜总会干，她几淫乱哟，跟好几个男人上床，她也搞不清你的生父是谁。她跟我说，3个男人都有可能，一个姓陈，一个姓高，还有一个姓李。”

我的心脏狂乱地跳过不停。姓陈的，肯定是干爹；姓高的应该是高振南，判死缓的那个镇长；姓李的无疑是李得全，二审改判了缓刑。我的猜测正在一步步逼近一个近似荒诞的事实。

“那我为什么姓郭了？郭德旺是谁？为什么取名叫郭春海？”

姑妈停止了笑声，扬扬得意地说：“这是我的创意嘛。你想啊，把姓高的取上半部分一点一横一个口，把姓李的取下半部分的一个子，把姓陈的取个偏旁，这个字组合起来念做什么？郭呀！”

原来如此！真是荒谬至极。我愤愤不平地说：“真是太荒唐了，让人难以理喻。那郭德旺呢，他究竟是谁？那我的名字呢，春海两个字又有什么寓意？”

姑妈说："你真想听吗？说出来你可别发火嘛。"

我鼓励姑妈说："我是成人了，能控制住自己的情绪，你只管说吧。"

姑妈说："郭德旺是我和你妈瞎编的，没有这么个人。娃呀，你不晓得，我们这里的乡风，私生子是要被人戳脊梁骨的。所以就给你编了一个父亲的名字嘛。说到你的名字，三、人、日，合起来不就是个春字？三个人，每人都射了，三点水，加个每字，不就是海嘛。"

我顿时瘫倒在地。肢体和内脏在空中解体，然后蒸发成雾霾，悬在空中。

我挣扎着站起来。我愤怒了！我对姑妈大声吼道："什么玩意儿啊，你走吧，我这一辈子都不愿再见到你！"

姑妈低下头，咕哝了一句：我就说不告诉你娃的嘛，你娃紧逼慢逼地让我说，就知道你会发火的嘛。我在山下等你，你清醒清醒，和你妈多待一会儿吧。

荒唐，实在让人匪夷所思。这就是我怀揣了20多年的谜团，这就是我梦寐以求的谜底？这就是我魂牵梦绕的追寻？这就是我可怜而又可叹的身世？蓝天白云在飞速旋转，我突然感到一阵晕厥，我眼前一片黑暗，我靠在那棵板栗树上喘息。

妈妈呀，这个世界太不公平了，我3岁时失去了你，24岁时失去干爹，我在这个世界上再也没有任何亲人了。杨荷姑妈今天解开了我的身世之谜，我在这个世界就再也没有牵挂了。我命中注定要独自承受人生的一切磨难和孤独。请你原谅我，我不会再回来看你了，你在阴间有干爹陪伴，你们在那边好好过吧。

妈妈，我恨你！我在你的子宫里受孕，是因为你的近似群交的荒淫无度的生活，从受精卵开始，我就是你放浪生活的一个失误，一个见证，孽缘就此注定；而我的出生，又是一个美丽的误会，因为你心爱的人龙哥坚信我是他的种子，怂恿你生下了我；而我的姓名则更是一个低俗的玩笑，是你荒诞无耻的性生活的忠实记录：我的存在，则是干爹穿越阴阳两界，精心布置的棋盘上的一枚棋子，我的人生轨迹都刻在棋盘上……

妈，你知道吗？我好想好想过上普通人的生活啊，有爹有妈有兄弟姐妹，有人倾诉，有人絮叨，有人吵架，有人发火儿。妈呀，我长这么大，还没有真正爱过，也没有遇见爱我的人，我好想好想谈一场真正的恋爱……

夕阳西下，残阳如血。母亲的墓碑在夕阳的照射下红得像火，熠熠生辉。我用纸巾轻轻擦拭掉墓碑上的尘土，单膝跪地，恭恭敬敬地给母亲叩了 3 个响头，算是永诀。

我踉踉跄跄地下了山。

图书在版编目（CIP）数据

干爹 / 彪叔著. -- 北京：作家出版社，2014. 9
ISBN 978-7-5063-7606-8

Ⅰ. ①干… Ⅱ. ①彪… Ⅲ. ①长篇小说 - 中国 - 当代
Ⅳ. ①I247. 5

中国版本图书馆CIP数据核字（2014）第226979号

干　爹

作　　者：彪　叔
责任编辑：刘英武
装帧设计：田杰华
出版发行：作家出版社
社　　址：北京农展馆南里10号　　　　**邮　　编**：100125
电话传真：86-10-65930756（出版发行部）
86-10-65004079（总编室）
86-10-65015116（邮购部）
E-mail:zuojia@zuojia.net.cn
http://www.haozuojia.com（作家在线）
印　　刷：北京明月印务有限责任公司
成品尺寸：170×240
字　　数：230千
印　　张：17
版　　次：2014年11月第1版
印　　次：2014年11月第1次印刷
ISBN 978-7-5063-7606-8
定　　价：29.00元
